MINGUO TONGSU XIAOSHUO
DIANCANG WENKU

如此江山

民国通俗小说典藏文库·张恨水卷

张恨水◎著

中国文史出版社

小说大家张恨水（代序）

张赣生

民国通俗小说家中最享盛名者就是张恨水。在抗日战争前后的二十多年间，他的名字真是家喻户晓、妇孺皆知，即使不识字、没读过他的作品的人，也大都知道有位张恨水，就像从来不看戏的人也知道有位梅兰芳一样。

张恨水（1895—1967），本名心远，安徽潜山人。他的祖、父两辈均为清代武官。其父光绪年间供职江西，张恨水便是诞生于江西广信。他七岁入塾读书，十一岁时随父由南昌赴新城，在船上发现了一本《残唐演义》，感到很有趣，由此开始读小说，同时又对《千家诗》十分喜爱，读得"莫名其妙的有味"。十三岁时在江西新淦，恰逢塾师赴省城考拔贡，临行给学生们出了十个论文题，张氏后来回忆起这件事时说："我用小铜炉焚好一炉香，就做起斗方小名士来。这个毒是《聊斋》和《红楼梦》给我的。《野叟曝言》也给了我一些影响。那时，我桌上就有一本残本《聊斋》，是套色木版精印的，批注很多。我在这批注上懂了许多典故，又懂了许多形容笔法。例如形容一个很健美的女子，我知道'荷粉露垂，杏花烟润'是绝好的笔法。我那书桌上，除了这部残本《聊斋》外，还有《唐

1

诗别裁》《袁王纲鉴》《东莱博议》。上两部是我自选的,下两部是父亲要我看的。这几部书,看起来很简单,现在我仔细一想,简直就代表了我所取的文学路径。"

宣统年间,张恨水转入学堂,接受新式教育,并从上海出版的报纸上获得了一些新知识,开阔了眼界。随后又转入甲种农业学校,除了学习英文、数、理、化之外,他在假期又读了许多林琴南译的小说,懂得了不少描写手法,特别是西方小说的那种心理描写。民国元年,张氏的父亲患急症去世,家庭经济状况随之陷入困境,转年他在亲友资助下考入陈其美主持的蒙藏垦殖学校,到苏州就读。民国二年,讨袁失败,垦殖学校解散,张恨水又返回原籍。当时一般乡间人功利心重,对这样一个无所成就的青年很看不起,甚至当面嘲讽,这对他的自尊心是很大的刺激。因之,张氏在二十岁时又离家外出投奔亲友,先到南昌,不久又到汉口投奔一位搞文明戏的族兄,并开始为一个本家办的小报义务写些小稿,就在此时他取了"恨水"为笔名。过了几个月,经他的族兄介绍加入文明进化团。初始不会演戏,帮着写写说明书之类,后随剧团到各处巡回演出,日久自通,居然也能演小生,还演过《卖油郎独占花魁》的主角。剧团的工作不足以维持生活,脱离剧团后又经几度坎坷,经朋友介绍去芜湖担任《皖江报》总编辑。那年他二十四岁,正是雄心勃勃的年纪,一面自撰长篇《南国相思谱》在《皖江报》连载,一面又为上海的《民国日报》撰中篇章回小说《小说迷魂游地府记》,后为姚民哀收入《小说之霸王》。

1919年,五四运动吸引了张恨水。他按捺不住"野马尘埃的心",终于辞去《皖江报》的职务,变卖了行李,又借了十元钱,动身赴京。初到北京,帮一位驻京记者处理新闻稿,赚些钱维持生活，后又到《益世报》当助理编辑。待到 1923 年，局面渐渐打开，除担任"世界通讯社"总编辑外，还为上海的《申报》和《新闻报》写北京通讯。1924 年，张氏应成舍我之邀加入《世界晚报》，并撰写长篇连载小说《春明外史》。这部小说博得了读者的欢迎，张氏也由此成名。1926 年，张氏又发表了他的另一部更重要的作品《金粉世家》，从而进一步扩大了他的影响。但真正把张氏声望推至高峰的是《啼笑因缘》。1929 年，上海的新闻记者团到北京访问，经钱芥尘介绍，张恨水得与严独鹤相识，严即约张撰写长篇小说。后来张氏回忆这件事的过程时说："友人钱芥尘先生，介绍我认识《新闻报》的严独鹤先生，他并在独鹤先生面前极力推许我的小说。那时，《上海画报》（三日刊）曾转载了我的《天上人间》，独鹤先生若对我有认识，也就是这篇小说而已。他倒是没有什么考虑，就约我写一篇，而且愿意带一部分稿子走。……在那几年间，上海洋场章回小说走着两条路子，一条是肉感的，一条是武侠而神怪的。《啼笑因缘》完全和这两种不同。又除了新文艺外，那些长篇运用的对话并不是纯粹白话。而《啼笑因缘》是以国语姿态出现的，这也不同。在这小说发表起初的几天，有人看了很觉眼生，也有人觉得描写过于琐碎，但并没有人主张不向下看。载过两回之后，所有读《新闻报》的人都感到了兴趣。独鹤先生特意写信告诉我，请我加油。不过报社方面根据一贯的作风，怕我这里面没有豪侠人物，会对读者减少吸引力，再三请我写两位侠客。我对于技击这类事本来也有祖传的家话（我祖父和父亲，都有极高的技击能力），但我自己不懂，而且也觉得是当时的一种滥调，我只是勉强地将关寿峰、关秀姑两人写了一些近乎传说的武侠行动……对于该书的批评，有的认为还是章回旧套，还是加以否定。有的认为章回小说到这里有些变了，还可以注意。大致地说，主张文艺革新的人，对此还认为不值一笑。温和一点的人，对该书只是就文论文，褒贬都有。至于爱好章回小说的人，自是予以同情的多。但不管怎么样，这书惹起了文坛上很大的注意，那却是事实。并有人说，如果《啼笑因缘》可以存在，那是被扬弃了的章回小说又要返魂。我真没有料到这书会引起这样大的反应……不过这些批评无论好坏，全给该书做了义务广告。《啼笑因缘》的销数，直到现在，还超过我其他作品的销数。除了国内、南洋各处私人盗印翻版的不算，我所能估计的，该书前后已超过二十版。第一版是一万部，第二版是一万五千部。以后各版有四五千部的，也有两三千部的。因为书销得这样多，所以人家说起张恨水，就联想到《啼笑因缘》。"

不论张氏本人怎样看，《啼笑因缘》是他最有影响的作品，这一点毫无疑问，可以随便举出几件事来证明。《啼笑因缘》发表后，被上海明星公司拍成六集影片，由当时最著名的电影明星胡蝶主演，同时还被改编为戏剧和曲艺，在各地广泛流传；再有《啼笑因缘》被许多人续写，迫使张氏不得不改变初衷，于1933年又续写了十回，张氏在《我的写作生涯》中说："在我结束该书的时候，主角虽都没有大团圆，也没有完全告诉戏已终场，但在文字上是看得出来的。我写着每个人都让读者有点儿有余不尽之意，这正是一个处理适当的办法，我绝没有续写下去的意思。可是上海方面，出版商人讲生意经，已经有好几种《啼笑因缘》的尾巴出现，尤其是一种《反啼笑因缘》，自始至终，将我那故事整个地翻案。执笔的又全是南方人，根本没过过黄河。写出的北平社会真是也让人又啼又笑。许多朋友看不下去，而原来出版的书社，见大批后半截买卖被别人抢了去，也分外眼红。无论如何，非让我写一篇续集不可。"这种由别人代庖的续作，出书者至少有四种：惜红馆主《续啼笑因缘》、青萍室主《啼笑因缘三集》、康尊容《新啼笑因缘》和徐哲身《反啼笑因缘》。虽然远不如《红楼梦》续作之多，但在民国通俗小说中已经是首屈一指了。张氏在《我的小说过程》一文中还说："我这次南来，上至党国名流，下至风尘少女，一见着面便问《啼笑因缘》。这不能不使我受宠若惊了。"

《啼笑因缘》使张氏名声大振，约他写稿的报刊和出版家蜂拥而至，有的小报甚至谣传张氏在十几分钟内收到几万元稿费，并用这笔钱在北平买下了一所王府，自备一部汽车。这自然不是事实，但张氏当时收到的稿酬也有六七千元，的确不能算少。这样，他就可以去搜集一些古旧木版小说，想要作一部《中国小说史》。就在此时，日寇侵华的"九一八事变"爆发，张氏的希望随之化为泡影。作为一位爱国的作家，在国难当头的状况下自不会沉默，张恨水在1931 至 1937 的几年间，先后写了《热血之花》《弯弓集》《水浒别传》《东北四连长》《啼笑因缘续集》《风之夜》等涉及抗敌御侮内容的作品。

1934 年，张恨水到陕西和甘肃走了一遭，此行使他的思想发生了很大的变化。张氏在《我的写作生涯》中说："陕甘人的苦不是华南人所能想象，也不是华北、东北人所能想象。更切实一点地说，我所经过的那条路，可说大部分的同胞还不够人类起码的生活。……人总是有人性的，这一些事实，引着我的思想起了极大的变迁。文字是生活和思想的反映，所以在西北之行以后，我不违言我的思想完全变了，文字自然也变了。"此后，他写了《燕归来》，以描写西北人民生活的惨状。

抗日战争全面爆发后，张恨水取道汉口，转赴重庆，于 1938 年初抵达，即应邀在《新民报》任职。抗战八年间，他除去写了一些战争题材的小说外，还有两种较重要的作品，即《八十一梦》和《魍魉世界》（原名《牛马走》），均先于《新民报》连载，后出单行本。抗战胜利，张氏重返北平，担任《新民报》经理，此后几年他写了《五子登科》等十来部小说，但均未产生重大影响。1948年底，张氏辞去《新民报》职务。1949年夏，他患脑溢血，经过几年调治，病情好转，张氏便又到江南和西北去旅行。1959年，张氏病情转重，至1967年初于北京去世，终年七十三岁。

张恨水一生写了九十多部小说，印成单行本的也在五十种左右。说到张氏作品的总特色，一般常感到不易把握，因为他总在不断地变。其实，这"变"就正是张恨水作品最鲜明的总特色。

张恨水是一个不甘心墨守成规的人，他好动不好静，敢于否定自己，这正是作为开创者必须具备的素质。读一读张氏的《我的写作生涯》，就会发现他总是在讲自己的变，那变的频繁、动因的多样，在民国通俗小说作家中实属仅见。……待到《金粉世家》《啼笑因缘》相继问世，张恨水的名声已如日中天，他在思想上的求新仍未稍解，他说："我又不能光写而不加油，因之，登床以后，我又必拥被看一两点钟书。看的书很拉杂，文艺的、哲学的、社会科学的，我都翻翻。还有几本长期订的杂志，也都看看。我所以不被时代抛得太远，就是这点儿加油的工作不错。"

追求入时，可说是张恨水的一贯作风，不仅小说的内容、思想随时而变，在文字风格上也不断应时变化。仅就内容、思想方面的变化而言，在民国通俗小说作家中也很常见，说不上是张氏独具的特色，但在文字风格上也不断变化，就不同于一般了。张氏在《我的写作生涯》中经常提到这方面的事例，譬如他曾提及回目格式的变化，他说："《春明外史》除了材料为人所注意而外，另有一件事为人所喜于讨论的，就是小说回目的构制。因为我自小就是个弄辞章的人，对中国许多旧小说回目的随便安顿向来就不同意。即到了我自己写小说，我一定要把它写得美善工整些。所以每回的回目都很经一番研究。我自己削足适履地定了好几个原则。一、两个回目，要能包括本回小说的最高潮。二、尽量地求其辞藻华丽。三、取的字句和典故一定要是浑成的，如以'夕阳无限好'，对'高处不胜寒'之类。四、每回的回目，字数一样多，求其一律。五、下联必定以平声落韵。这样，每个回目的写出，倒是能博得读者推敲的。可是我自己就太苦了……这完全是'包三寸金莲求好看'的念头，后来很不愿意向下做。不过创格在前，一时又收不回来。……在我放弃回目制以后，很多朋友反对，我解释我吃力不讨好的缘故，朋友也就笑而释之，谓不讨好云者，这种藻丽的回目，成为礼拜六派的口实。其实礼拜六派多是散体文言小说，堆砌的辞藻见于文内而不在回目内。礼拜六派也有作章回小说的，但他们的回目也很随便。"再譬如他在谈及《金粉世家》时说："以我的生活环境不同和我思想的变迁，加上笔路的修检，以后大概不会再写这样一部书。"诸如此类的变化不胜列举。

张氏的多变还体现在题材的多样化。他说："当年我写小说写得高兴的时候，哪一类的题材我都愿意试试。类似伶人反串的行为，我写过几篇侦探小说，在《世界日报》的旬刊上发表，我是一时兴到之作，现在是连题目都忘记了。其次是我写过两篇武侠小说，最先一篇叫《剑胆琴心》，在北平的《新晨报》上发表的，后来《南京晚报》转载，改名《世外群龙传》。最后上海《金刚钻小报》拿去出版，又叫《剑胆琴心》了。"第二篇叫《中原豪侠传》，是张氏自办《南京人报》时所作。此外，张氏还写过仿古的《水浒别传》和《水浒新传》，他说："《水浒别传》这书是我研究《水浒》后一时高兴之作，写的是打渔杀家那段故事。文字也学《水浒》口气。这原是试试的性质，终于这篇《水浒别传》有点儿成就，引着我在抗战期间写了一篇六七十万字的《水浒新传》。""《水浒新传》当时在上海很叫座。……书里写着水浒人物受了招安，跟随张叔夜和金人打仗。汴梁的陷落，他们一百零八人大多数是战死了。尤其是时迁这路小兄弟，我着力地去写。我的意思，是以愧士大夫阶级。汪精卫和日本人对此书都非常地不满，但说的是宋代故事，他们也无可奈何。这书里的官职地名，我都有相当的考据。文字我也极力模仿老《水浒》，以免看过《水浒》的人说是不像。"再有就是张氏还仿照《斩鬼传》写过一篇讽刺小说《新斩鬼传》。张恨水的一生都在不停地尝试，探寻着各色各样的内容及表达方式，他甚至也写过完全以实事为根据、类似报告文学的《虎贲万岁》，也写过全属虚幻的、抽象的或象征性的小说《秘密谷》，他的作风颇有些像那位既不愿重复前人也不愿重复自己的现代大画家毕加索。

张恨水写过一篇《我的小说过程》，的确，我们也只有称他的小说为"过程"才最名副其实。从一般意义上讲，任何人由始至终做的事都是一个过程，但有些始终一个模子印出来的过程是乏味的过程，而张氏的小说过程却是千变万化、丰富多彩的过程。有的评论者说张氏"鄙视自己的创作"，我认为这是误解了张氏的所为。张恨水对这一问题的态度，又和白羽、郑证因等人有所不同。张氏说："一面工作，一面也就是学习。世间什么事都是这样。"他对自己作品的批评，是为了写得越来越完善，而不是为了表示鄙视自己的创作道路。张氏对自己所从事的通俗小说创作是颇引以自豪的，并不认为自己低人一等。他说："众所周知，我一贯主张，写章回小说，向通俗路上走，绝不写人家看不懂的文字。"又说："中国的小说，还很难脱掉消闲的作用。对于此，作小说的人，如能有所领悟，他就利用这个机会，以尽他应尽的天职。"这段话不仅是对通俗小说而言，实际也是对新文艺作家们说的。读者看小说，本来就有一层消遣的意思，用一个更适当的说法，是或者要寻求审美愉悦，看通俗小说和看新文艺小说都一样。张氏的意思不是很明显吗？这便是他的态度！张氏是很清醒、很明智的，他一方面承认自己的作品有消闲作用，并不因此灰心，另一方面又不满足于仅供人消遣，而力求把消遣和更重大的社会使命统一起来，以尽其应尽的天职。他能以面对现实、实事求是的态度对待自己的工作，在局限中努力求施展，在必然中努力争自由，这正是他见识高人一筹之处，也正是最明智的选择。当然，我不是说除张氏之外别人都没有做到这一步，事实上民国最杰出的几位通俗小说名家大都能收到这样的效果，但他们往往不像张氏这样表现出鲜明的理论上的自觉。

张恨水在民国通俗小说史上是一位名副其实的大作家，他不仅留下了许多优秀的作品，他一生的探索也为后人留下了许多可贵的经验。

目　录

第一章

热心人趁热天来

五月尾的天气，已经把黄梅时节闷了过去，但是太阳出来了，满地晒得像火烧一样，江南一带的城市人民都开始走入了火炉的命运。据扬子江一带的人民传说，有几个大城镇却是著名的火炉。第一是汉口，第二是重庆，第三是南昌。到了最近几年，因为南京改作了首都，猛可地添了几十万人口，这城里户口拥挤起来，到了夏季，也成为火炉的第四位。

照着旧历推算，是个六月初六，俗认为是个天气最热的日子。当日有一位青年，由津浦路北下，到了浦口。年轻的人为维持他的丰姿起见，总是穿西装的。这位少年，当火车经过了乌衣的时候，他就把衬衫换了，把领带也系了，以为是老早地把衣服穿好了，到了浦口，可以从从容容地、整整齐齐地穿好衣服，上岸去投亲。可是到了浦镇，那身上的汗已经把汗衫湿透了，将衬衫沾得和汗衫成了一片。那颈脖子上流出来的汗，更把衬衣上的领子湿成了一个大圈圈。虽是在房门里的电扇下站着，可是那电扇上的风，吹到身上，就像没有一点风丝一样。在屋子里站不住，这就跑到车厢外面，在月台上站着。车厢外面自然是有风，可是那风吹到身上，犹如炉口子里的火焰向人身上直扑了来，叫人不能忍受，于是复又走进车厢里面去。分明知道是自己这套西服穿得太恭整了。可是这时要把西服脱下来，眼见最终的一站浦口，已经是快到了，再要穿了走，如

1

何来得及？因之拿了一顶平顶帽子在手，不住地当了扇子摇。

好不容易盼望到车子进了浦口车站，自己提了一只手提箱子走下车来。他预期着，天气这样地炎热，车子到站又是三四点钟，正是太阳虽已偏西，炎威还不曾退下的时候。那位应当前来接车的朋友，是不能过江来接车的。在那满地如火的太阳光里，挺了胸脯子，就放开步子走。因为所带的行李很简单，并不曾怎样受军警的检查，一直地就走进了站屋。这就听到身后有人连连叫着陈先生。

回头看时，一个富于健康美的姑娘，穿了一件白纱印青花的长衫，两只腿套了双长的白丝袜子，又蹬的是漏花白高跟皮鞋，真个是长身玉立。只在那一声叫唤和这一身装束，他已知道是他的好友朱雪芙女士。因为她远远地立在太阳下面，还撑着一把白绸伞呢。在她招呼之后，把伞斜扛在肩膀上，露出她的上身来了。只看她那圆圆的脸子，长眉入鬓，罩着两只黑白分明的大眼睛。是热天了，黑发也不曾烫卷，短短的、平平的，围衬着那粉脸。在几个月不见之下，她是越发地丰秀了。

她同着一位四十多岁的男子，走了过来，老远地笑嘻嘻地点下头去。走到了面前，她首先抢着道：“俊人，我给你介绍介绍，这是我大家兄雪峰。”遂又向雪峰笑道：“这就是你所赞许的陈俊人先生了。”两个人握了一握手，雪峰笑道：“这两天，南京都热过一百零几度（华氏度），陈先生有这个兴致，跑来赶上这个热天。”他说着话，缩回手去，拿了大折扇子不住地摇着。俊人道：“我明知道南京这几天很热，但是我除了暑假，没有更长的旅行时间，那也就顾不得了。在北方的人，怕到南方来，然而在南方的人，也并不因为天气热，要到北方去，还不是照样地过下去吗？”雪峰道：“在今年上半年，舍妹早就有了这句话，要到北平去度这个暑天。现在你来了，

2

北平少了她一个做引导的人，她不能去了。"雪芙向俊人微笑着道："为什么不去？我还要去的。"说着，把脸一偏，那神气很好。

说着话，大家由车站走上轮渡码头，有那大江上的水风吹来，算是吹散了许多的烦闷，把热气驱除了一些。可是码头天棚下，拥了各色不等的旅客，那汗臭味送到鼻子里来，十分地难受。雪芙拿出一条小花绸子手绢，不住地在鼻子尖上拂动着。那把小白绸伞已是收折起来了，她拿在手上，当了一根短手杖使，皱了眉向俊人笑道："这个日子出门，未免辛苦。"俊人一看，雪峰挤到了别个地方去，便低声说出三个字："为了你。"雪芙微咬了下唇，向他瞟了一眼。

大家原是因为上轮渡的栅门关住了，不能不在码头上候着。这时铁栅门开了，大家拥着上了轮渡二等舱里，这又苦热起来，俊人将草帽子拿在手里当扇子摇着。雪芙低声向他笑道："舱里太热，我们在外面站站吧。"俊人只觉得周身的衣服全和皮肤粘成了一处，尤其是两条衣领子凝结在颈脖子上，觉得胸里头那一口气简直无从透出来，便笑着点点头道："好的，我们外面站站吧。"看那雪峰先生，坐在一张电扇前面的椅子上边，还是拿了折扇摇着，不曾理会。于是二人站在栏杆边，向江面上看景致。

轮渡开了，总是有风的，风吹到脸上，将她的鬓发分披到两边去。那白纱衫的下摆，被风吹得飘飘然掀起来，将丝袜子上的白腿也露出了一小截。俊人让江风吹到身上，已是解除了许多束缚，心里痛快了一点子，便想安慰她两句，可是一个出门的人，哪里有反向在家人去安慰之理？因之两个人对着微笑了一笑，都感到没有话说。

俊人道："我写的最后那封信，你收到了吗？"雪芙笑道："自

3

然收到了。没有收到我怎么知道你会乘这趟车来?"俊人被她一驳,
驳得无言可答了,不免向她周身上下看了去,因低声笑道:"南京这
地方,不是不许光着腿子吗?"雪芙不免低头一笑,立刻弯着腰牵扯
了自己的衣襟,将大腿盖着。俊人笑道:"听说女子穿敞领子西服,
倒是在所不禁的。"雪芙道:"我本来也穿西服的,听说你很反对这
种装束。"俊人笑道:"这是哪里说起?我自己就穿西服,能够反对
别人穿西服吗?"雪芙抿嘴笑着,也向俊人周身上下看了一看,把他
紧扎在领子下飘在胸前的紫色领带牵了一牵,笑道:"何必穿得这样
恭整?大热的天,随便一些吧。你还没有进城呢,回头你到南京城
里去,试试这热的滋味。"俊人道:"我到南京来,不过路过,是约
你到庐山去玩玩,你去不去?"雪芙手扶了栏杆,望了江里的波浪,
笑问道:"有多少同伴?"俊人道:"还没有约着别人呢。"雪芙道:
"那我就不能去。"俊人沉吟了一会子道:"但是你在信上表示着,
是可以同我出去玩一趟的,不过没有指定的是庐山。"雪芙笑道:
"那么你知道我指的是哪一个地方?我是说南京城外的中山陵。"俊
人道:"哦,原来如此。"他说这话时,脸上减退了笑容,而同时把
头低了下去。雪芙却是不愿他太失望了,便微笑道:"你还没有渡过
扬子江呢,这些话,我们留着再考量吧。"俊人听了这话,这就随着
向她一笑。

　　轮渡开驶着的时候,他们始终是在船栏杆边上站着的。汽笛鸣
的一声,快要靠岸了。二人正要进舱去拿东西,雪峰将手提箱、白
绸伞全部拿了出来了,笑道:"舱里人太多,汗气熏蒸得厉害,我也
早站出来了。"二人想着,自己的话或者被人家听了去,倒有些不好
意思。好在轮渡靠岸,旅客又是一阵纷乱,大家随着这纷乱下船,
把难为情也就盖过去了。

俊人上了岸，立刻感到环境不同，那地上的热气，犹如火焰向上燃烧着一样。只看那大太阳地里，来往的人，草帽子下面的脸色全是红红的。尤其是街头指挥交通的警察，身上穿着制服，腰上还系一根带子，而且是在烈日下站着，面皮像猪肝一样的颜色，倒令人随着起了一种责任心。大家只在日光下绕了半个圈子，也就觉得火气向身上乱钻。

　　所幸雪峰已雇好了一辆汽车停在马路旁边，俊人向车上一钻，立刻觉得脸上扑了一个火印，笑道："呵呵！我这试到了火炉的滋味。"雪芙笑道："汽车停在一百多度的日光下晒着，碰着火柴头子，我想它准可以点得着，有个不热吗？"俊人伸了一伸舌头，笑道："既然如此，我们还是赶快走吧。"雪峰道："赶快走？又打算到哪里去呢？"俊人并没有作声，雪芙就笑了一笑。在她这一笑的时候，那身上的胭脂花粉香，被汗气熏蒸着，随了迎面的风，向人身上散了来。俊人嗅着，心里头自然有了一种奇异的感觉，彼此挨挤着坐在车座上，虽是汽车在火炉里飞驰，然而在心里头，还是得到一种安慰的。

　　依着雪峰的意思，要请他到家里去下榻。俊人笑道："我一个人，那是无所谓的，只是我的南京同学不少。回头知道我在府上，都到府上来打搅，那就怪不合适的。雪芙，你给我出一个主意，到哪家旅馆最合适吧？"雪芙笑道："这样的热天，当然是找一家卫生设备完全一些的旅馆去住。"她说着话，就告诉了汽车夫，开到她所同情的那家太平酒店去。因为这家旅馆，门临着闹市，她觉得这是享受物质文明的人民，所必需的。因之她也并不再征求他的同意，就让车子径直地开到太平酒店门口来。

　　俊人下了车，虽感到临大街的三层洋楼不会怎么舒适，然而雪

5

芙有代定地址的全权，只有完全承受了，随着旅馆里的侍者，引上了二层楼。俊人一面上楼，一面将草帽子摇着，口里还嘘了两口气，要把胸中的那一股闷气完全吐了出来。雪峰道："这位陈先生是由北方来的，很怕热，你得和他找一个凉爽些的地方。"茶房道："那就二层楼最好了，上面没有太阳晒着，而且又很通风。"他说着，带进了一间带浴室的屋子，里面除照其他旅馆一般，有沙发、铁床一类的器具而外，屋子中间设了一张紫檀木大理石面的桌子，大沙发和方椅子上，都盖了一张凉席，这是由北方来的人，猛然所感到的一种异样印象。在南方，仿佛是避暑的方法应有尽有了。

雪峰进门来，已是把纽扣解了一半，立刻把白纱长衫脱下，可是里面一件小绸短衣，背后是湿到腰眼下了。他索性把小褂子脱了，留着一件短袖汗衫，因笑道："俊人兄，你不必客气，你觉得要把衣服脱下来的话，就把它脱了吧。"俊人把上身条子哔叽褂子脱下了。雪芙就看到他那小纺的衬衫，没有一寸是干的，笑道："把领子取下来吧，皮鞋脱下了吧。"

俊人笑道："由外面进屋子来，已经换了一个世界，不是那样热得要命了。"说着，两手提了西服裤子的裤管，坐到铺了凉席的方椅子上去。这立刻让他诧异起来，这椅子却是火烤过了的，再用手去摸那大理石桌面子的时候，那大理石，在冬天是触着像冰块一样的，现在也是烫人的手，便摇了两摇头笑道："我想不到屋子里面还有这样地热，这在北平是绝对没有的事。这不由人不想到北平这地方是太可爱的了。"话说到这里，他也就情不自禁地拉开了领带，取下了领子。

茶房在这时，捧了茶水进来。雪峰笑道："茶水还在其次，你赶快拿一架电扇来吧。这屋子里一些风丝没有，实在经受不了。"茶房笑道："这里开了门,又开了窗子,已经是很风凉的了。"雪芙笑道："我今天出来得匆忙,恰好没有带了扇子出来,真的有些难受。"她口里说着,手里拿了一条手绢,不住地在胸前拂着。俊人对于这位小姐怕热,却是无以慰之,男子们可以脱一层衣服,又脱一层衣服,小姐们却是无法去安排的,因之对茶房道:"你不必说上那么些个,快快拿电扇来就是了。"

大家沉静了一会子,等着茶房把电扇放好,轮页转动起来,各人心里,似乎安慰了一下子。俊人解开了衬衫上几个纽扣,手提了衬衫,迎着风扇,抖了两抖汗。雪峰道:"俊人兄刚由火车上下来,应该先洗一个澡,好好地休息一下子。晚上无事,我引你尝尝秦淮河游船的风味。"雪芙对她哥飘了一个眼风,却没说什么。雪峰呵呵笑道:"那也没关系,你以为游秦淮河全是去找低级趣味的人吗? 那里也有不少风雅之士的。不过既是雪芙觉得不妥,我这话就取消,回头我们再定一个约会吧。"雪芙笑道:"我没作声,你怎么知道我反对?"雪峰笑道:"我虽无师旷之聪,也能闻弦歌而知雅意。这都是后话,不去说了,我们且先走开一步,让陈兄休息休息。"俊人道:"蒙二位远远地接着我,难道茶也不喝一杯就走。"雪芙已是站了起来,笑道:"看你的衣服,湿得像水洗了的一样,我们也当让你有个换衣服的机会。"雪峰看到妹妹站了起来,也就匆匆地穿起衣服,和俊人告辞而去。

俊人眼见得客人全走了,关起门来,把外衣脱了个干净,只剩着汗衫和衬裤,先来不及洗澡,就在脸盆里搓着手巾,周身揩抹了一遍,且对了电扇站定,先吹一吹。只在这时,却听得房门咚咚然,被人敲打着,还不曾问出来是谁人,外面是雪芙的声音,先道:"我有一把伞丢在屋子里呢。"俊人哦了一声,在屋子里转了几转,简直拿不出主意来，后来才想到打开箱子，把一件绸长衫套在身上，一面开门，一面扣纽扣，点了头笑道："请你原谅，我这种打扮，实在不恭得很。"雪芙进来了，笑道："谈不上原谅两个字，你把客人送走了，还不该换换衣服吗？只是我来得鲁莽一点。"俊人道："我料着你在一两个钟头以内一定会来的，所以我老早地先抹一个澡。"雪芙道："我是来拿伞的，你不知道这外面大街上有多么热。"

她说着，将放在椅子边的那一把白绸伞拿到手上，晃了两晃，微笑道："跑到南京来，尝这样的热味，你有些后悔吧？"俊人笑道："你说出这话来，岂不是说我这个人太没有诚意了，你应当知道我为什么不怕热。"他说着话两手按了桌子沿，当电扇风立定，却把头低了，风吹到他身上，把衣襟全鼓起来，他好像没有一点感觉。

雪芙站在旁边，斜靠了椅子背，向他看了微微笑着，因道："我不是在信上说过，假使有机会的话，下半年也要到北平去念书吗？"俊人道："我怕你是推诿的话，假如你真是有心北上，你应当在这炎热的天气里就去一半预备功课，一半避暑。"雪芙道："你不是写信给我，要到庐山、黄山这些地方去玩玩吗？我要北上了，倒好像拦住你南下。"俊人听了这话，忽然高兴，向她脸上看了去，笑道："哦，你还记得这句话的。怎么刚才在轮渡上，你问我有几个人同去？"雪芙笑着将脖子一缩，没有答话。俊人笑道："你也无辞可对了。"雪芙一扭身子道："我走了，不和你说了。"

俊人道："你要走，我不拦你，希望你告诉我一个避暑的法子。不然这屋子里像烤炉一样，实在难过。"雪芙笑道："这么大一个人，难道避暑的法子都不知道吗？坐在电风扇下，多多喝些凉汽水、刨冰，衣服越简单越好。"俊人笑道："我虽很傻，这普通避暑的法子倒也知道。我现在要你告诉我一种特别的避暑法子。"雪芙摇摇头道："我若有特别的法子，我也不这样怕热了。"俊人道："但是你一定有个特别的法子，不过你不愿意告诉我。"雪芙笑道："我不是上帝，没有制造乾坤的手段，我也没法子告诉你避暑。"俊人将椅子拖了一拖，笑道："你先坐下，不忙走，慢慢地想着，就会有避暑的法子了。"

雪芙笑道："还是这样淘气！我现在有点事，要回家去一趟。等到七八点钟，太阳落了山了，我再和家兄一块儿来，请你去吃夜饭。"俊人笑道："你一个人来，不行吗？"雪芙笑道："你未免……我不说了，回头见吧。"俊人道："我希望你早一点来，要不然，我又热又烦闷。"雪芙笑道："你口口声声是怕热，在北平那样清凉的地方不住着，特意地跑了来，你这也是那句俗话，有点趋炎奉热。那就只好既来之，则安之了。回头见。"说毕，扭转头就向外走，而且顺手给他带上了房门。

俊人叫道："雪芙，你快来，是还有一句要紧的话说。"她听到声音喊得非常的急迫，以为有什么急事，只好又推门进来了，便站定着问："有什么话？"俊人呆呆向她望了，微笑。雪芙道："你不说，我走了。"俊人才低声笑道："你要知道我口口声声说热，不是身上热，是心里热呢。"雪芙笑着啐了一声，回转身跑了。

第二章

秦淮之夜

　　未婚夫妇的意味，犹如摆了一盘鲜红香脆的大苹果，放在人的面前，可是将玻璃罩子盖住，用手抓不着，眼见的人，是非常之口馋的。陈俊人同朱雪芙两人，这时所处的环境，和所拟的比方就差不多。

　　俊人趁大热天赶了来，不是无所为的。雪芙再在某方面一挑拨，这就更叫他难堪了。手扶了长衫的纽扣，呆呆地在屋子中间站着。他所站的所在，离着电扇的风头，是比较远些，等着自己把一段心事想透过来，只觉周身上下，大雨淋漓一般地流着汗。赶快把长衫脱下来看时，已经是湿了一大块了。这屋里墙壁上，是有一架木橱嵌着的。等自己将木橱门打开，要把长衫送进去的时候，不想这木橱里面，就是一阵很大的热气，向脸上扑了来，那简直是人站在一丛火焰前面一样。吓得俊人倒退了两步，瞪了眼向那橱子里面望着。其实这橱子里面，并没有什么，只是衣橱子里挂着两件衣服而已。俊人不觉摇了两摇头，原来南京的热浪是有这样子地凶猛，连这样不见光线的墙上木厨子，也被它占领着的。于是到洗澡间里洗了一个澡，又凉了两碗茶，坐在电扇下，慢慢地喝着。自己原是想休息一下，就出去拜会在南京的朋友，不料坐下来之后，就舍不得站了起来，只管向电扇望着，挺了胸脯子。

　　过了一会子，茶房进来报告，有电话来。他以为是雪芙的，立刻跑了去接话。可是说话之后，才知道是雪峰一个通知，说是雪芙已经说了，有夜花园之约，他就不来奉请了。这个电话，他觉得接与不接，全没有什么关系，依然坐了下来。在他坐下来之后，这身上的一件汗衫立刻就湿透了。心里这就想着，这最好是坐在水晶缸里，一动也不动，那就不会再出汗了。

如此想着，果然地就不肯再起身。直等到太阳西下，全街都点上了灯了，这倒想起了一件事，还没有吃晚饭呢，便叫茶房开一客一块钱的中餐来。中餐开来了，俊人坐到桌子边，刚扶起筷子，夹了两夹子菜，送到嘴里，咀嚼了两下，肚子里这就觉着胸里郁塞，不愿再吞吃下去，放下筷子到一边去坐着。不多一会子，雪芙换了一件黑绸长衫，长长地拖靠了脚后跟。当她开步走的时候，脚由长衫下摆踢了出来，可以看到她的脚背，泛出浅红和淡黄的脚背。黑长衫不但是身材细瘦，而且两只袖子没有一点影子，短得齐平了胁窝，露出两只健圆的手臂，微微地泛起一层黄红色。头发虽蓬着的，平头顶挑了一条缝，在脑后扎了两根小辫子，上面有两根蓝绸带子，拴了两根短辫子梢。手里并不拿手提包，只拿了一条花绸手绢。手拿了手绢的一只角带走带拂扬着，成了一位天真烂漫的摩登姑娘，不是大学生的风度了。

俊人站起来，拍手笑着道："真漂亮，听说是南京不许赤脚，你怎么赤脚了的呢?"雪芙由长摆下，踢出漏帮子的紫色皮鞋来，笑道："这样的热天，身上能少穿到什么程度，就少穿到什么程度。好在晚上出来，衣服又穿得长，就是在大街上走，也不会有人看到。咦，桌上摆了这样一桌菜，你怎么不吃?"俊人道："肚子是有点饿了，可是我一扶起筷子来，我就疲倦得不愿张嘴，所以也就坐在这里，只管向那几碗茶望着。"雪芙半侧了身子，这就向他微笑道：

"既然如此，我还是走开吧，好让你静静地歇着，免得又出几身汗。"

俊人答道："你道我怕热吗？我早就说了，我是赶着热来的，我在另一方面，是欢迎热的，那还怕什么。"雪芙笑道："你这人说话，未免太矛盾了。明明地说是热得不能动，这又说是欢迎热的。"俊人站在电扇面前，牵牵自己的衣襟，摆了两摆头笑道："南京的夏天，实在是够瞧的了。"雪芙将四个牙齿咬着手绢的一端，手牵着手绢的另一头，牵得直直的，头虽然是低着的，可是抬起眼睛皮子，把眼珠转着，向俊人看了一看，微笑道："既是南京热得不能受，我们就找一个地方去避暑吧。"俊人笑道："什么？我们一同去找避暑的地点？我们？"雪芙嘴里，依然咬了一点手绢角，两手不住地上下牵理着，笑道："到南京来，不是为了邀我逛庐山去的吗？我若不上庐山，累你在这里久等着，让你在南京受了暑，我就对你不住了。"

俊人拍手笑道："你答应和我到庐山去吗？我们哪一天走？"雪芙笑道："既是要走，那就越快越好，假使赶得及的话，我们明天一早就走。"俊人两只脚犹如踏脚踏车一样，上上下下，踏个不了。雪芙笑道："就是这么一句话，也不至于乐得这种样子。"说着，三个指头提着手绢，向俊人脸上拂了几下。俊人笑道："既然如此，那我还是坐下来吃一碗饭，把肚子吃得饱了，回头好上街去采办上山的东西。"雪芙笑道："东西不用采办，我早已替你办好了。不过这件事，我不敢居功，我全是受姑母的支配。姑母是每年到庐山一趟的，到山上去三人应带的东西，都全已预备好了。至于普通应用物品，牯岭街上，可以说是应有尽有。"俊人笑道："你姑老太太，也和我们一块儿去吗？"雪芙虽依然笑着，面孔不免有些拘板了，这就点了两点头道："你不想想，一个做大小姐的人出门，没有老太太陪着，那还行吗？"俊人站着呆了一呆，笑道："那也好，有一位老前辈做同伴，有许多事可以请教。"

雪芙道："好吧，我们一块儿到夜花园里去走走。"说着，眼睛又向他一溜。俊人笑道："夜花园这个名词，本来就好听。加之又有你来约会我，更是叫我不能不去。"雪芙道："在家里头，你总是怕热的，这就索性让我引你到夜花园里去吃晚饭吧。"俊人自是笑着遵命，穿了衣服，和她一路上夜花园去。在他的理想中，以为这夜花园，虽不必楼台亭阁，有很精巧的布置，但是也一定花木扶疏，电灯藏在绿荫深处，人可以在柔软的草茵上坐着乘凉。殊不知人到了那里，却是大谬不然，只是一大片空场，像茶馆里一样桌子挤桌子的，排上了许多茶座。在空中七横八竖拉了许多电线，电线上一串串地挂着电灯泡，红红绿绿地配些万国旗，这就算是风景线。在许多茶座的当中，弯弯曲曲地空出一条二尺宽的空处，当了人行路。那些穿白色衣服的茶房，手上或是捧了汽水瓶子，或是托了茶杯，来回乱窜。

茶座上的人，那就像倒了蛤蟆笼一般，哗啦哗啦，一片嬉笑谈话之声。在茶座的尽头，有一所柜房式的平房，除了摆着那应用的货物，在那屋檐下，悬着一个广播无线电的放声器，又是砰咚砰咚放着大队音乐。自然，这地方比人藏在屋子里是要凉快得多。但是人在这空地里走着，也并不觉得空气里有什么凉爽的意味。俊人站在人丛里向四面张望了一下子，笑道："这就是夜花园吗?"雪芙道："可不就是这点子意思。那边黑沉沉的空当子，也是秦淮河的一条支流。"俊人道："未免对花园两个字，太有点辜负了。"雪芙笑道："我不过是要你出来乘一乘凉，并不是叫你来赏玩风景的。你若嫌这里热闹，我们就回去吧。"俊人笑道："你看，那一张桌子，都是坐满了人的。既是南京人对于这里是很感到兴趣的，我就随乡入乡，也就在这里坐坐吧。"

　　雪芙明知道他是不愿意做扫兴的事,这就陪了他找两个座位坐着。这两个座位,还是同另一对男女共了桌子的,彼此全感到一种拘束,反不如在旅馆里,只是两个人可以随便地谈话。到了这里,只是正正经经地说点学校里的功课,坐了约半个钟头,大家全感到乏味。雪芙手里,捏了半玻璃杯汽水,将杯子沿在牙齿上碰着,转了眼珠,向他微笑。俊人笑道:"我看你对我总有一种什么批评,好像不肯说出来似的。"

　　这时,那共桌子的一对男女,却到许多茶座的当中一块小小的空地上,去打小高尔夫球去了,暂时可以不必受什么牵制的。她便举起汽水杯子喝了一口,笑答道:"要你到南京来,实在是让你受了一些委屈,我该早早地到北平去拦阻着你就好了。只是你已经来了,悔也无益。今天我早早地回去,鼓动着姑母,我们明日早晨就到下关,搭船上九江,上了庐山,好好地休息两天,抵补你这次到南京来的损失。"俊人笑道:"怎么连损失两个字,你也说出来了?"雪芙道:"当然是损失呀!你在北平,在很清凉的所在,读书歇夏,精神多么安慰。"俊人面前,也摆了一杯汽水,他就伸个指头,蘸了一点汽水,向雪芙弹看,雪芙笑道:"你以为这是俏皮话吗?其实我不说出来,你心里也未必不是这样想。譬如你由浦口下车以后,一直地到现在,身上总出了半斤汗。这半斤汗流了出来,可没有法子填补。"

　　俊人笑道:"你以为这就是损失吗?就算是损失吧。这损失是为了谁引起来的?"雪芙笑道:"那我知道为谁呢?现在你的肚子,应该有一点饿吧,叫一盘点心来吃吃?"俊人摇摇头道:"我刚刚凉爽一点,你又打算要我出汗吗?"雪芙道:"我哥哥,本来是要约你到秦淮河去坐船。因为我邀你到夜花园里来了，他就不再来邀你，还是我来引你去吧。"俊人道："你不是要回去催姑老太太收拾东西吗？"雪芙笑道："但是你到南京来了，我总要尽一点地主之谊。"说着，这就站了起来。俊人心里也就想着，到南京来的次数不算少，下关小住就走，总没有赶上游秦淮河的时期，今天倒要去看看。

这就随了雪芙出门，顺马路沿走着。他心想，秦淮河这个名词，是充满了艺术的意味，当然向那里去的道路，也是慢慢地走入佳境。先是把电灯灿烂的街道，都过去了。到了一条鹅蛋石铺的马路上，只是那沿墙的电灯杆上，悬了几盏灯泡，很清凄地在半空里照着，零零落落的几个行人，在街上走来。这似乎是向幽静地方走去的一条路，倒是电灯更沉寂了，闪出了天上一轮月亮，更有点风景线的象征。可是由这条街走了出去，又是灯火通明，一条大街，不但是电灯有那么亮，而且还是锣鼓丝弦之声闹成一片。俊人正想说，怎么又到了热闹的街上？

雪芙可就跑到他面前，反是回转身来，向俊人笑道："你瞧见没有？这就是秦淮河。"俊人站定了脚，四处张望着道："咦，这就是秦淮河？怎么一点风景没有？"雪芙笑道："秦淮河就是这个名，你不要到风景上去着眼。我常说，南京的玩意儿在秦淮河，秦淮河的玩意儿在船上，你看到了船，就知道秦淮河是怎么回事了。"说着，向俊人连招了几下，笑道："我们到秦淮河游湖去吧。"

说着，她很快地几步，就跑上了一个空场，俊人随后跟来，看那空场，也就是所公园，有一条长长的草地，上面零落着长了几棵丈来高的小树，配着一个六角小亭子。满草地和亭子的栏杆，全是坐满了人，这就是公园。在公园边，一排果然弯了好几只船，船上大灯小火地在栏杆上下，全是明亮的。在栏杆所罩的中舱里，放了一张桌子，四把椅子，全有人坐着。这是较小的船，还有那大些的船，在舱里摆了几张藤椅，围了一张方几，有些人在上面躺着。似乎是在那里等人的样子，男女五六个人，坐的躺的全有。

那里自然是没有电扇，可是也不见各人叫热。拿了扇子的，还不大爱动，这热浪攻击的全南京城，似乎只有这一块地方却是除外。在这船外边，便是那黑黑的一条河水，水上有那大小的游船，四围全去了船篷，敞开了舱位，让游人在里面坐着。那些船上摆着精致的茶具和干湿果碟，更有穿了鲜艳衣服的年轻姑娘，全露着手臂，半露着大腿。这些人各船上多少不等，有的是四五个，有的是两三个，但是绝对不见完全没有的，那些姑娘们身上，谁都有个花儿朵儿的，在船上灯火通明之下，很深地给予了岸上人一种刺激。仿佛之间，有香透到鼻子里来。可是同时那热火罩的空气里，也有一点东南风吹起，刮得那河上的恶臭气味，一般地向岸上扑着，这更是觉得没有风还要好一点。再看这河里面还有什么？

只是那两岸的人家，一方方的后墙，在河岸上矗立着，旧式的屋脊，一重重地在那昏黄的月光底下排比得高下大小不一。这不见得美观，可也说不上怎样的丑恶。这就笑向雪芙道："所谓风月秦淮，如此而已。你的意思，也是要我雇这样一只船，在臭水上漂来漂去吗？"雪芙笑道："这倒不，我的意思，只要你来看看而已。假使你有这个兴致，愿意在臭水上漂漂，我也绝对可以奉陪。"俊人笑道："你若是有这番好意，我就万分感激。不过我希望你把这份厚意，延长到永久，永久又永久。"

雪芙一看这身旁公园里的人，来往不绝，就是靠近着身边，也还站有几个人，挥着扇子谈心，这就向俊人走得靠近了一步，低声笑道："你是得意忘形了吧？"俊人道："我有什么事得意呢？"雪芙这却不作声，只是微笑着。公园里的矮电杆上，悬着有电灯泡，在那电光下，可以看出雪芙的脸腮上，微微地闪动了一下。俊人笑道："得意不得意，你知道，要不要我得意，这可全凭于你。"雪芙微微地皱了眉道："你老说这些话，我真是不愿意听。劳驾！你有什么话，留着明天说，行不行？"俊人却不把这个当为一句玩笑话，点点头道："行，有什么不行？"雪芙静静地站了两分钟，笑道："哎呀，走吧。我手上让蚊子叮了好几口了，我们回去吧。"

俊人道："对的，我觉得还有好多事，要在没有到庐山以前先和你谈谈。"雪芙道："我说的回去，是你回旅馆，我回我的家。"俊人道："凭你的话，我是赴汤蹈火在所不辞，你说了明天我们就上庐山，我可就回旅馆去收拾行李，等候你的消息了。"雪芙已是在前面走路，并没有答复，也看不到她是怎么一个脸色。俊人又道："我是个实心眼子的人，你可不能冤得我把行李全都收拾好了明天又不让我走。"雪芙笑道："你共总一个手提包和一个手提箱子，纵然多收拾一回，这也费不了多大的劲。"俊人听说，这就赶紧了两步，跑到她前面去，因道："这可不成，你这句话分明是明天不走了。"雪芙向他溜了一眼道："你不是说到南京赶热来了吗？怎么只过了几小时，这就够了？"

俊人道："我这个人，是不知道炎凉的，但看环境如何……"雪芙连连地摇着两只手笑道："不必再说这一套了，你下文是一些什么话我全都明白。你现在不必回去，随便你在夫子庙挑个地方，消遣一两个钟头，再回旅馆，到那个时候，我会打电话给你。"俊人笑道："你这可是一个难题，我知道夫子庙在什么地方？你还叫我到夫子庙去挑个地方消遣，这更是难上加难。"雪芙笑道："你真是骑在马背上找马，我们所站的地方，不就是夫子庙的一角吗？啰，你看，那一带楼房的铺面，悬了灯亮的，那就是卖清唱的茶社。"

俊人笑道："哦，原来就在这里。但是你相信我肯到这种地方，去消遣两个钟头吗？"雪芙笑道："那么，你就回旅馆去，开足了电风扇，躺在藤椅上，慢慢地去喝汽水吧。"俊人道："在你的口角里，你总觉得我怕热。你既知道我怕热怕得厉害，那么，你体惜我一点，早早地离开这一座火炉，岂不是好？"雪芙道："当然可以的，说得未免可怜。好吧，尽我的力量，去劝说姑母，在两个钟头以内，回你的信。"

俊人道："你是一个人来呢，还是有人同来呢？"雪芙笑道："到那时，就夜深了。你觉得我还可以到旅馆里来吗？"这句话可逼得俊人不能再说什么。雪芙也凝神向他一望，然后一抬手拂着手绢，笑道："等电话吧。"她说完了，两手牵了衣襟的底摆。看到路边停了一辆人力车子，跳上车子去，就让车夫拉着跑了。俊人顺步走上了大道，只见那茶社电光下的行人，依然川流不息地远远地就可以听到那很热闹的音乐歌唱声。随了那音乐声的所在走去，走到一家楼底下，那女子的清唱歌声，就在头上，心里这就想着，这清唱茶社，究竟不知道是怎么一种情形？到了这里，何妨上去参观一下，大概这上面也很凉爽，如其不然，何以上楼去的人倒是这样地挤挤。于是随在一群年纪轻的游人后面也就跟着走上楼去。

看时，这才明白，清唱社也不见得有什么特别之处，不过是一所普通的茶楼，在正面的上方，搭了一个小小的戏台，正中摆了桌子，系了绣花桌围，在桌子里面，站了一个女人，挺了身子，反背了两手在身后，向台下张口唱京戏。由北平来的人，对于京戏，多少总有些沾染，不必会唱，耳朵里是留下成绩不少的。现在猛然地听到了这种唱戏声，固然是没有法子说出好坏来，就是有人肯说一下，这戏台上是不是有人在唱戏，这还是个问题。俊人想着若说南京人听戏的程度，不过如此，那未免太轻视了人。若说不为了听戏而来，可是看看那小戏台上唱戏的歌女，也不见得如何耐看。要看这种女人，在马路上还愁着会看不到吗？

　　他这样地琢磨着，这时有个茶房迎了过来，笑道："这里好吗？"并把搭在肩膀上的一条手巾扯了下来，就在面前桌子上胡乱揩抹着，而且随把桌边的方凳子移了一移。俊人这倒有点拘束，只得手扶了桌沿，挨身坐下。他的心里还是在那里想着，看看歌场和歌女也就完了，何必还要坐下来听唱。这犹豫的思想还不曾决定，茶房可就捧着一茶杯子茶送了过来了。俊人这倒不免对了这杯茶做了一回苦笑。茶房放下了茶，他自去了。

　　俊人看看左右茶座上，却还有四五十人，都是把长衣脱了，高卷了袖子，抽烟喝茶，抬起了下巴，向小戏台上望。看戏台上的歌女，全是穿那细瘦的长绸衫，胸前凸起两块，头发在脑后半垂着，脸上也不抹胭脂粉，因为她们也知道新生活了。一个个板着微黄的脸子，张了嘴嘶哈嘶哈几句，实在不能感到什么兴趣，这就只好叫茶房过来，问明了价钱付出去，悄悄地离座下楼到了街心里，却感到身上凉上一阵子，向身上摸索着，裤腰也湿得透过来了。抬起手臂上的表一看，随便地混上一阵，也就到了十一点钟。可是看看强烈电光之下，两旁饮冰室里的主顾还十分踊跃。他想着，人生就是一种矛盾。既是怕热，何如坐在家里不动。不怕热来趁热闹，可又要大吃凉物。究竟爱我者所指示的话是不错的，回去坐在电扇下，比这儿一定要舒服得多了。

　　主意定了，雇了车子，就回旅馆去。走进房门，第一件事，便是脱长衫，纽扣是在房门外就解开了的，第二件事，就是开电扇，第三件事、第四件事，是合并了做的，一面脱短衣汗衫，一面放开脸盆上的水龙头，两只手向冷水里一浸。这便有一件事让他惊异一下子，乃是两只大肚子臭虫，足有豌豆那么大，在手臂上爬着呢。这玩意叫南京虫，在这盛夏的南京之夜里，是它们的世界，于此是可想而知的了。

第三章

欢迎姑母同行

俊人在旅馆里度过了这南京之夜，心里非常之烦躁，只得把窗子房门一齐开了，又开了电扇，然后脱了衣服爬上床去睡。不料刚一到床上，就觉得有一阵火气，突然地向脸上一喷，觉得身体有些受不了。立刻跳下床来，站在风扇下，让风吹着。不当着风扇则已，当了风扇之后，就舍不得离开。站着出了一会子神，还是把一张长沙发，拉着当了门摆下，自己顺了风坐着，才觉得缓过了这一口气。又定了一定神，这就按铃叫茶房，送一瓶汽水来。

当一瓶汽水喝过之后，心里自然是痛快了一阵。可是这样定止不到五分钟，心里又烦躁起来。只得走向楼栏杆边，向大街上望着，带着乘凉。大概南京人虽是住惯了火炉的，也不觉得就不怕暖，在这样的夜深了，街上的行人还是三三五五地在马路边上走着。俊人老是站着，却也不能没有一点倦意，回得房去，把放在桌上的表，捡起来一看，已经是两点钟了。冬天到了这时，人也不知道睡过了几觉，现时到了两点，街上还是这样乱动着，可见这个夏夜，倒实在有些恼人眠不得。正出着神呢，那房门却悄悄地被人推开了，在门里可以看到，有个烫头发而很苗条的女郎影子，在门外面一闪。当这个女郎影子闪过之后，一个茶房，带着笑容进来了。

他低声笑着说："先生，你一个人不很寂寞吗？到这时候，还没有睡。"俊人倒猜不出他的用意，笑容道："南京的天气真热，热得我没有法子可以睡着。"茶房笑道："那么叫一个姑娘来陪着你谈一谈吧。她也是北方来的，刚才在房门口走过去的那一位就是。她说，听到你先生说话的口音，倒认为是同乡，很愿意和你谈谈的。"俊人连连地摇了几下手道："这样的热天，我没有这种雅致，多谢多谢!"说着，把手连连地挥了几下。茶房去了，俊人也就只好关上了房门，在沙发上去躺着。

本来在火车上，劳碌了一夜，已是累得可观，熬到了这样的深夜，不能不睡。所以这次躺到沙发上去以后，脑子昏昏沉沉的，便有些迷糊过去。自己也不知道是迷糊了多少时候，却听得房门剥剥地响，始而疑心是做梦，还不理会。后来那门是继续地响，才一翻身坐了起来。却听到茶房在门外叫道："陈先生，有电话来了。"俊人哦了一声，立刻抢出来接电话。走到话机边，拿起来一听，就听到雪芙带了笑声问着："还没有睡吗?"俊人叹了一口气道："实在没有法子睡。"雪芙笑道："不要紧，你还忍受着这几个钟头吧。我已经同姑母商量好了，明天一早，就到下关去。假如你热得睡不着的话，不妨就坐到天亮。过一会子，暑气也就完全减除了，你收拾收拾东西，我们就坐车子来邀你。"俊人笑道："果然明天一早就走的话，我真愿不睡，坐到天亮去，好在到天亮，时候也快了，随便坐一会子，就混到了那种时候了。你猜怎么着? 我在沙发上躺不到半小时，我脊梁上的汗，把裤腰都湿透了。"

雪芙笑道："不用再形容这个热字了，无论怎么样地热，只有两三小时，你就忍耐下去吧。"她说完，又咯咯地笑了起来。俊人挂上了话机子微笑着，还点了一个头，好像是有一个人站在面前的样子，然后走回房去。他倒是真的接受了雪芙的话，也不肯睡觉，自当了风门，在沙发上坐着。每到眼睛支持不住的时候，就歪了身子在椅

22

子靠背上，靠上一靠。不想就是这样一靠，哪怕时间极短极短，也会在椅子背上留下了一片汗印。有时连出汗与否，自己也并不知道，却有两个蚊子，嗡嗡嗡地，在耳朵边聒噪着。刚合拢的眼睛被它们这样地一吵闹，可又睁了开来。

就是这样时睡时醒地混了几个钟头，已经听到马路上轰轰然的车轮飞跑声，都市里的人民，又在开始着动乱起来了。这不用说，到了出旅馆的时间了。在洗脸盆里放出了一盆水，洗过一把脸之后，就坐到栏杆边去，静看大街上行人往来。过了二十来分钟，一辆流星型一九三五年式的肉色汽车，停在楼底下大门口了。车门一开，是雪芙首先跳了下来了，然后她伸一只手到车子里面去，扶出一位年将五十的老太太来。那老太太穿了黑纱的长衣，衣两袖子露出来的胖手臂，真有饭碗粗细。雪芙看到了，她已是抢步向前，跑到门里面去。

俊人心里想着，不用提，这一位老太太就是雪芙的姑母了。好在已是穿了衣服的，这就含着笑容，开了房门，直挺地站在一边等着。不多一会儿，雪芙手里提了一个小提包，跳了进来，笑道："俊人，我的姑妈来了，她是很愿意见你的。"那位胖太太手上拿了一只手提包，一步浑身一抖擞，笑着进了门。俊人看到，这就满脸堆下笑容来，鞠了一个躬，叫着姑母。那胖太太可就眯了肉泡眼，向他回笑道："这可不敢当，我姓尚，你就叫我一声尚太太就是了。"

俊人依然很恭敬地站着，低声叫了两句姑母。尚太太走进来，站在屋子中间，四面看了一看，微笑道："陈先生的行李都收拾好了吗？"俊人笑道："我哪里有什么行李，仅仅一个手提小箱子，已经在一小时以前，就收拾妥当了。"尚太太道："旅馆里结了账没有？"俊人笑道："行李简单的旅客，那是先付钱的，现在只叫茶房到账房里去找零，我们就可以走了。请姑母先坐一会儿，喝一杯水。"他口里说着，立刻把沙发拖到原地方。鞠了躬请尚太太坐过去，开了电扇，移着正对尚太太扇了风去。桌上有大半瓶汽水，不曾用完，这就将一只玻璃杯，在洗脸盆里的冷水管子里先冲洗了一下，然后斟了一杯汽水，送到尚太太面前来。尚太太接了杯子，倒不和俊人谦逊，却向雪芙微笑道："这位陈先生，为人真是和气。"

俊人微鞠了躬，笑道："对于做长辈的，我们青年人总应该恭敬的。"雪芙站在旁边，听了这话，却是不住地向他抿嘴微笑。俊人却不理会她这种调皮的样子，依然向尚太太做出了很诚恳的样子道："听雪芙小姐常常说姑母贤惠，又说姑母是一位喜欢旅行的太太。我更是感到趣味相投，这样喜欢旅行的人，在中年太太们里面是不容易得着的。"尚太太笑道："还算中年吗？我早就老了。"俊人笑着连连摇了几下头道："姑母怎么算老了？我看去，还年轻着呢。"

尚太太举起汽水杯子喝了一口，因笑道："那么，你猜我有多大的岁数哩？"俊人笑道："我猜吗？大概三十七八岁吧？"尚太太啊哟了一声，笑得抖颤，连连摇着手道："那是笑话了，我倒只有三十七八岁呢？"俊人对于尚太太脸上，故意端详了一会子，然后笑道："难道姑母已经过了四十岁吗？"尚太太笑道："岂但过了四十岁，已经过了五十岁了。"俊人连连摇了几下头，笑道："真是看不出，姑母可谓修养得法。"

尚太太把那杯汽水喝完了，正待起身放下杯子，俊人立刻迎上前去，把杯子接过来，放到桌上。尚太太先和他点了一个头，说一声谢谢，这就对雪芙笑道："你的眼力不错，这位陈先生，真可以说一声少年老成。"雪芙瞭了俊人一眼，更是嘻嘻地笑着。俊人却是把脸皮更绷得端正些，却向尚太太微鞠了躬道："将来还有不少的事，要请姑母指导着呢，姑母可不能在晚辈面前这样客气。"雪芙转了眼珠向他道："现在已经六点多钟了，八九点钟轮船就要开的，你还不应该叫茶房结清账来吗？"俊人这就点了头道："是是，我也应该把账结清了。我只管向姑母请教，把事情就忘了。"

他口里说着，偷看雪芙的颜色，有些不以为然的样子了，这可不是闹着玩的，立刻就按着铃，叫茶房上账房结账，一面就穿起白纱长衫来。雪芙笑道："你今天改了中装了，到底怕热之心，甚于爱漂亮。"俊人道："并非我过于爱漂亮，只因我平常的习惯，旅行的时候，总是穿西服，为的是便利一点。"雪芙道："现在也是出去旅行呀，你怎么又收了长衫了呢？"

尚太太就伸了一个食指，指点着雪芙笑道："这孩子，总是这样地淘气。"雪芙抿嘴笑着，没有作声，恰好茶房也就连账单子和零款，一齐找着来了。尚太太起身道："事不宜迟，我们起身走吧。昨天决定动身的计划，那是太晚了，要不然，在中国旅行社预先买好了船票，那么，在九江下船，由九江坐汽车到莲花洞的车价，由莲花洞坐轿到牯岭的轿价，完全可以一次付清。船上的房间，他们也就早已和我们定好，我们径直地上船就是了。现在可不行，我们得抢上船去找房位。"俊人道："呀！若是找不着房间，那怎么办呢？"

雪芙道："这就是要佩服姑母之处了。她说了纵然舱位坐满了人，她还是可以想法子的。"尚太太笑道："刚才你说他啰唆，现在你自己啰唆，那就不觉得了，走吧。"她说着，又哆嗦了她那一身肥胖的皮肤，在前面走了。雪芙等了一等，等尚太太下了楼梯，这才同走出来，却在俊人身边低低地道："你的手段，实在高明。"俊人皱了眉，又微微地笑道："这全是没有法子，若是不能把她联络得好，那就什么事全办不动了。"

二人说着话，跟了尚太太下楼。大门口虽是停了一辆汽车，但是这车上，并没有行李等物。心里那个疑问，还没有说出来呢，雪芙就微微推了他一下，笑道："上车吧，姑母大人是很会办事的，已经雇了一辆马车，派人押着行李到码头上，等我们去到了码头上，他们那些人，就会随了我们搬行李上船的。"说着话，三个人上了汽车，俊人并不坐在正面椅座上，却坐在前面的倒座上去。尚太太笑道："这座位上坐三个人，那是很舒服的，为什么还要分开来呢？哦，我明白了，雪芙坐到中间来，我闪开一边吧。"雪芙坐在车子角落里，却把身子扭了两扭，微笑道："那我可不，我不。"

俊人笑道："是这样说着，我倒不能不坐过来了。"于是他也坐到座位一边，把尚太太夹在中间。他心里已经很高兴，不到二十分钟，已经把这位姑母收买到手，可以随便利用了。车子到了下关，就直奔了怡和公司码头。据尚太太说，长江各轮船，只有怡和一家有特别官舱。这项官舱和大餐间差不多，而价钱可便宜得不少。她说着，眉飞色舞地向俊人道："出门自然要省钱，可是为了省钱，而又图不着舒服，这就不合算。由南京到九江这一条路，我是太熟了，跟了我走，保你得着舒服，而又花不了多少钱。"

俊人道："是的，我事先曾听到雪芙说，姑母也有上庐山的意思，我就说，这好极了，请姑母同我们一块儿去，遇事都可以得一个人指导。"雪芙坐在那边，倒没说什么，只是向俊人瞟了一眼。在城南到下关这一条长长的马路上，俊人全是用这种话来逗引尚太太的，所以尚太太脸上，始终是保持着笑容，高兴极了。到了轮船码头上，由下游来的轮船，早已靠岸。

走上趸船，尚太太事先派来的两个听差，直迎上前来，笑着说："舱位已经看好了，东西也搬上船了，就是请姑太太去看看，舱位好是不好，假如不好的话，还可以调的。"尚太太倒是放出了那正正板板的颜色，向听差看了一眼道："我的意思，你们总应该知道，还用得着我再调舱位吗？"

俊人到了这时，只有随着尚太太的意志为意志，并不多说一个字。大家由听差引着，开始上轮船。这正是海关开放行不久，搭客拥上船来的当儿，由跳板到轮船上去的人，前塞后拥，可不和人分着什么阶级，东倒西歪，一大群人，在肩上扛着行李网篮，紧紧地封锁了上楼的梯口。尚太太是个胖子，稍微发一点急，也就觉得身上汗如雨下。现在挤在人群中，觉得鼻孔里透气的份儿也没有，这热不在身上，却在心里。虽是俊人、雪芙紧紧贴近着，在两边保护着她，无奈身后来的人，只管向前推拥，让她站立不住。同时在眼睛前面，右边是个乡下人，挑了一副担子，在人丛中间一横着，却是让人进退两难。正面呢，一个矮矮的驮夫背了一只很大的箱子，把去路给塞住了。左边一个小伙子，提了一只大网篮，而且是不提起来，走一步，又放下去，休息一会子，更是显着有意阻碍。

尚太太在人丛中走着，早是把身上一件黑绸衫湿透了几块，湿得和她肥嫩的皮肤沾成了一块。手上恰是没有带得扇子，只好拿了一块手掌大的一方手绢，在胸面前连连拂了两拂，当了扇子扇风。俊人站在身后，看了这情形，就把身子一侧，横了肩膀直挤过去。到了尚太太前面，一手撑住了面前的箱子，一手推开了左边的担子，又是一脚，把右边的网篮，也踢了开去，口里可喝道："大家明白一点，全是老南京。"他说这话时，眼睛可瞪着呢。说也奇怪，那些在左右前后包围着的人，听了这话，似乎得了他一个很严厉的暗示，立刻四处散开，让出一条路。俊人回转头来，就对尚太太看了一眼，那意思就招呼她向前的。尚太太正是十分地苦闷，见了这样子，很

27

是高兴，就随在俊人身后，上了梯子。

到了梯子口上，接客的茶房们，就全拥出来了。他们眼睁睁地望了尚太太同雪芙操着上海或宁波话，问出两个简单的字，房舱？统舱？问着话时，那两只手也同时伸了出来，大有来接行李之势。可是俊人在前面答应了一声特别官舱而后，这些人就一声不响地缩到一边去，于是他们就放开大步，坦然地走到前面特别官舱里去。这是在一只轮船的最前面，一个椭圆形的小半截客厅，窗户洞开着，早晨的江风，由水浪上吹了进来，已经把在火城里的人，吹得胸襟一畅。加之这客厅里，东西都陈设得齐齐整整的。舱顶上的风扇又只管旋转不停地扇着风，这真是另一个世界。

在上船的扶梯口边，看到旅客那样拥挤，好像这船上四处人都住满了。可是看到这大客厅，只有七八个客人，很闲散地坐着，这也让人猜不出所以然来。这七八个客人，有的在窗户下写字桌上写信，有的半躺在沙发上捧了报看，有的三四个人围了一方大餐桌子，在那里玩扑克牌。尚太太手上提了一个小皮包，站到风扇下先就呆了一呆，简直有些舍不得走。这全是俊人一个人，进进出出地调动行李，看定舱位，直等把事情都办得清楚了，他才笑嘻嘻地走到尚太太面前，微鞠了一个躬道："姑母，舱位都已收拾好了，请姑母进房去休息吧。"

她在电扇下站了这么一会子，身上的汗，也就扇干了。现在请她进房间去看看，那倒也正是时候。加上俊人那一副笑容，十分令人可喜，就是不愿意进房，也得跟他进房，何况自己本来也就该进房了呢，所以她脸上带了笑容，同着俊人一同进去。这特别官舱的地方，就在大客厅的后面，直通着两条甬道，在甬道靠外的一排，全是房间，房间长方形的，放着两张铺。由铁床的柱脚，一直到床上的枕被，全是白色的。舱顶篷下，雪亮的一架白铜叶的电扇，已开始转起来，向下面扇着风。在床面前的茶几上，有两只玻璃杯子，满满地斟了两杯白水。而这边嵌在舱壁上的洗脸盆，俊人已经是抢向前去，放了下来，同时，也就放开了龙头，流出凉水来。

他笑道："姑母，你擦一把脸吧。"尚太太笑道："啊哟，这些事，让茶房来做就是了。陈先生，你何必这样忙，这可真是不敢当。"俊人道："本来也可以叫茶房的，但是这样热的天气，水是急于用的，与其叫茶房来，不如我自己动手，爽快得多了。"雪芙站在尚太太身后，微微地撇了两下嘴。好像她在那里说，你完全是捣鬼，这是很可笑的。可是俊人的态度却很自然，并不因为雪芙在那里挤鼻子夹眼睛就有什么惊慌之处，还是笑容可掬地站在一边。

尚太太对他看了一看，便笑着点头道："陈先生，你有事就请自便吧，不要因为只顾招待我们，把你自己的事也耽误了。"俊人笑道："我并没有什么事。"雪芙这就轻轻地插了一句嘴道："你怎能没有什么事，至少你也该回你的舱位去，把你那件长衫给脱了下来，然后放一盆水，擦上一把脸。"

俊人被她一句话提醒，这才觉得自己的汗衫湿透过来了，向尚太太点了一个头，笑道："姑母休息一会子。"这才退身走了出去。他的舱位，恰好就在这个舱位的隔壁。他走进房来，手扶了右襟胁下的纽扣，意思就待去脱长衫。不想随后进来一位茶房，看他头发四五寸长，梳得溜光，约莫二十七八岁，白净面皮，额头上是一粒汗珠子也没有。可是看他身上，还穿了一件白竹布的长衫制服。一个坐特别官舱的人，大概是金钱在那里作祟，身不由主地自然会端起官排子来。于是把解纽扣的手，放了下来。那茶房似乎受过一种特别训练的，这就放低了声音向俊人道："陈先生的票，已经由尚太太买了。"

　　说着两手送上一张硬纸精印的船票。票上的字是英文，连舱房和铺位的号码，都在上面签明了。看那价目，却是二十八元，这却不由他怔了一怔。记得当年由中学初出来的时候，由南京到汉口，坐着统舱，才花四块多钱。于今缩短了一截路程，船价却加上了七倍。拿着船票还在手上出神，那茶房看了一眼，没作声，悄悄地走了。俊人这时回想过来了，那在客厅里休息的旅客，不都也是穿着短衣吗？自己又何必太拘谨了。于是掩上了房门，脱了衣服，也就痛痛快快地放下舱壁上的脸盆，洗脸抹澡。

　　刚是把一件府绸衬衫穿上，就听到房门卜卜卜地敲着响，俊人说了一句："康敏。"雪芙推开门，先伸进一颗头来，笑道："啊，洋气十足！中国人对中国人说话，竟会说上洋文。"俊人起身相迎，笑道："这不怪我，你自己先就沾染了洋气，为什么没有进来之前，先敲上两下门呢。"雪芙进来了，站在屋子中间先看了一看四周，见这边的舱位，和隔壁的舱位，也差不多。只是这边的两张铺位，还有一张空着。这就大了胆在那空的床位上坐下，先向俊人瞟了一眼，然后笑道："我倒要反问你一句话，难道一个姑娘家，要走到先生们的屋子里去，并不用得什么考量，一推门就可以进去的吗？"

　　俊人倒没什么可说的了，只向雪芙身上打量着，见她又穿了一件背心式的西服，胸前挖着一个很大的领圈，露出一大片雪白的胸脯子来，因笑道："这件衣服是什么料子的呢？淡青的颜色，套在你这健康的身体上，格外地好看，这也是中国固有的衣服所不能具有这种优点的。"雪芙咬了下嘴唇，微抬起眼皮子，向俊人看了一眼，这就微笑道："你这是绕了弯子用话来说我，我不知道吗？你说我身上穿的是洋装。"

俊人抬起手来，搔了两搔头发。笑道："说话若是这样用心，那就了不得了。哦，哦，我倒想起了一件事，怎么尚太太也不在事先言语一声，就买了船票了。"雪芙笑道："哼！你当面叫姑母，背后称尚太太，我要去报告。"说着，果然翩若惊鸿地走了出去。

第四章

又一位斯文小姐

在情人的眼里，笑是好看的，发脾气也是好看的，甚至一个人哭了起来，虽不好看，却也别有一种情味，怪可怜儿的。雪芙和俊人说话说得好好儿的，忽然一抽身子要跑了走，说是要去报告姑母，明明是和俊人闹着玩的，可是俊人真把当了一桩好玩的事，让雪芙去报告，那就太透着不知趣了。

因之，他赶忙地跑到门外来，将她的衣襟拖住，笑道："喂，喂，喂，在城里热得要命，好容易到了这凉爽的地方，为什么不清静地坐一会子，你倒只是要跑来跑去，怕汗出得不够，还要去湿透两件衣服吗？"雪芙被他扯住了衣服，虽还扭了几扭，可是她觉得俊人牵住衣服的那一只手，真比铁钩还要结实，无论如何，也摆脱不了。她一扭腰子道："你不用拉拉扯扯，我同你进房去坐着就是了。"说着，又瞟了他一眼，微微地顿了脚道："还不放手？"俊人笑着，闪到她身后，却让她先走进房去。到了房里，拍手笑道："这便宜了我，这屋子里两张铺位，倒只有我一个人，非常地便利。"

雪芙坐在一张铺位的床沿上，似乎还不肯把这身子着实地坐了下去，两手使劲同按住床沿，把身子撑了起来，将下嘴唇抿着，把上牙咬了，抬头看舱壁上一个镜框子配的西洋画，只管出神。在俊人说过那句话的两分钟之久，她忽然地醒悟过来了，就回转头向他问道："什么？别胡说！"俊人笑着耸了两耸肩膀道："你也太多心。

32

我说句这里还便利，这有什么要紧？便利不是好听的字眼吗？"雪芙道："好听自然是好听，但也看用什么口吻说出来。若是像你这种口吻说的，那简直是不敢领教。"她说着说着，把脸板了起来，可是向俊人周身上下打量了一番之后，却又扑哧一笑。

俊人笑道："你笑什么？"雪芙笑道："我笑什么呢？我看你好像孙猴子坐金銮殿，有些毛手毛脚。"俊人伸手搔搔头发，笑道："真的吗？本来我们当学生的人，坐车不过三等，坐船总是统舱。现在一跃而坐大餐间，倒是在心里头有点不得劲。"雪芙走到他面前，用手轻轻在他脸皮上掴了一下，笑道："我和你闹着玩的，你倒真是用了心。"说完，匆匆地就跑了。俊人静坐了一会子，回味着她那番动作，自也感到有趣。正坐在床上这样出神呢，觉得船身微微地有些震动，由窗子里向外一看，原来船已经开到江心了。下关江边那两三层的旧式楼房，往常是不怎样地让人注意，这时在江心看去，在那平岸上重重叠叠地铺着房屋，也就透着繁荣似的。尤其是那些房屋中间，偶然也有几处四五层楼，突入半空里的，这就和那模糊的烟水气混到一处，很有画意，因为较远的地方，有一座狮子山，和半环城堞，陪衬得非常合宜。那些楼台山影，慢慢地离开着，船是更到大江中心处，那初出水平的太阳，一片金黄色的光，撒在水面上，江里微微起着浪头，翻成小小的白花，滚滚而去。

这虽只有一点小风吹到窗子里面来，然而人的胸襟，豁然开朗，也就不知不觉地把在南京城里那一股子烦躁苦闷，都吹了散去。南京城抛在船后，渐次地缩小，以至于缩小得只剩了一条黑线。俊人初得到这一种凉爽的安慰，不免忘了一切，只是在窗户眼里望着。忽觉肋窝下有一样东西一触，吓得呀了一声，立刻把身子一扭。原来雪芙站在身后，眼睛笑得合成了一条缝，弯着腰，手还不曾缩了回去呢。

俊人笑着把她两只手同时捉住，笑道："你不去伺候姑母，又来搅我。"雪芙一甩手道："你不愿意我到这里来，那我就永不来了。"扭了身子，就有要走的样子。俊人笑着央告道："得啦，不要闹了，算我说错了还不成吗？你在这里静静儿地坐一会子，我要和你谈谈。"雪芙道："不用谈了，外面饭厅里吃早茶。"俊人道："怎么，上船来就吃。"雪芙笑道："你不要说这种乡下人的话。上轮船坐大餐间，一来图得舒服，二来就为的是吃。在这里一天要吃五餐呢，若不一早就吃，这时间可有一点匀不开来。"

俊人笑道："这样看起来，你真是比我在行得多，这穷小子，一点和你比不上了。"雪芙道："你真这样说吗？"说着，未免把脸子板了起来。俊人立刻站着向她一鞠躬道："我发誓，从今以后，不和你说笑话了。"雪芙笑道："你真是一个银样镴枪头。把衣服穿整齐了，我在饭厅里等你。"

说毕，她自走了。俊人听到她说一句穿整齐衣服来，这倒没有了主意，以为这多少要带点洋气，吃饭非穿礼服不可。于是把短衣脱了，在汗衫上罩了一件纱长衫，然后出去。可是到饭厅里一看，自己更窘起来。原来所有的旅客，穿西服的敞着领口子，穿中衣的也只是一套绸的短衫裤，只有自己一个，穿了一件长衫。可是已经穿了出来了，绝不能回房去把长衣脱了再来，只得大大方方地，也随着姑太太、雪芙一同入座。这里是两张大餐桌子，平行地摆着。右手一张桌上，多半坐的是外国人，因之大家全感着情调不投，都跑到左边这张桌子上来。俊人同雪芙，夹了姑太太坐下，已经是快到桌子的尽头了，还剩了一张椅子没有人。大家坐定，茶房送上一张早茶的单子，站在一边等着。那单子先送到雪芙手上的，她一看，全是英文。自己在学校里读书，最怕的就是英文同算学。所以稍微眼生一点的字，自己都不认得。看了半天，只认得下一个字是茶。

她一机灵，就递给姑太太，笑道："我是很可以随便的，姑妈给俊人看看。"姑太太的中文倒还不错，英文便是连这茶一个字也不认得的，她拿着就两手相捧，出神了一会儿。俊人就偏过头来看着，口里念念有词地道："火腿蛋麦片粥。"又问道："姑母愿意换一个炸鱼吗？"姑太太点了点头。俊人说着话，已是接过那单子。他仿佛是平常在小馆子里吃饭一样，自己看过了单子，顺便就递给下手去。及至自己感到是不必的时候，那单子已经是传到人家面前去了。

猛可地抬头一看，让他红着脸把头低下来了。不知什么时候，隔壁可来了一位小姐。这位小姐，和雪芙这种时代姑娘，完全立在相反的地位，她那头上的头发，梳得光光溜溜的，没有一点皱纹。身上穿一件绿点子白绸长衫，长长的袖子，一直长到手脉上。那手白而又细，尖尖的十个指头。那脸子虽只能看到半边，在耳朵前，一绺光黑的头发，掩护了半边脸，在脸腮上兀自透露着一片红晕。天然的眉毛，不曾修理，一条柳叶似的弯着。在眉毛下两只大大的眼睛，黑白分明，露出那聪明相。她身上似乎也有一种香味，但这种香味，绝不是香水香精之类，自有一丝丝很轻妙的香味，送到人的鼻子里来，仿佛是人站在绿荫荫的窗子下，闻到一点点刚开的兰花气息。

俊人忽然和这样一位小姐坐在一处，心里真不免一动，便是这里有自己的未婚妻在座，而且还有一个未婚妻的姑母，老气横秋地坐在身边，这如何可以乱来。因之只在目光一闪之下，立刻就掉过脸来，自去吃东西。但是不便向侧面看，向对面看是可以的，因之吃吃东西，假装了看船外的风景，就不时看了对面去。为什么看着对面呢？因为对面坐的一位老太太，只管向这位小姐看着，轻轻地说话。有时候问要点胡椒吧？有时候又问要点外国酱油吧？这位小姐听了她的话，总是微微地点着头，轻轻地答应着好。在那轻轻答应声中，可以知道她是久居北平的人，说着一口极圆熟流利的国语，是非常可以引起人的同情的，因之在左顾右盼，有意无意之间，总是向那位小姐盯上一眼。

那小姐虽然低了头吃饭，有些害羞的样子，可是她也并不受着什么拘束，很坦然地坐在那里吃喝。当大家都把东西吃完了以后，俊人取了胸前的白围巾，就随便地放在桌上，手按了桌沿，有个起身的样子。而同时对座那位老太太，也是这样地要起身。这位小姐可就轻轻地笑道："妈，您怎么啦？"这怎么啦三个字，颇含有所做不对，大有可以质问之处。这位老太听了她的话，似乎是有些明白了，立刻就向那姑娘面前看去。只见她把那白围巾卷了一个小布卷，将桌上放的一个小银圈儿，把这白围巾束上。那银圈上有号码字，分明记着这号码说明是属于什么人的。大概留着下餐再用，各人取各人的，免得混乱了。

俊人看过，心里不由得暗暗叫了一声惭愧，几乎是闹了一个笑话。于是也就学人家的样子，把围巾卷了起来。所幸在座的人，似乎也不注意到这种事情，倒是很坦然地就下了席。散席以后所有这些旅客，纷纷地出外去乘凉，那位小姐陪了她的母亲，也是向舱外走去。不过她走出门去的时候，却回头向后人看了一看。那意思似乎说这个人很多礼，在船上还穿着长衫呢。俊人当她如此看过来的时候，把她可就看清楚了，那身材真是细得只有一点点，一张鹅蛋脸子，像苹果一般的颜色，尤其是那两排白的牙齿了，齐得像雕刻品一样。她很快地射了俊人一眼，是不想俊人也去看她的。当俊人的眼光，也正射到她身上的时候，她早是低了头下去，随着那位老太太走了。

俊人站在这舱心里，不免呆了一呆。忽然听到雪芙叫了一声茶房，这才省悟到自己的不对，立刻回转头米。远远地看到雪芙站在房门口，正了颜色站着，这倒不由得脸上有些红晕，仿佛自己成了茶房，也走将过去。茶房先到门口了，雪芙道："你们预备的有茶吗？这屋子里就是一玻璃瓶凉开水，我们这位老太太喝不惯。"茶房道："茶壶有的，只是没有平常喝的清茶。"雪芙道："我们自己有茶叶，你拿去泡好送来就是了。"她一径地同茶房说话，好像没有理会到俊人站在身边。

俊人心里揣想着："她的醋劲真大，我不过看看，要什么紧。男女交际场中，大家夹杂在一处，怎能够禁得住谁不看谁。"他心里如此想，又呆一呆，雪芙却拿了一条长手绢提着在他眼前一拂，笑道："你怎么了？书呆子！"俊人醒过来，见她半靠了舱门，身子虽在外面，还有一只脚在门里，这就走近了一步，低声笑问道："刚才你为什么同茶房生气？"雪芙道："我没有呀，我好好儿的，同茶房生什么气？"

俊人听到，这就不由得嘴里吸了一口气，将手摸摸耳朵。雪芙对他看了一看，因低声道："你到外面去风凉风凉吧，我有话要问你，一会儿我就来。"俊人听了她这话，究竟也不知道她是什么意思。不过她既说明了，要自己到外面风凉地方去等着她，这倒不能不去，要不然，她又疑心是有意避开她了。心里连转了几个念头，脸子呆向了雪芙，就还没作声。雪芙又把手绢扬着，在他脸上拂了两拂，笑道："你这人，到底是怎么样了？说着说着，你又发起呆来了？"俊人笑了一笑道："我到外面去等你吧。"

他说完了这句话，也就走出舱门来。这特别官舱的位置，就在船头上，在舱外有一截很宽大的地方，陈设了许多藤椅子，旅客正好坐到这里来，凭栏远眺。俊人走出来的时候，那船栏杆边，几把椅子上，已经坐满了人。天下有这样巧的事，偏偏这船头只有一张藤椅子空出来，这藤椅子的所在，又是紧紧地挨着刚才那位邻座小姐。本来由舱里走出来之后，并不这样地考虑，就想坐到空椅子上去的。可是走到那椅子边以后，那小姐正是回转头来看了一眼。心里立刻想着，不要坐下去吧。人家若不明白所以然，倒以为我是有心追逐人家，透着怪难为情的。于是背了两手，就在船舷上来回地走着。

本来旅客在船舷上踱着步子，是很平常的一件事，也不会引人注意。无如这时俊人身上是穿了一件白纱长衫的，他又怕引起人家的疑心，故意装出一种郑重的样子。那脚步慢慢地移着，江风吹得衣襟飘飘然，这更可以现出他那份斯文样子来。他以为到了船舷上，雪芙必定随着就出来的。殊不料自己出来了许久，她还不曾出来。俊人又不肯立刻回到舱里去，只在栏杆边徘徊着。这样一来，反是引起了别人的注意。那姑娘尽管不断地向她身旁的母亲说话，可是不多大一回子工夫，就把眼光向俊人身上射上一下。

在她看的时候，头并不回转来，只是把眼珠转上一次。凡是女人看人，盯着眼睛看起来时，男子倒并不怎样动心，甚至还感到不好意思。唯有这种偷觑，是让人觉得充满了诱惑性的。因之，俊人自己虽明知这徘徊是不妥的，但是还不忍离开这里，依旧来回地徘徊着。好在心里有点微醉，表面上就什么不清楚，来回遛了多少次，自己全不知道。

忽然听得有人大声道："江南的风景，真是不错，有这样好的景致，自己不能保守，那也就难怪别人垂涎了。"俊人猛然听到这种声音，倒也是吃了一惊，回头看时，有两位先生靠了栏杆，在那里赏玩岸上的风景。一个人肥头胖脑，穿了蓝色的反领衬衣，短脚管黄帆布裤子，颇有点军人的气概。还有一个人是穿了短绸汗衫裤，褂子口袋里，露出一串金表链子来，在鼻子下有小撮黑胡子，颇有点政客的意味。

他道："唉，我最近由华北回来，别的什么没有，带了一肚子牢骚回来了。"胖子道："那是当然的。但是在江南的人，都要到北方去走走才好。不如此，受不到刺激，也不想到国家到了什么地步。"他们两人这样一谈话，那在座的旅客，都予以注意，向他两人看了去。俊人也就想着，不想这位政客式的人，倒也能说出这可听的话，因之也走近一步，在栏杆边站定。那胖子究竟粗率些，看到俊人走过来，便道："听你说话，带着北京口音，也是北方人吗?"俊人道："我不是北方人，不过在北方念书多年了。"

胖子笑道："哦，是一位大学生，你们眼光里的华北，又是怎样?"俊人看看四周的人，这就微笑着道："凡是有点知识的人，大家看来，那情形总是一般的。"胡子点点头道："论起读书来，北平那个环境，是最好不过的。我的小孩子，我都让他在北平读书。这位姑娘是我的侄女，她也是在北平读书。"说着，他向那位穿绿点子绸衫的小姐，点了一点下巴，那就是告诉人，这位姑娘就是他的侄女。当然，大家随着他这下巴一点的时候，也就向那位小姐看去。她倒是依然在和母亲谈话，并没有注意到别人的态度。

俊人这可出乎意料，竟是和她的叔叔谈起话来了。有了这样一个机会，自己也不明白是什么缘故，就不肯走开，只管靠了栏杆站定。因话答话地，和这两位谈起来，这就知道那位大头，姓袁，是

39

一位旅长。这个小胡子姓方，是一位名法学家，教授、官、律师，全都做过，说起名字，社会上是早已驰名的。他既然姓方，也就可以知道这位小姐也姓方，再进一步，就可以打听她叫什么名字，而且是在哪个学校读书了。因之含了这么一点小小的希望，自己不肯进舱去，总是在栏杆边站着，而且这边的谈话，似乎那位小姐也很爱听，老是坐在藤椅子上不动身。

说了很久的话，雪芙也不曾出来，俊人也就忘了有雪芙这样一个约会。还是方先生谈得有些倦了，首先散开。他在栏杆边吹了一会子风，方才进舱去。经过雪芙房门的时候，那门是紧闭着。用手指勾着轻轻地敲了两下，但是那里面并没有人答应。俊人本待举手再去敲门，心里可就想着，这位太太和这位小姐全是五官十分灵敏的，假使有人这样在门外站了许久，她们也就知道了，漫说我已经是连连地敲过了几下门的。现在等候了这久，还不见开门，一定是她们已经睡着了。于是在房门口踌躇了一会子，自己还是回到房间里去。

这已经是感到有些疲乏了，待要向床上一倒，这可开始发觉到，身上拖着一件长衫，还不曾脱下呢。于是开了风扇，脱了长衫，架着脚在床上直躺着。自己闲闲地想起来：这也很可笑，自己同了未婚妻一路到庐山去歇夏，这真是人生得意的一件大事，为什么遇到这样一位斯斯文文的方小姐，就这样颠倒起来。老实说，她多少带有一些病态，用现在审美的眼光看起来，那是一位落伍的姑娘了。自己总算是个时代青年，应该爱那摩登姑娘。再说，同了未婚妻出门，也不该有什么邪念。这样，至少是对未婚妻不忠实了。

如此想着，自己似乎给自己下了一个警告，这就不把那方小姐的衣香鬓影留在脑子里面了。人在床上躺着，身体已是宁静了，这就觉得船身微微地有些震荡，哄哄哄的，那机轮鼓着水浪声也送到耳朵里来。这两件事都够催眠的，而况自己在南京城里，热得一晚没睡，这时候也就该休息休息了。眼睛刚一合眼，这房门就有人敲了两下。

心里想着，这必定雪芙来了，立刻一个翻身坐了起来，叫着请进，却是茶房推着门，他伸了半截身子笑道："先生，请出来用茶点。"俊人想着，又是一餐吃，点心本不想吃，但自己没有尝过这个味儿，总要试试。心里又忖着，先吃那顿早茶，穿了长衫出去，弄得拘束极了，这次出去，该穿短衣服了，不要弄得那副尴尬情形。不过改一身短衫裤出去，也是不免人注意的，为什么先前穿着长衣，这时候改了短衣呢？先就该讲礼貌，这时候，就不必讲礼貌吗？还是穿西服出去吧，许多旅客，不过是穿上一件衬衫，我也穿一件衬衫得了。

如此一个转念，也就打算转身来开箱子，却听到身后有人轻轻地喂了一声道："出来！"回头看时，不就是雪芙吗？因笑道："刚才我敲过你的门，老是没有听到回声，我怕你已经睡着了。"雪芙笑道："姑母睡了，我躺在床上，可没睡着。但是我想着，敲门的人准是你，我不愿惊动姑母，没有开门。"俊人笑道："这就是你的不对了。你不愿开门，难道轻轻对我说一声儿，那还有什么要紧吗？我在那门口站了很久很久呢。"雪芙这就拉了他一个袖子角，向外扯着道："不用说了，我们外面去坐吧。"

俊人倒是不好意思说，自己还要穿衣服，只得随了她这一扯，就同走出来。因为所有原班旅客，还是各人找各人的地方坐，俊人也就只好坐到原地方去。其实桌上也没有什么可吃的，只是摆了两大盘蛋糕，两大盘什锦饼干。茶房捧了一把大茶壶，向各人碗里斟着红茶。因为如此，便有几个旅客，随便散坐着，不上席来。俊人回头看到右手一张空椅子，那位小姐并没有来，自己这也感到很无味，端起杯子喝了两口红茶，就待起来。雪芙正望着他，有一句话要问出来，然而就在这时候，那位方小姐随着她母亲来了，轻轻地拖开椅子坐下。俊人倒没有理会雪芙正在注意，依然坐着不动，把放下的茶杯又捧起来喝着。在这种动作之下，俊人果然是颠倒了，这是很可以知道的了。

第五章

不是冤家不聚头

有道是旁观者清，凡置身事外的人，看别人的态度，那总是很清楚的。俊人这样好端端的态度失常，不时地发出呆相来，这在关怀情人的雪芙眼里，先就有点觉察了。分明看到他要起身的，当那位斯文小姐坐下之后，他又捧了茶碗，不知所之起来。这不知道他是因人家拦住了去路呢，或者怕是人来我去，有点失礼呢？这且不管，反正他一时行坐不定，那是实在的了。于是自己也端了一杯茶，像俊人那般爱喝不喝的，坐在席上。

俊人先是连连地呷着茶，后来放下茶杯，取了一块饼干，慢慢地咀嚼着。那眼睛是不时地向隔壁射了去。但是也有点心虚，当看过了那位小姐之后，便也偷向雪芙看去一眼。她的态度虽然是很自在的样子，只是她的脸皮有些通通红的。心里想着，莫非她在生着闷气吧？果然如此，那不是闹着玩的，一定会惹出一场不美满的结果来。心里一害怕，脸上也就跟着红了起来。于是推开茶杯，站起身来向雪芙笑道："原来倒很凉爽的，一喝这茶，身上又发起热来了，我们还是到舱外去吹吹风吧。"他说着，已经用脚推开椅子，走到席外去。雪芙倒是微笑着，向他望了，轻轻地道："你忙什么？再坐一会子。"俊人看着，倒猜不出她是什么用意，因笑道："我倒是无可无不可。"不过他既起身了，倒不好意思重新坐下，便在靠窗口的沙发上坐了。

43

说也奇怪，雪芙偏偏是不肯走，只在那里两三分钟，端起茶杯来呷一口茶。这好像她已经知道了俊人坐在这里，是有点不安，故意迟疑不走，叫人家为难。俊人每次向她看去时，她正也将眼睛向俊人看来，在有意无意之间，她是带了那样一种微笑。俊人只管和她对眼光，对得自己有些不好意思向她望着了，于是站起身来，看那舱壁上悬着的画镜框子，又看看那舱位的价目表。过了十几分钟之久，才听到雪芙叫道："大家都走了，我们也走吧。"俊人回转头来看时，那位斯文小姐，已经是走进舱去。但是脚步很缓，还留着一个后影来给人看到呢。俊人也不敢怎样去逗引雪芙，强笑着道："这茶你喝得热不热？"雪芙笑着摇了两摇头道："我不热。无论天气怎样地热，只要人能够镇定一下那自然会凉爽起来的。"俊人听了，也不知道自己说什么是好，只有低了头，同雪芙一路走出舱外，在船舱上藤椅上来坐着。这个地方还是有许多特别官舱里的人，看那江上风景，闲谈着天下事。

船到这时候，已经过了采石矶，南北两岸的青山断断续续地由前面递送着过来。这就有人笑道："坐在轮船的干净船舷上，风平浪静，看江上的风景，这是人生一件最得意的事。金圣叹批《西厢·拷红》，说了许多不亦快哉。这件事，在我今人，也是一个不亦快哉。"又一个人道："话虽如此，可惜我们坐的不是中国船。"那一个道："唯其不是中国船，这江上的风景，才可以让我们慢慢地来欣赏。若是老早没有别国商船在扬子江上航行，恐怕这一带也是山海关外的北宁铁路，让人家来统制了。"

俊人看那说话的人，还是先前在这里说话的方先生同袁旅长，便走向前一步，同他两个人点了一个头。在俊人自己，是无所谓的，以为以前和人家谈过话了，现在见了面，不能不打一个招呼。可是那方袁二位，都觉得旅行寂寞，多一个朋友谈话，就热闹一点。那方先生便道："陈先生是到汉口去的吗？"俊人笑道："我在南京，只耽搁了三十小时，这火炉的滋味，已经是够尝的了。听说汉口的火炉程度，还在南京以上，怎样敢到汉口去？我同了敝亲，想到庐山去住一两个月。"

方先生却向袁旅长点了一个头笑道："我们又多一位游山的同志了。"俊人道："二位也是到庐山去的吗？那好极了。我很想着找两位同伴的。二位上山去打算住哪家旅馆？"方先生道："听说今年庐山上的旅馆是非常之拥挤，家家都客满。不过我打听着，新开的旅馆也不少。到了九江，我们先问问，那也不迟。陈先生住在什么地方呢？"俊人道："敝亲在山上有房子，年年都去的。"方先生道："是自己的房子呢，还是人家的房子？"俊人笑道："这话说起来，就有点拗口了，是敝亲的亲戚的房子，房子很多，房主人住不了，而且房主人是个欢喜热闹的人，感到山居无味，倒不年年去，反而是老远地跑到青岛去住着。这山上空着，没有人住是不好，租给人吧？又觉得自己要住的时候，反而没有地方。于是就和我敝亲商量，愿意不收房租，请敝亲去住。敝亲只是派一个人看守，出点打扫费而已。"

袁旅长道："在庐山上住旅馆避暑，那究竟不是办法。假如自己有房子住，那最好不过。我是个单身汉，不便住到人家家里去。方先生有眷属在一处，倒可以和这位陈先生商量一下。要像你们这样三四位同住旅馆，既不便当，而且花钱也是很多。"方先生笑道："萍水相逢，怎好向人家做这种要求。"袁旅长道："那要什么紧，房东租房子给房客住，也不能尽挑熟人。"

俊人道："刚才在桌上坐着，那位身体很健壮的老太太就是敝亲，若是方先生有意在山上住，不妨去和她商量。"说到这里，却回头来看看雪芙。雪芙正伏在栏杆上，看江里的浪花，对于这里人说话却没有注意。也不知道方先生为了什么事，对俊人表示好感，却是在身上掏出了一张名片，很和气的样子，递到俊人手上，笑道："这就是我的职业名号，请递给令亲看看。假如真有房子分租的话，兄弟愿意出相当的房租。不过这是偶然谈起的事，不能勉强令亲答应的。假如令亲认为不大方便，那也就不必提了。"

俊人心里暗想着，他们真要住到一处来，就和那位方小姐天天可以住在一处，不难成为朋友的，这倒是一桩欣慰的事。可是话又说回来了，果然住到一处来的话，恐怕这位朱女士那又要大不高兴。于是向方先生点着头道："若是那房子并没有人分租了的话，多几个人住在一处，总热闹些，我想敝亲尚老太太，一定也十分欢迎的。"他虽是说着话，却已经偷看了雪芙好几次。这时就拿了名片，走近雪芙身边，笑问道："姑母又睡了吗?"雪芙这才回转头来，顺手将名片拿了去看。那名片上印着大律师方孟斧，以字行几个字。她就点点头道："这位律师很有名的，姑母为了田产打官司，还想请他办这件案子呢。因为天气太热，姑母怕受累，把这事搁下了，所以也没有去请问他。"

俊人听到，正要回转身来，替那位方先生介绍，然而他已经同袁旅长，走到一边去了，因笑道："这样一说，事情就巧了。方律师说：他们也是上庐山的，因为在庐山上怕找不到旅馆，愿意租房子住。听说我们这里还有房子空，很愿意租我们余下来的屋住。我是无心之谈，把有房子的话说了出来，不想他得了这个风声，就向我开口，倒叫我没有话说。你看，应该怎么样子去对姑母说。我倒很是后悔了。"

雪芙道："这也没有什么后悔，姑母每年都把房子分租一半出去的。她又不要那租钱，依然是把租钱送交给房主王家去。她的意思，不过是找一家邻居，大家好热闹一点。"俊人道："既然如此，我就把名片交给姑母吧。"两个人正说着话，这位尚太太两手捧了一副望远镜，也就走着填鸭步子，走到栏杆边上来了。

雪芙笑道："姑母，你不必嫌在山上寂寞了，俊人已经找着了一位邻居了。"尚太太道："他没有到过庐山的，怎么找着了我的邻居呢？"雪芙道："并不是山上的旧邻居，他是把我们所住的余屋，给分租出去。这船舱里的搭客，有一个人愿意租我们的。而且这个人，我料着你也愿意和他们邻居。"说着，把那张名片递了过去。尚太太看到，啊了一声道："原来这位方律师就在船上，那好极了，我可以和他谈谈。"

俊人道："姑母认得这位方律师吗？"尚太太道："我就是不认得他，才急于要和他见一面。假使他认得我，他也不会先拿名片来通知了。在南京交际场上的人物，他们总得买买我的账，其实我是不轻易走到交际场上去的。"她说着这话时，那双肉泡眼，不免合了缝，其乐可知。俊人笑道："是啊，那方律师也无非听到姑母的大名，所以要专诚拜访。"雪芙站在尚太太身后，就不免向俊人瞟了一眼。

尚太太道："那方律师在这舱里吗？引我去见见。我向来就是这样，决不托大，人家越看得起我，我也就越看得起人。雪芙，你把我的名片拿张出来。"雪芙虽是不愿意，可又不敢违背姑母的话，这就噘了嘴跑进舱房去。不多大一会子，她拿了一张名片出来了。那名片娇小玲珑，和尚太太那肥硕的身体，正相处在反面，只有一寸半长，八分宽，中间印了四个卫夫人体的楷书，乃是尚朱婉侬。雪

47

芙两个指头夹着，递到俊人手上道："江风大得很，你拿紧一点。"俊人看了这样子，倒是欲笑不得，只好一把握住，正了脸色向尚太太道："姑母就去拜会那方先生吗？他在舱里。"

尚太太道："我急于要见他，就去吧。"于是尚太太随了俊人之后，走进舱去。方孟斧正拿了一本杂志，在旁边写字台上看。俊人走向前介绍着道："这就是敝亲尚太太。"说着，把名片递了过去。方孟斧却也在朋友口里听到，有一位尚太太要委托他打民事官司。无意之中，会在这里会到当事人，实在可喜。立刻推书而起，笑脸相迎。尚太太是懂得交际之道的，首先伸出手来，让方孟斧握着，笑道："方先生的大名，我是久仰的了，不想今日在船上遇到。"方孟斧笑道："尚太太也是我久仰的，这就好极了，大家全不寂寞。"

说着话，同在大餐桌子边坐下。尚太太道："听说方先生要到庐山去，我们也是上山的，将来在山上，倒多一家往来的朋友，方先生在山上的寓所还没有定妥吗？"孟斧道："可不是？听说今年山上的旅馆很挤，我想着，到了山上再打主意吧。若是我一个人，那不成问题，就是露天下我也可以睡。无奈我有一位家嫂，还有一位舍侄女。"

尚太太道："不要紧，我住的屋子，还可以空出几间来，若不嫌挤窄的话，可以搬到我们那里去住。最妙的，就是动用家具，由卧室到厨房，我们那里，全是预备好了的。"孟斧听了这话，似乎是很高兴，不免将两只手连连搓了几下，因笑道："那太好了，要多少房租，我们照纳。"尚太太一摆手道："笑话！若是那样，倒好像是有心兜揽生意了。我有许多事，要向你这位大律师请教，我们住在一处，那更好了。"

方孟斧笑道："既然如此，我把家嫂请出来，和尚太太谈谈。"

说着，他走进舱房去。在这时，雪芙依然坐在舱外船舷上，看两岸风景。所以方孟斧把他的嫂嫂方老太太引出来了，雪芙却不当面。而同时方小姐陪着，雪芙也没理会到。等雪芙走进舱来，这里已经是谈话多时了。尚太太这就向她笑道："雪芙，来，我给你引见引见，这是方老太太，这是方小姐。"

雪芙一看就是引得俊人注意的那位斯文姑娘。要理人家，心里实在不愿意。不理人家，可是姑母已经介绍在先了，而且那位方老太太，是格外地客气，她已经站了起来，向自己笑嘻嘻地点了点头。雪芙向她略微鞠躬时，她就笑道："这位小姐真可爱，比我们静怡活泼多了。静怡过来见见这位姐姐，将来也跟着人家学学。"静怡于是笑嘻嘻地走到雪芙身边，伸了手向她握着笑道："朱小姐身体很康健，真是一位时代姑娘，我简直儿不行，是个没落了的人。"

她说着一口流利的国语，而且在那小红嘴唇里，笑着露出一排雪白整齐的牙齿，那是非常之可爱。便笑道："方小姐，你太客气，我们是野孩子。"俊人坐在稍远的一张椅子上，看到这两位姑娘，各有一种特点，这个说是没落了的人，那个说是野孩子，谦逊得有味。于是一高兴之下，就笑了起来。雪芙一回头，脸就红了，微微地瞪了眼道："俊人笑什么？"

俊人看她有点生气的样子，也就随着她红了脸，因道："我觉得两位小姐全客气得可以。"方孟斧坐在他对面，摸了小胡子道："这叫其辞若有憾焉，其实乃深喜之呀。"静怡笑道："四叔这话，我有点不能承认，难道我还愿意做一个没落的孩子吗？"方孟斧笑道："你不愿意做，你又何必承认。"静怡道："我本来就是。若不承认，人家也看得出来的，倒不如承认了，落得人家还说我老实呀。朱小姐以为如何？"雪芙笑道："我也正是这样地想。"

俊人听到这话，又想笑了出来。可是立刻想到雪芙是不愿人家笑的，只管笑了又笑，岂不是有心和她为难。可是心里要笑出来，又不敢笑，只好回转身去，乱咳嗽了一阵。尚太太这时说话了，她道："雪芙，你现在更不寂寞了。我已经同方太太说好了，就让她们住在我们一处。将来要打起牌来，方太太娘儿两个，我们娘儿两个，现成的一桌。假使四个人之中，有不得空闲的，这里还有方先生同俊人，全可以做预备队，来补我们的缺。"

雪芙向静怡道："方小姐的牌一定打得很好呢。"方太太代答道："这孩子要说她笨，不算笨，什么事全可以做。只有打牌这件事，她是真不行。不是放铳给人家和了，就是做小相公。"尚太太笑道："这倒和我雪芙有点两样，她就常常替我当参谋长。"雪芙噘了嘴道："会打牌，也不是什么高明的事，姑母还只管同我宣传呢。"

尚太太倒不说什么了，只是笑笑。静怡看了雪芙的样子，倒好像很欢喜。就向她问长问短，在哪里念书？对于文艺上喜欢些什么？不想二人攀谈之下，倒有好几点彼此同情。其一是雪芙喜欢中国画，静怡也喜欢中国画。其二是静怡爱打钢琴，雪芙也爱打钢琴。由中国画和曲谱上，两个人谈着，有许多志同道合的地方。雪芙始而觉得俊人颇注意她，正要回避着才好。不想她就是方先生的侄女，无意之间，引狼入室，很是后悔。可是姑母当面介绍之后，人家又很客气地周旋，怎好不理人家？再说自己的未婚夫注意人家，人家并不知道的，也不应当去怪人家。所以静怡和她谈得很有味的时候，她也就忘了一切嫌疑，跟着向下说了下去。于是他们两组，分作了三班，尚太太和方太太谈在一处，方小姐和朱小姐谈在一处，只剩了俊人坐在一边，不但不敢插嘴说话，而且怕笑出声来，雪芙不能同意。只好掉转头去，向方孟斧谈。

孟斧也正感着太太小姐在谈话，自己不便胡乱加入，于是向俊人道："在这里坐着，我们没有资格谈话，我们还是到外面去乘乘凉吧。"俊人向尚太太姑侄看着，她们是根本没有理会，这也就只好走了开去。旅行中没有伴侣，那是感到寂寞的，一天可以当几天过。反过来，旅行中有了伴侣，谈谈说说，又把时间混得很快，不知不觉，就过了一天。所以这六位男女，在谈笑不停之下，又到了吃午饭的时间。

　　大家被茶房一个个地请着，就依然到大餐桌子上，原地位坐下。在吃早饭的时候，彼此全是生人，谁也不能理会谁。到了这时，大家相熟得多了。所以在入席的时候，大家见着面，不免点上一个头。就是不点头，也要举行一个微笑的礼。本来这种礼节，也没有谁指定过。只因为人总是感情动物，见面之后，有了情感了，大家就不能木头似的，彼此不理会，所以俊人虽是板了面孔，在原地方坐下。静怡却是很客气，她走进来之后，就向俊人笑着点了一个头。

　　俊人真是出于意料，她倒是先行起礼来了。在人家那一点头之后，自己有些莫名其妙，不知不觉地，也就和静怡点了一个头。可是点过这个头之后，颇有点感觉，向斜对坐的雪芙看了去。她这时把铜圈圈里的白围布取出，左手取了空瓷盘子，右手拿着围布，不住地去擦，眼睛皮垂下来，把睫毛拥出来多长。她似乎没有理会到这事，所以脸上没有什么颜色可言。俊人头不敢掉转，只转了眼珠子去看静怡。静怡的态度，不但十分镇静，而且脸上笑嘻嘻的，微泛了一块红晕。她左手拿了一片面包，右手拿了刀子，到玫瑰酱碟子里挑甜酱去，这一碟子甜酱，就是放在俊人面前的。所以当她伸出刀子来挑动甜酱的时候，那双嫩白手就伸到俊人眼前来。那无名指上套着一只翡翠戒指，好像还是和人不曾订婚的姑娘。

恰是这个时候，尚太太有话和他说，连叫两声："俊人！"他没有听到，他拿了长柄勺子，只是和弄着盘子里的汤。雪芙这就大声道："俊人，你在想什么？姑妈和你说话呢。"俊人笑道："哦，姑妈要胡椒？"说时，满桌张望着。然而那个装胡椒的小瓷器瓶子，就在尚太太手边，他看到了，却不好意思去拿。尚太太道："我有一件事，忽然想起来了。庐山上有好几处地方，可以游泳的，你带了游泳衣没有？"

俊人笑道："我最喜欢游泳，怎能不带游泳衣？"在这时，方小姐无端地在其间插了一句嘴，她笑道："朱小姐会游泳吗？"雪芙道："不行，我试也没有试过一回。"尚太太笑道："这次到了庐山上，让俊人给你保镖，你就可以试试了。"雪芙笑着不说什么，只管摇头，同时却向俊人瞟了一眼。方孟斧道："陈先生会游泳？那就好极了。在现代这交通便利的时代，和水接触的机会，是太多了，必定要懂得游泳，加上一重自卫的力量。到了山上，我少不得跟陈先生学学。"

他坐在俊人的左手，静怡坐在俊人的右手，俊人向孟斧道："平常的游泳池，那没有什么难学，我觉得应该练练海水浴，才对身体有益。我愿有机会，到海边上去过一个夏天。"他分明是和自己叔叔说话，可是她向叔叔看着，必定看过俊人去。俊人总怕雪芙又望了过来，只好低头吃茶。可是心里想着："这位姑娘说话，总喜欢接了我的下句，说她是带点旧式女子态度的，那也不见得。唯其是这样不十分大方，倒现出她含情脉脉的神情来。"

如此想着，就情不自禁地又要偷看人家，可是雪芙却不怎样介意，只是说话增多，有时朝着静怡说，有时也朝着方太太说。俊人和她相反，不是人家问他，他就默然地吃茶。饭吃过了，雪芙第一个就下了席，走出船舱去。俊人倒不敢回自己的房，也追到船边上来。雪芙伏在栏杆上，被江风把头发吹乱，她不时抬起一只手臂来，去清理着鬓发。俊人悄悄地走到她身后，也想伏到栏杆上，却听到她叹了一口气道："这才叫不是冤家不聚头呢。"

俊人听她这种言语，倒不由得心里扑通扑通跳了两下。心想："她这话什么意思？难道以为我和她是冤家吗？"若说到方小姐，那谈不上，她不但与她无冤，也和我无爱，怎么能说是冤家？再就雪芙的态度上来说，同方小姐也相处得很好。既是相处得很好，这话从何说起？他站在雪芙身后发呆，可是雪芙却不知道身边有人，过了一会子，她又叹了一口气。

第六章

忽嗔忽喜春风面

自从宇宙里有了女人，也就有了醋味。一个女人，对于自己所有权的男人，她是宁可让那男人病，出走，坐监，甚至于死，都在所不惜，但是眼睁睁看他为人夺去，那是心所不甘的。朱小姐不是一位超人的女子，她对于自己爱人的占有欲，不会例外。现时在轮船上遇到了这位方小姐，连自己的姑母，也说人家不错，男子是见一个爱一个的，像陈俊人这样的清秀少年，平常就把女人当了一种艺术来赏鉴。现在有这么一个少女，时时刻刻地在面前，他怎么不会动心？可是这也有一层奇怪，自己见了那方小姐，无论怎么样，也不能发一点脾气。这是什么原因？于是扶了栏杆向江岸上望着。但是心里头这一份忧郁，实在没有法子可以宣泄出来。因之过了几分钟，就叹上一口气。

俊人站在她身后，要走向前去劝慰她两句，这话不知从何说起。不去劝她吧，透着自己对人太冷漠了。于是一步一步地走到了栏杆边，因指着白云脚下的山道："你看，这风景多好，在北方，这种景致，不容易看得到。"雪芙并不理会他的话，依然靠了栏杆，向江面上远远地看了去。俊人知道她是很生气，可是她越生气，越应当和她说话，才能够平定她胸中不平之气。因之把身子缓缓地移着，移得和雪芙身体相并，又低声笑道："你对于这风景，有什么感想吧？"说时，见她有一只手撑住栏杆的，就伸手过去，在她的手臂上，轻轻儿地抚摸着。不料她为了这轻轻的触觉，却引起了大大的怒气，把手臂一缩，又是一挥，对俊人微瞪着眼道："你要放尊重些。"

说完，回过脸去，依然向江岸那边看着。俊人听了这话，觉得她说自己不尊重，分明就是生疏得像一个平常的人一样，男女之间，是不许谁碰着谁的。若是碰着了，那就是轻薄。和她由普通朋友做到了未婚夫妇，在这一个阶段里，并没有这样冲突过。现在受她这样一句话，显然是彼此交情上划了一道裂痕。自己简直呆了，不知道在这一句话之后，应该接着说什么。雪芙固然是不作声了，俊人站在她身后，也是不作声。

嘴里这就轻轻地说了一声："好吧。"立刻掉转身，向自己舱房里走了去。雪芙原来是鼓着腮帮子，靠了栏杆站着。静站了许久，耳边下听不到一点声息，这才回转过身来，向俊人站的地方看着。她先看一眼的时候，非常之快，立刻就正过脸去。但是她也就看清楚了，俊人实在不在身后，于是反过身来，将背靠了栏杆，反向舱里望了去。见舱里坐的、写字的、玩扑克牌的，一家全是很高兴的样子，却不见俊人在内。这个时候，正当中午，虽是船行在江心，天气还是很热。客人不在船边上乘凉，也应当在客厅里坐着。怎么全不见他？莫非他在舱房里了。于是先走到自己舱房里来，见姑母手拿了一本书，半卷着，躺在床上。

看舱壁上的电扇开得呼呼地作响，正对着她身上吹风，便笑道："我没有在房间里，俊人也不来陪你，你闷得很可以的吧。"尚太太道："刚才他倒是进来了一趟。"雪芙道："他说了什么呢？俊人他……"说着，咻咻地一笑，拿了一条小花绸手绢，在胸面前晃着，当了扇子摇。尚太太道："他进来的时候，我看小说，看得正过瘾，没有理会到他。他只叫了一声姑母就跑出去了。他什么时候进来，我不知道，

55

他什么时候走开，我也不知道。"雪芙坐在姑母对面床上，手拿了那花手绢不住地摇着。尚太太倒没有知道她有什么心事，拿起书来，又看着入迷了。雪芙道："我们带来的水果，还有吗？"

尚太太道："在那提篮子里，还有几个水蜜桃，你拿去吃吧。"雪芙红着脸，对姑母看了一看。见姑母两眼全射在书上，再多说话也是无益，于是在提篮里拿了两个水蜜桃，悄悄地走了出去，一转身就是俊人的舱房了。走到那门边，用手轻轻地碰了一碰，门却是关得很紧，似乎是在里面插上门了。这就把嘴撇了两下，猛可地把身子一扭。但是就只这样一转之后，身子又立定了，把手上拿的两个水蜜桃看了一看，微笑起来了。于是再走到门边，将两个指头轻轻地弹着门响。可是门虽响着，那门里却不见有人答应。雪芙将脚轻轻地一顿，自言自语地道："我不叫门了。"不过口里虽是说着，人并不走开，一面捏了一个拳头，咚咚地在门板上捶着。

俊人在里面啊哟着连连答应了一声，把门打开来，口里还说着："怎么还捶得这样凶？"他说话的时候，脸上还带有笑容的。可是一抬眼看到了雪芙，把脸子就正过来，雪芙脸上分明是笑容的，然而还鼓起了腮帮子，把一只手伸到门里来，托着两个水蜜桃，颠了两颠，将头扭到一边去道："哪，这是姑母给你送来的，你接过去吧。"俊人道："你为什么不走进来，难道我这屋子里有老虎会吃人吗？"雪芙借了这句话，也就扭着身子走了进来，将两个蜜桃塞到他手上，笑道："赏脸不赏脸？"

俊人将桃子接过来，笑道："你说话为什么老是言中带刺？"雪芙道："我就是这样一个嘴头子，要像方小姐那样斯斯文文的，我有点办不到。"俊人笑了一笑，也没有答话。在手提箱子里，找出了一把小刀，然后左手拿了一块手绢，托住了桃子，右手拿了刀子，转

56

着削起桃子皮来。削完了之后，两手托着，送到雪芙面前来。

雪芙笑道："这是我送来给你吃的，怎么你倒先转送给我。"俊人道："到底是姑母送给我的呢，还是你送给我的呢？"雪芙道："怎么样？是我送给你的，你就不吃吗？"俊人笑道："不是那样说，因为你原来对我有点不高兴的样子，忽然改变过来，送桃子给我吃，这有点矛盾。"雪芙笑道："矛盾？哼！人生总是矛盾的。不必你说，我自己也知道我矛盾。"俊人笑着把身子扭了两扭，望了雪芙的脸，又走近了一步，因道："这话倒可以研究研究，你坐下来，我们慢慢地谈一谈。"

雪芙道："热死的，坐在舱里干什么？"说着，人就向外走。俊人正想伸手去扯她的衣襟，手还不曾碰着呢，立刻又缩回来了。雪芙似乎也明白了他的意思，走出了舱房门边回转头向他笑了一笑，俊人站在屋子里倒不免呆了一呆。她先前是那样生气，这时又送桃子来吃，可见女子的脾气，真是不容易摸准的，若是果然地和她分出什么意见来，显然是做男子的不大方。于是在舱房里站着发了一阵呆，又换了一身衣服，还是向外面走来。不过自己刚出了舱房门，就让自己感到了一种不大合适的意味似的，又回身进舱房里去。这舱房向外的窗子，就是船舷上，隔了窗子一看，雪芙在栏杆边来回地徘徊着，似乎很有什么心事似的。心里这又转念着，她无故地将话来冲犯了我几句，到了这个时候，也许她想回过来，有点后悔了。自己藏在舱房里，不出去理会她，那就给予她的坏印象更深，不过就是出去敷衍她，也要当着无意为之才好。于是在手提箱里，随便地拿了一本书，就向外面走来。由舱房里到船舷上来，那是必经过外面这个餐厅的。

当俊人走出来的时候，恰好看到方小姐由椅子上起身，也要向船舷上走去。心里这就念着，若是同她一路走出去，雪芙看到，又要疑心，为了省事起见，还是在餐厅小坐片时吧，于是就展开了手上的这本书，坐在窗子边的沙发上看。这一页书虽是随手翻过来的，但是天下有那样的巧事正翻在很有趣味的所在，因之忘其所以地把这一页书全看完了。在翻转一页来的时候，这才一抬头，把自己走出舱房来的原意给想起，这岂不是有意和她闪避？

他匆匆地走到船舷上来，但是船舱虽站着一位女郎，是方小姐，却不是朱小姐。在自己悔恨交加的时候，本也来不及再去向方小姐打招呼。无如自己走出舱门来，恰好是方小姐回转身，向舱门里看着，于是两个人打了一个照面。彼此既是熟人，就不许可像生人一样，因之俊人先向静怡点了一个头，她也微笑着回了一个礼。俊人这就不好意思转身就走了，在舱门口站了一站。

静怡虽是很斯文的，但她并不带小家子气，向他手上的书看着道："陈先生看什么书？很用功啊！"俊人走近一步，笑道："旅行期中，寂寞得很，随便翻一本书看看。这是一本现代人集的晚明小品。"静怡道："现在文坛上一班巨头，倒很提倡明文。"俊人又走近一步，摇了头笑道："这也是一时的风气使然，我是无所谓的，随便抽一本书看看。"

静怡道："据一般研究国学的老先生说，明朝对于文学，最缺乏真实的贡献，也没有什么中心思想。可是现在的文人，倒以模仿晚明为能事，这不是很奇怪吗？"俊人听她这种批评，心里却不免大大地吃了一惊。真也看她不出，对于明文竟有这样的见解，这不是很有点文学根底的人，这话是说不出来的。因为心里佩服，脸上随之表现出一种很欣慰的样子，也就靠了栏杆，斜侧了身子向她笑道："方女士的话，高明之至。本来现在提倡晚明文学的人也只是为了感到苦闷，在文字上说几句风凉话，消遣消遣，不能说是有什么思想。唉，现在的情形，不但是像晚明，而且是有些像南宋，提倡这种说风凉话的文字，本也就没有什么意义可言。"静怡点了两点头笑道："高明得很。"她说完了这话，就掉过脸去，向江面上看着风景。俊人受了人家两句赞美之词，本就应当回答人家两句，才算正理。但见她这时全神似乎都注意在风景上，糊里糊涂地，在人家背后说话，恐怕是不搭调，因之也默然地站在一边。过了一会子，自己似乎是感到了一种苦闷，无缘无故地，却叹了一口气。

静怡猛然听到这声长叹，也有点诧异，就向他望过来。俊人叹出气来之初，是不大在意地等到静怡向他看了，这才明白了，索性跟着叹了一口气，因道："你看，我们这样好的江山，怎不惹起人家的欣慕。我们对了这种风景，只知道鉴赏，不知道保护，将来总有一天，想要欣赏而不得了。"静怡很沉静地听着，虽是她并不说话，可是只在她那灵静的眼光里面视察，就可以知道她对于这话，是很表同情的。便接着道："我们全是由北平来的，对于北平那伟大的建筑，谁不是十分地欣慕。可是一味地欣慕有什么用？那里已成了国防的最前线，需要我们保护，更在这江南山河之上。我想到了这种地方，真不愿出来游历。"也不知道方小姐是什么意思，却跟了这话，微微地一笑。

俊人又道："我们坐在这大的江轮上，生活是非常地舒适，再又看到这样清秀的江山，我们脑筋里，一点刺激也没有受到，我们不能起什么感想。所以我对于江南各处，觉得在国耻方面，太缺少刺激人的布置了。"静怡因他说了一大串子话，自己一句也不答复，未免不妥，也答了一句道："这也难怪，果然，立下许多刺激人的布置，恐怕是会引出什么意外来。宁可少刺激人一点也少惹下一点麻烦。"俊人道:"年轻的人,像方女士这样见解得到的,那实在也少。"静怡没作声,只微笑了一笑。俊人道:"方女士在北平的时候,也常常参加群众运动吧?"

静怡摇了两摇头道:"不,我是个没有出息的人,对于这些,全没有力量去参加。"说毕,微微地一笑。她的笑,是和雪芙的笑法不同,仅仅将嘴角一翘,露着三四颗牙齿,而且并没有声音,立刻就把笑容收起来了。俊人对于她这种笑态,深深地受到一种安慰,望到了她更不忍走开了。两个人默然地站在栏杆边玩赏了一会子风景,谁也不理会谁一句。过久了,这中断了的话,也无法重新提起。俊人将右手拿的书本子,轻轻地在左手心窝里扑打着。那种表示,是充分地透着无聊。静怡站在那里,似乎不觉到身旁站有一个男子。那江风吹到她脸上,把头发吹乱了,她就抬手把乱发悄悄地扶到耳朵后去,把鬓角给料理清楚了。

她这时,换了一件绿色圆点子的白绸旗衫,下摆是长长地开着岔口,被风吹得飘荡着,露出了两条整腿的肉色丝袜,白缎子平底鞋,装束是淡雅极了,而且在静穆之中,表现着一种说不出的妩媚风味。俊人这就想到了某艺术家的一句话,女人就是艺术。像她这样子站在栏杆边,若用照相机给照下来,这种姿势,简直是一幅图画。近处看来是这样子,却不知道稍微远一点的地方,看去情形怎么样?于是缓缓地向后退,向静怡身上打量着过去。

他偏了头左边打量着,又偏头向右边看看,几回打量,有了一个往别处看的机会了,只见雪芙坐在舱门处一张藤椅上,对外面看着。当彼此眼光打了一个对照的时候,雪芙的态度是很自然,却向俊人点了两下头,而且微微地一笑,她并不曾说一个字。俊人看到,便情不自禁地,由脸腮上红到耳朵根下去。向她道:"我以为你还在外面乘凉呢，特意出来寻你。"

雪芙笑道："是吗？那倒是我大意了。"她说着两句话的时候，声音是非常之细微，俊人似乎是听到，似乎也不听到。看她脸上带了那一份淡淡的笑容，觉得是很富于刺激性。自己站在栏杆边，真不知道要说一句什么话好。幸是静怡也回转头来了，看到了雪芙，这就连连地点了几下头，笑道："出来谈谈吧。"雪芙一看到她，也就满脸堆下笑容来，随着走向前，彼此握了手。静怡道："我觉得在扬子江坐轮船，那是最适意不过的事。这里有旅行之乐，没有风波之险，比坐海船是舒服无数倍。"

雪芙道："我们这是坐在特别官舱里，可以说这样一句大话。假如我们是坐在统舱里，那里有一二百位搭客，既不通风，里面又很黑暗，什么气味全有，不要说坐在里面，就是由那舱门口经过一下，那舱里面的各种气味，犹如炉子里火焰一般，向人身上直扑过去。刚才我由那舱门口经过，闻到了那种气味，一个恶心，几乎要吐出来。"静怡笑道："也许是实情，不过人是走到什么地方，说什么话。我以前也坐过一回统舱，虽然觉得里面乱一点，糊里糊涂，也就混过去了。"那静怡很平淡地说着这话，可是雪芙听着，脸上泛出了一层红色，似乎有点难为情，俊人在一边就插嘴道："方小姐坐统舱的时候，大概不是夏季吧？"静怡毫不思索地答道："正是夏季。"

俊人没什么可说的了，也在脸上泛起了一层红晕。雪芙将右手一个食指，塞到牙缝里去，微笑着向俊人瞟了一眼。这样，俊人的脸是更红了。于是举起手上的书，翻了两页，这就微昂了头，看天上的云峰搭讪着离开她们了。

昨晚在南京，一宿没睡，今天上得船来，比岸上的温度，要相低到十五度以下去，正好补睡一觉。只为了遇到这位方小姐，精神受到一种刺激，就不想睡。经过了大半天的工夫，实在疲倦起来，于是溜进舱去，倒头便睡。醒来时轮船已是经过了芜湖，天色慢慢地昏暗了。自己到洗澡间里去，洗过一个澡，这才到尚太太舱房里去。不想又是吃晚饭的时候了，尚太太已经到餐厅里去了，这里只有雪芙一个人。她在小箱子里取了一条小手绢出来，掉转身正向外走。看到俊人站在屋子里，只把眼皮一抬，什么也没有说，依然向外走，并不理会。

俊人笑嘻嘻地道："喂，你慢一步走，我有话要向你解释。"说时，伸手拉着她手上捏的毛巾。雪芙却把脸皮顿下来，使劲地用手一摔，竟自出门去了。俊人站在屋子里，又是一呆，这舱房门却是开的，茶房看到，却伸进一个头来，笑道："已经开饭了。"俊人道："我真不愿吃饭。"他说这句话的时候，脸色自然是不大好看，而且语音也很沉着。茶房望了他，他倒有些诧异，有什么事得罪了客人，让他生气。俊人回想过来了，才觉得自己无故发了人家的脾气。不再作声，自向餐厅里吃饭来了。这时，是方律师的提议，把这一组相熟的人，改为吃中餐，设下了一张圆桌子，大家围着吃饭。他们都已坐下，只留了一张空椅子，等俊人坐下。

方太太和尚太太坐在并排，她看到了俊人，就提起那只拿筷子的手，连连向他招着道："陈先生，请到这里来坐吧。"说着，她拍了她身边那张空椅子。因为这一组人之中，要算方尚两位太太年纪最大，所以大家就让这二位老人家上坐。次于这两位老人家的椅子，就空下来了。俊人来晚了，只得坐下，事有那样地巧，他的下手，又是方小姐。雪芙呢，因为她紧邻了尚太太坐着，就正在俊人对面。她原是望着这边的静怡笑嘻嘻的，及至俊人坐下，也向她看了去的时候，她立刻沉着脸皮，把头向下一低。俊人明知道她还在生气，就装着不知，自去吃他自己的饭。雪芙把脸掉过来，只是去和尚太太说话，却不肯正过脸子来。静怡哪里会知道俊人和雪芙有别扭在肚子里？吃着饭，随便说话，却向俊人看了两眼，笑道："陈先生看的那本书，回头借给我看看，可以吗？"俊人笑道："这不成问题，我那里还有几本旅行杂志，一块儿拿过来给方小姐看看。"静怡笑道："谢谢，陈先生倒真有旅行家的风味，出门还带着旅行杂志。"俊人道："这也不过是偶然买两本带着，作为破除岑寂的东西，哪还有什么旅行家的风味。"静怡笑道："像陈先生这样一大班子旅行伴侣，还有什么岑寂可言。"

俊人道："我原是在北平买的杂志，由北平到南京，我可是一个人。"静怡道："哦，陈先生是最近由北平来的。"俊人道："我在南京，只住了一天。"静怡对于他这话，似乎有点诧异的样子，便向对面的雪芙望了一望，雪芙正也如是瞪了眼睛，向这边看过来，两个人的眼光不免像小说书上剑侠的飞剑一样，对了一下目光。静怡倒是微微地笑了，因道："朱小姐，你到过北平吗？"雪芙看了她那轻妙的笑容，倒不免被她软化了，因笑道："我早有这个意思，想到北平去，可是没有去过。"

静怡道："这回暑假以后，同到北平去好吗？"雪芙笑道："好哇，以前我就愁着。到北平去，没有一个知心的女朋友。现在认识了方小姐，这就有办法了。"方太太这就插言道："我们在北平也有一所破屋子，朱小姐若到北平，至少可以免得住旅馆。"尚太太笑道："这倒有趣得很，彼此来个换球门。到庐山去住在我们那儿，到北平去，又住在方太太那儿。雪芙，你听见吗？上了山以后，我们得好好地招待，将来到北平去，我们好捞本。"

说着这话，可就向雪芙睐了两下肉泡眼睛，而且故意做出破绽

63

来，让全桌人看见，于是大家哄然一笑。这一餐饭，大家吃得是非常痛快，只有雪芙心里，有一种说不出的滋味，想不到自己的姑母，倒是很高兴方氏母女。吃饭以后，并不告诉人，自己一个人悄悄地就走出这餐厅的舱门去了。这时，已是夜色满江了，舱外很少灯亮，在舱里的人，是不能看到舱外的了。

第七章

三　笑

　　陈俊人在这一餐席上，虽是低了头不作声，可是雪芙的行动，他是时时刻刻全留心着的。这时，偶然掉头去和方先生说两句，再转过脸来，雪芙就不看到了。始而想着，她或者是到舱房里去了，后来听到尚太太由舱房里叫了出来，问茶房这里的朱小姐到哪里去了。这又知道雪芙不在舱房里了。向舱外的船舷上看去，那里是黑洞洞的，偶然看到光亮一闪，却是长江里的波浪，映着船上的灯光，翻了一翻。此外什么也不看到。于是猛可地站起身来，就要向外面走。可是当他一举脚正要开步的时候，那坐在灯下的方小姐，可就露着牙齿微微地一笑。这倒不知道她有了什么感想，好好儿地对人这样一笑。这大概是笑我怕未婚妻吧？于是犹豫了一会子，却又借着同船客说话的机会便坐下来。偷眼去看方小姐时，她是很自然地在同母亲说话。偶然地向舱门口看去，却看到一位穿西服的人，在那里一闪。假使雪芙在船舷上的话，这个穿西服的人却有点欺侮她的意味的。于是背了两手在身后，慢慢地站了起来，故意向那船客道："晚上的江景，那是另一番风味，到外面去风凉风凉吧。"

　　一面说着一面偷眼去看方小姐。她正在同母亲说话，倒没有怎样地介意呢。于是缓步踱出舱门去。到了船舷上以后，才看到不少的人，或坐或站，散在一处。这里仅仅是两盏很小的电灯，在上舷板上嵌着，对于稍远坐着的客人，就不大看得见。其间有两个蓬了

65

头发的，料想那是女人，但哪个是雪芙，可又不知道，便背了两手，悄悄地走到船舷上，慢慢地遛着。

在遛的时候，口里细细地唱着歌子，这歌词全是雪芙所熟闻的，假使她也在这里，她一听到就知道是未婚夫在这里了。俊人有了这样的一个想头，自己只管顺了船舷，一路里走着唱着。可是把特别官舱外这段船舷，来往走了好几个来回，依然不见雪芙答话。心里这就很有点懊恼，想到现代男女社交公开的日子，男子当然可以随便同女子在一处。何况轮船火车上，这是大家公共起居的所在，向来就是男女可同来同去的所在，要禁止不同女子接近，那除非倒过来，男子去学以前的女子，终日藏在屋子里，不要露面。然而天下有这样的道理吗？她也压迫人太甚了。心里想到了"太甚"两个字，不由得随着把脚顿了一下。在许多人静静地乘凉的时候，突然有这一声顿脚声，颇能引起大家的注意，不免全回过头来看着。俊人这就不便在船舷上徘徊了，自言自语地道："这里有什么东西？把我的脚绊了一下。"

自表明了这一个动作之后，也就向自己舱房里去了。这一晚，算睡了一场安稳而又恬适的觉。那船轮鼓动着前进的时候，船身微微地震撼着，这是更给予了一种催眠的意味。等到他身上有些异样的感觉，再起身对了窗外看时，沿江岸上一丛人家，其中有座塔影，高高地竖立着，那正是安庆。走出舱房来，伏在栏杆上望着，只见对岸这边的船舷上，旅客拥挤着，向船下乱滚。船下有两只舢板船，承受着这些滚下来的人和行李。那一份喧嚷，简直不可以言语形容。在高一层上的旅客，也都伏在栏杆上望着。自己是刚刚起来，也没有去洗脸就来看热闹的，等这里旅客离开了一部分，回想到这种睡容，让方小姐看到了，是不恭，立刻掉转身就要向舱房里走。便有那么样子巧，正好同方小姐打个照面。她嫣然一笑的，急着没有法子掩藏，却把那纤纤的左手，抬了起来，伸开五指，把头一低，将眼光藏在纤手里面。

俊人虽不知道她笑着自己是哪一点，可是她为了自己这样含羞答答地一笑，那绝对是无疑的。女人的笑是好看的；那处女害羞的笑，更是让人心醉。假使她愿意这样常常见笑的话，自己可以扮个小丑，在她面前一生都去领略她的笑意。身后却有人叫道："密斯方早啊？"回头看时，正是雪芙来了。她看到了也是一笑，不过在她嘴角略微上翘之时，她立刻圆睁了两眼，把脸一顿，将笑容收了起来。俊人本想和她打个招呼，可是她迎上静怡去说话了。

俊人走回舱房，在脸盆架边，放了水来洗脸。就在这时，对了墙上挂的大方镜子，看到了自己嘴角右边，很长很长的，抹了一撇黑迹，仿佛是养了半边胡子，这也就怪不得人家好笑了。洗过脸之后，向窗外看去，安庆城池已是不见，想着二位小姐，也就该进舱了。于是换了一套衣服，手上还捏着一本书，当是很闲适地走向客厅里来。恰是那样地巧，方小姐就坐在对路口的这张椅子上，她见俊人出来，然后微微一笑。她仅仅只这一笑，立刻掉过脸去同母亲说话了。

俊人想着，究竟女人是要有羞态美的。希望女人有羞态，那在太开通的女子身上，是找不着的。像雪芙这种过分摩登的姑娘，不但不会有那种柔媚的美，而且一点小事，就要发脾气，纵然有些美态，在这发脾气的当中，可也就把美态消失掉了。他一面想着，一面向舱外面走。在这个时候，就可以看到他态度有点失常，走两步便停住了，好像失落了什么东西似的，要捡了出去。然而他却没有这种勇敢，迟疑一会儿，还是向外走过。

船过了安庆，江两面的青山还是陆陆续续地出现，俊人捏住卷了的书，将身子斜靠了栏杆站住，身子倒是朝里看了来。过了一会子，朱小姐出来了，那薄薄的乔治纱长衫，被江风吹着，掀起了多高，把两条光滑的大腿，全都露了出来。下面穿的是露帮子皮鞋，短袜套子。俊人笑道："天气这样热了，在船上也就像在家里一样，你何不把袜子也给脱了？"雪芙先不说什么，将眼睛先向他瞪了一下，这才耸了两下肩膀微笑道："我们这落了伍的女子，谈不上那种摩登打扮。"说着，也走了过来，靠栏杆站定。

　　俊人冷眼看她的衣袖，已是短齐了肋窝，头发的前半部，很是光滑，后半部垂在颈脖子上的，却是烫成了无数的云钩子。只见她扶着栏杆的两只手，指甲上全涂了鲜红的蔻丹。在这些装束上，能够说这不是摩登的打扮吗？雪芙向江岸上看着，却不时地将眼珠转着，向他睃上两眼，笑道："你看我怎么样，到底是不行吧？"俊人走近一步，靠了她站定，低声道："雪，你自上船以后，怎么老对我生气。我知道，你是为了那个姓方的，其实……"雪芙笑着啐了一口道："胡说！我管姓方的怎样？管姓圆的又怎样？"俊人道："要不然，为什么你老是生气呢？"

　　雪芙道："我生什么气？你老要疑心我，我也没有法子。"俊人道："不能吧？"雪芙道："有道是贼人胆下虚，你是自己要这样多心，大概你自己心里总也会明白。"俊人将头微微摆了两摆，笑道："好重的言语。"雪芙道："我想着，庐山不会有多大的意思，我不愿住很长的时间。"俊人道："这一层，我一听你的便。假使你觉得在山上无聊，我们稍微住两天，就下山，另找一个地方避暑去。北平也好，青岛也好，就是北戴河不大好去，那不是我们警察的力量所能保护的。早两年我就想到北戴河去，总因为路近，随便可以到，俄延下来了。现在再要到北戴河去，可就差劲了。到北平去，我觉得还是机会，你以为怎么样？"

雪芙道："我不想到那里去游历，要回南京了。"俊人道："你不怕热吗？"雪芙道："年年也在南京过去了，并不怕热。今年的南京，难道就格外热得不同吗。再说南京有一百多万市民呢？他们也是人，难道他们就该受热的吗？"俊人笑道："这倒是你一番仁厚之心，可是你在南京，为什么约我同游庐山，而且还一路同我来了。"雪芙淡笑道："你以为你说这话，就问得我无言对答哩。我反问你一句，我出来游历，不是为着陪你吗？"俊人笑道："既是为着陪我，那就很好，我请你多陪我几天吧。"

说着，将右手捏着的书，在左手心里，连连地打了几下。雪芙道："你这是假话，我不要听。现在你有人陪，用不着我来管这闲事了。"俊人想了一想，把一句忍住了的话，到底还是说了出来，便笑道："你这话，我真有些不解，难道除你之外，还可以找得到陪我的人吗？"雪芙道："自然有，宇宙里面，除了我朱雪芙，难道就没有了女人吗？"

俊人道："那你所说的范围更狭了，你以为我游山还只能找女伴吗？"雪芙说到了这里，却不再和他说话，自伏在栏杆上看望江景。俊人举起书来，看了两三句，又把卷起来的书，撑着脸，只管沉思着。最后又把书本在手心里打着，因笑道："你误会的原因，我心里是很明白。但是这一点误会是不应当有的。这位方小姐……"雪芙身子一扭，做个要走的样子，板着脸道："我们有什么事情，就提我们自己，不要说到方小姐。"

俊人将手摸摸脸道："若是对于这个人，不许提到，那我就用不着解释。你想，除此之外，我们还有什么误会吗？有人说，爱情好比人的眼睛，里面藏不得一粒沙子。我想，不但藏不得一粒沙子，就是炫耀眼光的东西，也看不得。看了会头晕眼花。"雪芙笑道："对了，你这比方，准确极了，方小姐太美了，所以你看到了，不能不头晕眼花。"俊人将一个食指点了她笑道："这是你提到方小姐的，该罚你了吗?"

雪芙笑道："她是女人，我提她要什么紧?"俊人慢慢地将手在栏杆上移着，渐渐地接近了雪芙的手指尖，偷看她的脸，倒并没有什么怒色，于是将她手按住，笑道："雪芙，从此以后，我们言归于好吧。"雪芙笑道："我们也没有不好过，为什么说这话呢。"俊人笑了一笑道："没有上轮船以前，我们实在不曾红过脸，可是上了轮船之后，就有点隔阂了。这隔阂是由何而生，我以先还不知道，现在我明白了，我同那方小姐，无认识之必要，从此以后，我不和她见面就是了。"

雪芙道："胡说，我不是那样人，我和她还是好朋友呢。人家是心地很光明的，这就怪你不能心里干净，鬼鬼祟祟的。"俊人道："你言之有理，我现在忏悔了，从即刻起，我避开她了。"雪芙对于他这话，没有说是不可能，也没有说不必，微笑了一笑。俊人又找了一些别的话，和雪芙谈了一阵，而且故意地表示一番亲热，这才让雪芙心平气和了。吃早茶的时候，静怡不知为了什么事，却不在座。于是俊人在席上像失了一件什么东西似的，心里很感到不快。可是没有静怡在座，说啊笑啊，又十分自由，真个是如释重负。到了吃午饭的时间，船已开到了小孤山附近，立刻舱里人的眼光，都看到江上的小孤山上去。而同时各人的议论也变了，全都讨论着小孤山问题。俊人随着大家，也谈小孤山。

说话的时候，大家的眼睛，全向窗子外看了去。俊人偶然听到身后有轻轻的两声咳嗽，这就回转头来，正是静怡手上拿了一柄绢制团扇，上撑了下巴颏，左手胳膊斜靠着椅子，向舱外看了去。她身上又换了一件衣服，乃是白纱印淡青小花朵的长衫，下面穿了白丝袜子，白缎子平底绣青花鞋，真是亭亭玉立。可是只这极短极短一看的时间，却又听到了雪芙在和人谈话，这就即刻正过脸来。小孤山不曾越过，大家又在入席吃午饭的时候。俊人这就想着，自己先许了雪芙避开方小姐的，可没有想到吃饭的时候，彼此是要坐到一处来的。

这时候自己一走上座位，立刻就看到静怡很沉静地坐在那里，将围布在擦抹着刀叉，并不曾向别处看着。俊人看看对过椅子上的雪芙，她也是很自然地坐着吃饭，这显然地，她是不大理会了。于是悄悄地拖开椅子，坐了下去。在这个当儿，茶房照例是要递过菜牌子来的。俊人看过了，顺次递着，首先就是送到了静怡面前，这次不敢送到她手上了。却把菜单子轻轻儿地、低低儿地，放到静怡的空盘子上。

静怡和他已是认识两天的人了，不能太拘谨，因之回过头去，向俊人微微笑着，还点了一个头。自然，这是一种感谢的意思。俊人对于人家施礼，也未便默然地受着，也向她点了两点头，可是不敢笑，因为要笑起，又惹着雪芙疑心了。但是当静怡一回头，露齿一笑的时候，就让人心里感到一种说不出来的愉快，也不解是何缘故。当着这个时候，立刻心里随了她的笑意，就荡漾了一下。对面偷看雪芙时，她的脸子是正正板板的，也许是受了热，两腮上有些红晕，可是也不见得就是生气。只是自己为了慎重一点，免惹祸端起见，还是自己吃自己的饭，不去揣摩。

饭后，他回到舱房里去洗脸的时候，这里已经没有外人，就回味着方小姐的笑容。计算半日之间，她是对自己笑了三回。第一次的笑最妩媚了，将手来藏着脸。她只知道把自己的眼光遮住，不知道人家的眼光还是可以射到脸上来的，脸上的笑容如何可以遮了呢？这里面简直有些儿童的天真。第二次的笑，她是一种回忆，记得她还把下嘴唇皮微微地向里咬着。那一种刺激，虽是给人不怎样地深，可是论起她那笑的动机来，是为了早起自己脸上那一道墨迹，这又是一种愉快的笑，意义是浅薄一点的，但是她立刻矜持住了。仿佛她觉得这有些不该，那意思也就是对于受者感到有些太过，要忍住了，免得对人失礼。这是她端庄之处，不肯把对手方看低了，这不是随便揣想的。

在她的第三次笑，可以看出她是如何尊重朋友……正推想着到了得意之处，啊哟！脚下有些冰凉，低头看时，原来是脸盆上的放水管，自己打了开来，不曾关着，流了满盆的水，水由盆沿上溢了出来，流了舱板上一大片，赶紧把水管闭着，匆忙之间，已是把两只衣袖全打湿了。于是站着发了一会子呆，结果，还是把茶房叫了来，只推说水管子坏了，很不容易关住。

茶房忙乱了一阵子，把屋子收拾好，自己只是呆坐在床上望着。等茶房走了，自己不由得拍手哈哈大笑起来。自言自语道："这真是一个大笑话，难道我中了魔了。"只这一二句，门外有人接了嘴道："怎么中了魔了？你还迷信这些鬼话吗？"说话的人进来了，就是那管束极严的未婚夫人来了。俊人笑道："我进舱来，就在舱上躺了一觉。躺在床上，一连就做了好几个梦，闹得神志不安，真是要命。"雪芙走到屋子里，四围张望了一番，因笑道："舱里收拾得很干净。床上的被褥，叠得好好儿的，不像是你在床上睡来着。"俊人笑道："本来是起来之后，叫茶房进来，收拾过屋子的。"

雪芙坐在他对面的小铁床上，将他放在床头茶几上的两本书拿到手上，随便翻了两翻，又把书合起来，扔到一边。两手按住了床单子，慢慢地摸着，低头笑道："你又失信了啊，你说不同她在一处的，怎么吃饭的时候，你送菜单子给她，对她是那样客气。她倒不埋没你那番恭敬的意思，还同你那样客气。"俊人笑着叹了一口气，摇摇头道："这可真难了。叫我怎么说呢？茶房把菜单子交给了我，我不能不交给她。我要交给她，你又嫌……"雪芙笑着摇摇手道："你不必分辩了，其实也用不着分辩，你不会把那菜单子依然送还给茶房吗？"俊人抬起手来，搔了两搔头发笑道："若是彼此不认识，当然我就交给茶房，现在彼此相处得很……不，不，不，相处得有一点熟了，我接了菜单子，反是交给茶房，显然是在女宾面前……"

雪芙笑道："怎么往下说呢？显然是失礼吗？"俊人笑道："也不能说是失礼，不过总不应该那样托大。"说着，把脚连连在地面上顿了两下，发着狠道："这实在是命里带了天魔星，在路上遇到了这么一位姑娘，让我啼笑皆非。"雪芙摇着手微笑道："你这就不用发急了，反正我不怪你就是。"

俊人道："真的，我实在不知道怎么避免这一个难关才好。哦哦，我这可想起了一件事。你以前说，不为着方小姐怪我，现在你说不怪我就是，显然你以前是怪过我的。"雪芙这就微瞪了眼道："既然如此，我还是怪你吧。"俊人站了起来，抱了拳头连连地向她拱了两拱手，笑道："得了，自此以后，我们还回到以前的交情去，谁也不要谈到这件事上去。"

雪芙向他望着，微微地发笑。俊人伸了一个懒腰，向床上倒下去，随手摸了一本书在手，两手捧着，待要打开，却又噗的一声，把书关合起来。雪芙道："你不理我吗？那我走了。"说着，站起身来。俊人跳了起来，把门的小横插闩，给闩了起来，笑道："我不出这舱门了，可是你得陪着我。到了九江，我们一块儿到旅馆里去。"雪芙道："你还打算在九江过一宿吗？据人说，九江这地方，比南京还要热。上庐山的时候，总以太阳下山以后，连夜上去为妙。"俊人道："晚半天怎样上山呢？"

雪芙道："由九江到莲花洞，到了晚上十点钟，还有汽车开。莲花洞到牯岭呢，差不多一夜到天亮，都有轿子在那里预备着的。"俊人道："既然晚上也可以上山的，那我们就一同走上山去，你有这个勇气吗？"雪芙笑道："可以呀，你走得上山去的话，大概我不至于不能奉陪。"

俊人将一个食指点着她道："你说到了九江不上山的，现在可说要上山了，你这简直是冤我的话。"雪芙还站着的呢，将脸一板道："那么，我不上岸了。"俊人笑道："你不上岸，轮船开到汉口去，把你也带到汉口去吗？"雪芙点点头道："我愿意到了汉口，我再坐别的船回南京。我的个性很强的，这样说了，一定就要这样做，你相信不相信？我想着，大概你是不相信的。"

俊人只得连连地拱着揖道："你真要同我闹别扭吗？我说话就是这样随口说了出来的，你要见怪我，那就错了。得了得了，我这儿给你赔礼了。"他口里说了个不歇，手上也就把揖作一个不歇。雪芙将嘴一撇，微笑道："你真正成了那句话：嘴硬骨头酥。"俊人抢着把身体反抵了门，两手在胸前环抱着，笑道："我就在这里，当了把门将军，我想你总不能把我拖开吧？"雪芙鼓了腮帮子坐在床上道："假使你有那股劲，能在舱门口挡住一天的话，我就在这里等你一天。"

正说着呢，房门可就噗噗地响了。接着就听到尚老太太道："雪

74

芙在这里吗？快到九江了。我们今天下午，还要赶着上山呢，还不快来收拾行李吗。"雪芙听了这话，对了俊人不住眨眼努嘴，还用两只手举了起来，一阵乱摇。俊人道："她没在这里，我换衣服呢。换了衣服，我就出去找她来。"尚太太道："好吧，你叫她快一点来就是了，哎，这些年轻的孩子们。"俊人将耳朵贴在门板上，听到尚太太的脚步走远了，这才向雪芙笑道："走了。"

雪芙红了脸，将脚一顿道："这尽是你，不让我出去，回头见了姑妈，怪不好意思的。你怕老太太不知道吗?"俊人向她望着微微地笑，她也就收起了怒容，扑哧一声笑了出来了。

第八章

登　山

《红楼梦》上，写着林黛玉贾宝玉这一对小儿女，常是说说笑笑之后，接着便是吵吵闹闹，可是这吵闹并不要多久的时候，两个人又言归于好地说笑起来了。平常人看到书上所说的，以为这一对痴男怨女，故意如此，殊不知普天下男女之间，个个都是这个样子的。俊人同雪芙，虽是最新式的未婚夫妻，但是感情无所谓新旧，自然也是这一套。

当时两人说笑了一阵，又把过去的嫌隙完全给忘记了。俊人在舱房里收拾行李，雪芙也就站在一边，帮他料理一切。等着把事情归理清楚了，一走到舱大厅里，方先生就迎着他笑道："陈先生，我们是决定了今晚上就上山的了。"俊人倒没有预备这句话的答复，回头看一看，见雪芙正随在身后，就向他笑道："我对于这事没有成见，以敝亲尚老太太之意见为意见，假使尚老太太赞成今晚上山，当然我跟了去。否则……"方先生笑道："不用否则，尚老太太既是常到牯岭来的人，对于游程，一定是很在行。九江这地方，火炉的程度，比南京有过之无不及，我们既是来避暑的，何必在这火炉子里过一夜，一口气上山去，要省多少事。"俊人道："那我们就是冒夜上山吧。但是上高山，抬轿子也很不容易，轿夫肯在晚上抬吗？"方先生笑道："陈兄，你越说越外行了。轿夫抬了轿子，周身出汗，还要愿意太阳晒吗？夜里走路，坐轿子的人风凉，抬轿子的人当然也风凉。"他两人说得这样有趣，就索性坐下来谈。雪芙随着俊人后面走出来的，这倒有点烦腻。因为两人感情逗发以后，正是有许多话要和他说呢。于是微微地蹙了眉，两手环抱在怀里，且斜着眼，看他们怎样说下去。

恰好尚太太似乎也带着问题来讨论的样子，一直眼望了方先生奔去，在他对面椅子上坐下。方先生道："尚老太，我们就是今晚上山吧？"尚老太道："当然，我们并没有什么事，要在九江办，何必受这一夜的罪。回头靠了岸，我打一个电话上山去，说是有客到了，让他们多打扫两间房，而且要他们备好一桌菜，我们索性只在船上吃些点心，上山到我们那里去吃饭。船到九江不能过五点，船上是不会开晚饭的了。"雪芙一路都打算着，姑母未必真的就请方氏一家到一处来住，所以她在船上两天，对于这个最放心不下的问题，虽是微微地向姑母表示过反对两次。可是姑母觉得这件事，并不怎么地重大，很随便地笑着，答应过一句话，那也无所谓。当时心里想着，这无所谓，一定是说请客并无诚心，不过一种口头表示。现在她明明白白地约人上山，还打扫了两间屋子给人住，这就是明明挽留人同往的意思了。

事到于今，可也不能加以反对，只好苦着脸子，闷坐在一边。俊人明知道她心里有点不舒服，可是回头一看，方静怡小姐，又是很安定地坐在一边。她像一朵空谷里的兰花，你不必去赏鉴她，她有一种香气送了过来。你直接去赏鉴她也好，间接欣赏她也好，她的态度是那样幽娴贞静，你对她十分地欣赏，你绝不会起一点亵渎的心事。俊人在这样情况之下，不但是不能亵渎她，而且还对她生出一番畏敬之心来。所以也是默默地坐在一旁，没说什么。四点多钟的时候，轮船就靠了九江码头。真也是怪事，立刻，这船舱里，发生了一种不可言喻的闷热。因此，大家全起了一种立刻离船的意思，全拥到船舷上来，向外面望着。尚太太手上拿了一把小折扇子，和她的巴掌尺寸有些相合。她扇得最是起劲，连一秒钟的时间也不会停着。在人丛里挤来挤去两趟，将扇子向方先生连招了两下道："方先生，这事不用着急了，等到中国旅行社的招待员来了，我们把所有的东西全交给他，他自然会把我们舒舒贴贴地送上山去。大家只注意那穿白衣服，帽子上有中国旅行社铜质徽章的人，就把他叫了来，你们不用着急。"

她说完了，又自己拿了那小扇子，不住地在胸面前扇着，表现出她是个老旅行家。方先生也就顺了她的指挥，把中国旅行社的招待员找来，点明了行李件数，然后督率着一行男女，走上岸去。这九江岸上，一行绿树，映带了一排洋楼，在平常可也风景宜人。可是到了这时，人在上面走着，仿佛身子前后，全是火焰，一阵阵向人身上扑了来。便是马路上那些透露出来的小鹅卵石子，犹如每一个热炭一样，踏在脚底下，都有些烫脚。所幸那招待员把大家引到招待所里，就给他们找好了一辆大汽车，请他们立刻坐汽车到莲花洞去上山。至于所有的行李，可以隔日送山上去。

尚老太只在招待所里坐了一小会，身上一件白纱长衫，早是湿得汗水淋漓的。额头上的那汗珠子，每颗全是豌豆般大的，成队成群地向下流，抬起手来，可以成把地抓着，向地摔了下去。她手里拿着那一把小扇子，不住地在胸面前扇着，张了嘴只是喘气，只管向大家道："九江这地方，怎么停得住脚？"及至一声说是有了汽车，在手提的小皮包里，抽出一方绸手绢，连连在额头上擦着，笑道："这不是玩意，有了车子，我们赶快就走吧。"

雪芙站在姑母身边，只见她钳着衣襟，一手扇着小折扇子，那份子受窘，简直不可以言语形容。也只好拿了一把扇子，站在她身后，不断地替她扇着风。因之她盼望着汽车来，自己可不敢多说一个字。便是自己也在这接待所的客厅里，不敢坐下。偏是那位方小姐，她是一个冰人，一点也不怕热，坐在窗口边一把竹椅子上，有一下没一下地挥着扇子，而且还抬起一只纤纤玉手，慢条斯理地去扶着耳朵上的鬓发，心里这就暗暗地冷笑了两声，心想，这东西，也是故意地做作。哪会坐在蒸笼里面，也一点不怕热的。如此想着，也就不免对了她多冷射了两眼。偏是这位姑娘，也就知道有人在注意着，她倒是回转脸来向雪芙看着，而且还眯了她那双含有英气的眼睛，对人微微一笑。

雪芙看了她两片小红嘴唇里，微微地露出那两排白牙齿来，说也奇怪，自己那一腔子怒气，也就不知不觉地销蚀到什么地方去了，因笑道："方小姐，你不怕热吗？"静怡笑道："当然怕热，眼见得我们就可以离开这高压的热了，只有不多大一会儿的事情，我们一定得镇定着。外面已经是热，心里再要烦躁，内外夹攻，那就更热了。"

俊人也是热得只管当了风，不住地牵后衣襟，听了方静怡的话，这就情不自禁地赞了一声道："这话实在有道理。心里烦躁的人，那就会更觉得热的，所以……"说到这里，偷眼向雪芙偷看了去。恰好她微微地瞪了两眼，向这边看了来，吓得他也不管话说完了没有，立刻把话止住，乱牵着前后的衣襟道："好热，好热！"

方先生由外面走进来，笑道："不必嚷着热了，车子来了，大家快上山吧。"说着，把手连招了两招。大家也就随了他的话，一同走了出来。这辆汽车是加大的坐车，恰好可以坐下六位客人。俊人心虚，只好躲到司机生的前座坐着。车子到了莲花洞，已是七点钟，太阳早已落了山，大家下了车，也就觉得胸襟豁然开朗起来。在大路的西边，是一个汽车站，牯岭管理局的上山登记处，一列柜台，四个登记位边，都站满了的人，纷纷地在填姓名表，领登山证。

方先生在老远的所在看到，就扛了两扛肩膀，现出踌躇的样子，笑道："原来上庐山来，还有这样一套手续。"尚太太道："这两年，牯岭也成了政治中心点，这处名胜，可就不同平常啦。那柜台上有中国人填的表，也有外国人填的表。不但姓名年岁职业，全都得填好，而且上山住在什么地方，有什么熟人，全得一一地给填上。这个好办，我在山上有一户，你就填写认得我好了。一客不烦二主，也就填写住在舍下，这样一来，省事就多了。"

尚太太说得头头是道，雪芙听了，就很不自在。方先生招招手，带了俊人，一块儿挤上前去填表。雪芙似乎有什么事不放心，紧紧地在后面跟着。那个登记员，和俊人隔着柜台而立，就伸手指着表上道："老太太填在这里，夫人填在这里。"说到这，还抬眼向雪芙看了一眼，以看测验得对是不对。雪芙听了这话，又受了人家一眼，把脸臊得通红，立刻抽回身来，默然地走开了。那位方小姐正也站在她叔叔身边，立刻将自己手上捏的那把扇子展了开来，掩住自己的嘴。而且同时把身子一扭，将脸藏到一边去。一位最留心方小姐的雪芙，她这样的行为，不能不知道，鼻子里很急促地透出一阵气，气得闪在姑母身后，一语不发。

俊人挤在人丛里，填上山的登记表，哪里会想到两位小姐会有什么冲突。所以他还是很从容地回到尚太太面前来。这里有一个大棚，棚下一排排的，停下了几十辆蓝布轿子，站在旁边的轿夫，看到有客人，便问："先生有票吗？"原来坐轿子上山的人，并不在这里临时订价。在别处来的人，在旅行社买票时，连火车船票汽车票的价目，都已代为买好。

到了莲花洞，将票子拿到管理处，调换一张轿票，便可以坐轿子上山。轿夫抬轿子，也有号码的。他们是依次序地来抬客，所以只要答应一声有票，就可以随便坐上轿子去，绝没有人来抢夺。那没有轿子票的，当然在这个站上，临时买票，也绝不愁买不到票子的。当时俊人招呼过了六乘轿子，大家分别坐下。乘着天色还没有全黑，赶快上山，太阳落到西角，老早是让庐山的一角把它遮住。那高大的正峰，在迎面突入了天空，显着那阴暗之色。在一带青隐隐的当中，发现两条很粗的白色条纹，由上向下。

在轿子上仰面向前，正看得清楚。俊人在轿子上看得很有味，便道："看见没有？那是瀑布。徐凝的诗：'万古常悬白练飞，一条界破青山色。'这不能说坏。苏东坡说这是恶诗，那有点过分。"他说这话，是对后面一乘轿子上的雪芙小姐说的。因为在莲花洞上轿子的时候，雪芙的轿子，正紧跟了后面上来。所以并不考量，以为她还在后面。及至说完了回头看去，却不是朱小姐，是方小姐了。原来上山的轿子，和平原上的轿子不同，只是一把藤椅子上面，支起了一架轻巧的布篷。晚晌抬着上山的时候，把布篷就给折叠起来。向后看着，那是毫无遮拦的。

彼此看得很清楚之后，俊人不便就不理方小姐，将错就错地就问道："方小姐以为怎么？"静怡心里也就想着："我研究文学，也有若干年，这样极肤浅的问题，有什么答复不出来？便笑道："这诗本来不坏。中国文人，总是彼此相轻的。苏东坡嫌这诗不好，说是太刻画了，这里面欠着灵感。其实古诗人用刻画见长的，那也就很多很多。"俊人见她有这样的见解，忘其所以地又跟着说："据方小姐的意思，哪个诗人是善于刻画的呢？"方小姐被他这样一问，怎么肯示弱，也就随了他的问话，举出许多诗人来。话是越说越长，说到了一个山峰转弯的所在，轿子全停下来。轿夫们都向茶馆子里要茶水喝，要点心吃。

坐轿子的人，依然坐在轿子上。这里是个过路瓦罩亭，卖茶的人家，两三家店面，在一个独山峰脚下排立着。人家正对面，远远地又是一排山岸斜抱过来。在这两山之间，斜下去一条深涧，虽看不到水，却听到那水流声，在山脚下响着。这卖茶的人家，在屋檐下悬了一盏纸糊的四角灯，在风里面来往地晃荡着，便有一种说不出来的古代情调。抬头向上一看，那伟大的黑影子上面，横了许多星点，仿佛这天上的星斗，就在这山顶上一样。

雪芙走下了轿子来，就在这路途上来往地徘徊着，抬头看了两看天色，笑道："这山上的夜色，我是初次领到，实在是好。你看，一点声音也没有，让我的心灵，深深地感受着一种静的安慰。"俊人便插嘴道："这还是刚上山呢。而且这里是大路头上，来往的人是很多，不能完全脱离人的环境。假使到了那深山里面，四周只有草木，那就更静了。"

雪芙没作声，又徘徊了几个来回，走到了尚太太的轿子边，低声笑道："姑母，你到山上来，也有什么感想吗？"尚太太道："我怎么没有感想呢？第一个感想，便是这儿比山下凉爽得多。"雪芙笑道："那么，第二个感想呢？"尚太太道："第二个感想吗？还是这儿比山下凉爽得多。你不用问了，第三个感想还是这样，这儿比山下凉爽得多。"雪芙道："这样说，姑母也是一位诗家，听你老的话，多么幽默呀。"

尚太太道："你这叫胡说了，难道诗家的说话，全是幽默的吗？"雪芙笑道："诗家的话，虽不一定是幽默的，但是据我的经验，我知道，诗人是啰唆的，至少……"尚太太道："什么？至少我是会啰唆的条件吗？"俊人在旁边听着，觉得她这话里，又是满带了讽刺的意味。自己接嘴不得，一接嘴让静怡知道了，是很让她难堪的。大家休息了一会儿，轿夫抬了轿子，继续地星光之下前进。在每乘轿子的前面一个轿夫，手上都拿了一根火把，照耀着登山的石级层数。在轿子附近，看到这火把，是无所谓的。只有看那高山顶上的行人，打着一点点的火光，在山上或山腰里，上上下下，显显隐隐，很有个意思。

约莫又行了三五里地，轿子全在一所茶棚子外面停止了。一个轿夫就走到俊人面前，向他低声笑道："先生，请你老帮一点忙吧，前面是好汉坡。"俊人听了这话，倒有些愕然不解，连连问了两句什么？尚太太在一边看到，便笑道："这里军警戒备森严的地方，绝不会有什么坏事出现。他的意思，要你下轿子来走一截路。前面那个岭，叫好汉坡，是到牯岭去最陡的一个所在了。其实我们坐轿子，就为了走不了险路。险路下来走，那平坦的路，还坐什么轿子？"俊人笑道："原来为的是这个问题，那很好办，我帮他们一个忙就是了。"说着，跳下轿子来。

方先生的轿子，也停在后面，他也站起来道："我们初上山，也得赏玩赏玩夜晚的山景，我也走。"他说着，已经一抬腿跨出了轿杠。静怡笑道："叔叔，我也跟你走。"方先生道："这不是闹着玩的，你抬头看看山顶上的火把，那有多么高，你能够走得上去吗？"静怡走到她叔叔面前，抬起一只手，向山顶上的星星火光指着，因道："就是那个所在吗？"方先生道："火把走到的地方，是半山顶，还是真正的山顶？全不得而知。到了那半山腰里，那怎么办？"静怡还没有答言呢，那轿夫可就说话了，因道："那我们还能让先生走多少路吗？只要把这个高山坡子翻过去，我们就省劲得多了。"

静怡道："这样吧，我走一截路，是一截路，走不动了，你们可就得抬我。"轿夫们本来就不希望小姐下轿子来的，她既是自动地这样说了，那就落得少抬一肩，连连答应可以。尚太太笑道："方小姐这样一个斯斯文文的人，还能跑山，这倒是我猜想不到的事情。"

雪芙坐在暗地里，向方小姐冷眼看着，心里头有话，只管要说出来，还不曾发表，这时就由轿子上向下一跳，因道："我也上山去走走。"尚太太道："你可别胡来了，你几时爬过这样的高山。"雪芙道："我在学校里，同全体学生出去旅行，我也就常常走山路的。要走就走，这有什么要紧？我还要在大家面前做领导呢。"说着这话，可就把轿夫手上的一根火把，夺了过来，大声笑道："我在前面走了。"她口里说着，已是出了瓦亭子开始向登山的石级上，一步一步踏着。俊人看她这样子，料着是十分的负气。晚上登高，可不敢说，不出一点乱子。只得紧紧地跟在后面，追了上去。

雪芙也许是兴奋得过分了。不到三分钟，就走上了六七十层石级。回头看着，灯火在极低的下层，这就站定了脚，先喘过这口气。其实她不歇脚，也许可以再走几十层。只这一停脚，累得吁吁不断，只是喘着气。偏是手上又既拿了一支火把，而且脚底下，还穿了一双漏帮子半高跟皮鞋，这份儿吃力，自出娘胎来，不曾先有过一次。俊人虽是紧紧地跟着的，还落后一二十层石级呢。好容易跑着到了她的身后，笑道："为什么跑得这样快？"雪芙道："我就是这个脾气，不能让人小视了我，我跑一点给人看看。"俊人道："也没有人小视你，其实身体强健与否也不在乎这一段山路上。我向来就说你的体格好。你不必走了，还是坐轿子吧，到山顶上，还远着呢。"

雪芙也没作声，把手上的火把头，在山石上碰了两下，碰去火把头上焦炭。俊人道："我给你拿火把，好不好？"雪芙只把身子一扭，却没有答复。俊人也就知道了她的意思，悄悄地由她手上，将火把接了过来。雪芙昂着头只向山顶上看，却不移步。俊人道："依着我的话，你还是在这里等一等，等着你的轿子来了，你就上轿子吧。"雪芙没作声，在火把光下，见路边有一条石凳，这就走近一步，打算坐下去。

可是就在这时，只听到山脚下人语喧哗，火把光挥舞上下，是同伴的几乘轿子跟着来了。于是站起来道："走，我还要继续地向前，人生总只有向前的。"俊人不曾答复，她已是走上了好几层石级。自己不敢多怠慢，只得拿了火把抢上她前面去。雪芙到了这时，不能像先前那样，鼓着勇气跑了。一手牵了裙子，一手撑了膝盖，走一步停一步。因为尚老太太老早地也就说了，长衣服岔开得低，迈不开步来，还是穿短衣服上山的好。到了这时，就相信老人的话，果然是不错了。换身短衣服，可便利得多。不过便利是一事，吃力又是一事。虽是走一步石级，又停顿一下。可是气吁吁的，心房随了乱跳。两条腿几乎有百十斤重，简直儿迈不开步子。这次不同以前了，只走了五六十层石级，又站住了。

俊人在前面打着火把，始而还是不知道，后来不听到身后有脚步响，这才回转身来，走到她面前，低声道："你不必走了，到山顶上还有几百层呢。"雪芙道："歇一会子吧。至少也要走一半的地方，我才能坐轿子。"俊人跟着她后面追，也有一点累，她说休息，那就休息吧。于是将火把放到地上，同雪芙并坐一张石凳上。偏是刚刚坐下，后面的几乘轿子都来了。

方先生手上提了一个小白纸灯笼，引着方小姐，一步跟了一步走上来。他们到了面前，俊人先站起来，笑道："走得怎么样？"方先生道："还好，可是比你两位，却比不上。"方小姐笑道："密斯朱你真能跑。"雪芙道："不算会跑，可是在白天就好走多了。"方先生道："不必这样抢了，我们一边儿走着，一边说话。"静怡笑道："叔叔走着，喘气还喘不过来呢，哪能够说话呢。"她说了这话，偏偏还是向朱小姐望了去。雪芙明知道自己喘息未定，这话虽是说她叔叔，自己也不能不疑心，于是她新起了一个念头，就是累死，也要走过这好汉坡去呢。

第九章

结　邻

　　女人的虚荣心向来是胜于男子，所以女人好胜的心，当然也比男子更切。你看有许多女运动员，为了失败，在万目睽睽之下，往往是哭了出来。朱雪芙听到方小姐的那话，分明是讥笑自己没有爬山的能力，什么话也不用说，将刚才俊人抛在地上的火把，拿了起来，另一只手提了自己的衣服，就向上面跑。俊人看她这情形，就知道她是负气登山的。山道既险，她又是这样的生气，万一出了什么意外，那岂不是一桩笑话？因之在后面抢上去两步，一面叫道："小心点吧。根本这就是生路，而况又是最有名的好汉坡。"

　　雪芙答的话更是妙，回转头来向他道："难道你不希望我能做一位好汉吗？"这句话说完了，她更是很勇敢地跑上前几步。俊人看了她这种样子，也有点生气。心里想着，就不拦阻你，看你能不能一口气跑上山顶去？有了这样一个转念，就不是跟了她向上跑了，只是顺了山坡，一层一层地，顺步而行。果然地，还不到十三层石阶，那火把就照耀着没有动了。俊人心想，若是赶到她面前去，只须一言半语，又要把她鼓励得飞跑了。倒不如一步一步地走了上去，她在那里等着，还可以让她多喘上一口气。如此想着，他便是毫不费力地，望了上面，顺便踏着石坡走。走到她面前时，她已经把火把扔到一边，自己坐在旁边一块石头上，两手抱了一只膝盖，只睁了眼，远远地向俊人望着，却不作声。俊人笑道："你真行，我自顾不如你，不是你在前面引着，我简直走不动。"雪芙还在喘气呢，只望了他微笑。

俊人道："大概我们一群人里面，只有你能得这锦标，我就很难达到那终点。"说着，仰了头向山顶上面看去，只见那四周黑影矗立的当中，有一个小山尖，上面有两星灯火。若顺了这面前的石坡数去，正要达到那所在。便啊了一声，笑道："真高。你看，那两盏灯火，同天上的星斗，混杂在一处，我还以为是两颗大一点的星呢。"雪芙道："我们走了有一半的路吗？"俊人道："没有吧？我想走了不过四分之一，或者是三分之一。"雪芙情不自禁地，将手缓缓地捶着膝盖，笑道："我们可便宜了轿夫。花四块多钱，还要这样拼命地跑山，我想只有姑妈出的钱很值。她不但坐了轿子上山，没走一步，而且她的身量，还是很重。"

说着话，方氏叔侄也就提了火把，走到面前。笑道："两位小姐，我看不必给轿夫们减轻这种负担了。这个地方，有一块平坦些的，就是在这里上轿吧。"静怡跟着他缓缓地走上来，笑道："好家伙，看起来是无所谓。到了山上之后，才知道比理想上的山路，要难走到十倍。"雪芙坐在那里没有作声。偷眼看静怡，却见她抬起一只手来，把前面额顶上纷披下来的头发，慢慢地摸着，一直摸到耳根后去，虽微微地也有点喘气，但是并不怎样地显着吃力。对人说话，还带着一点微笑。

方先生又笑道："二位的意思怎么样？就在这里等轿子吧？这轿夫也有点可恶，知道我们走到半山腰里，必要等轿子坐的。倒故意慢慢地走上山来。"俊人道："反正他总要上山来的，我们就在这里等着他吧。"雪芙坐在那里，已是不喘气了，但也不肯说话，随手拔了一根草，两手互相掐着。静怡扶了她叔叔一只手臂，笑道："我现在走不动了，叔叔把我背上山去吧。"雪芙扑哧声笑了，心里想着："我可胜利了。"静怡道："密斯朱，你笑什么？"雪芙道："方小姐向来斯斯文文的，不说什么笑话，这次也弄出小孩子脾气来了。"静怡笑道："我这人嘴直，不会撒谎。心里想要说出来的话，不说出来是不痛快的。"

她这话，本来很平常，可是当在雪芙听着，就像这里面有什么问题似的。便默然了很久，没有作声。所幸在这个时候，抬着两位老太太的轿子，已经到了面前。尚太太老远地就嚷着："两位姑娘，可以不必闹小孩子脾气了，轿子到了，就坐上去吧。"静怡笑道："伯母，你下来走两步试试吧？"尚太太道："哟，我充不了这个好汉。"说着话，轿子在各人面前挨身而过。只听到那四名轿夫喘出来的气，呼噜呼噜作响。轿子虽向上走，可是他们抬的姿势，倒是半歪斜着的。每走上一层石坡，却微微地停一下。走过去几尺路，还可以听到那轿夫们的呼喘声。

等他们走远了，俊人道："抬轿的挣这几个钱，也很不容易。"雪芙道："你那样心疼轿夫们，我想，你大可以走上山去，不必坐轿了。"俊人笑道："假使我要充好汉时，当然要走上去。可是我并不想做好汉，也就无所谓了。"雪芙觉得他是取了一种讥笑的态度，便把脸向山上看着。在两个火把光之下，俊人看到雪芙的脸，红红地板着，两只眼睛也是很呆定的，无待猜想，可以知道她又是在生气了。这就向她笑道："轿子已来了，你坐轿吧，我也不走了。"说着，已见两乘轿子，走到了面前。于是伸手拦着道："停下来吧。这里两位小姐，全走不动了。"这两乘轿子恰好有一乘是抬方小姐的，方小姐坐了先走。随后雪芙的轿子上来，她感觉到自己胜利了，也不必去再和方小姐计较，所以她是很高兴地就猛可地叫道："轿夫，抬我上去吧,我已经走过一半的路了。"

轿夫歇下轿子等她,她两手撑了大腿,倒有点站立不起来。俊人看到,只好抢过去,把她搀扶着,笑道:"照着我们平常的生活来说,我们这样地走路,乃是一种过激运动,是不怎样合宜的。"雪芙道:"我要运动什么?不过有人藐视我,说我走不动,我一定要赛上一赛。现在既是藐视我的人已经失败了,那我可以休息休息了。实告诉你,我这两条腿已经酸疼得站不起来了。"

俊人哪里还好说什么,自扶着她上了轿,然后随在后面,一步步地上山。这个好汉坡,果然是非好汉不能上。俊人在这上去的石级上,又歇了两次,才到了岭的上面。到了这里,首先让人惊异一下子的,就是远远的山凹里面,上下左右,满布着灯火。生平也游过不少次的山,绝对没有看到什么地方的深山上,有这些灯火露出来的,轿子上得坡来,都在这里停着的。

只听到尚太太很高兴地发着议论。她道:"那右手山下层,灯火最繁密的所在,就是牯岭街上。由那里层层向上,那都是阔人的住宅。你不要看到那里有灯火,那些住宅的主人翁,也许整年不到那里去住一天的。庐山上置这么一所房子,不过是一种点缀品。再向左手看去,那灯火越向上走,不是越稀少吗?那是到汉阳峰去的一条大路。那最上面的山影子,就是汉阳峰的下层。到了那里,就可以看到五老峰。我们的家,是向右手转弯,现在这里看不到。"俊人道:"我走上这山坡,陡然看到了这些灯火,实在让我大吃一惊。"

尚太太道:"这是晚上来,你没有发觉到这牯岭的伟大。假使你是白天上山的,一到这里,就可以看到满山的绿树丛里,左一堆白的,右一堆红的,那就是山上盖的新洋房子。平常人形容乡下避暑的屋子,都叫夏屋渠渠。以前我不懂什么叫'渠渠'两个字?现在我可懂了，渠渠，大概就是说一堆堆的。可是屋子怎么好堆起来呢，只好说是小堆一小堆，把区区两个字来替代。区区的文言，就是渠渠了。"她这样地一解释，于是乎在场的人，全都哈哈大笑起来。在笑声里面，轿子继续地向前抬着走。

由这里向前，山路已是慢慢地平坦，大家全都在轿子上谈话。一直抬到牯岭街上，更是让人惊异的，便是这两旁的店户，各悬着通亮的煤气灯，到这个时候还没有打烊。以所经过的店而论：洋货店，果食店，理发馆，邮政局，银行办事处，几乎小城镇里所没有的，这里全有。俊人问道："在山上避暑的人，至多也不过一万人罢了。何以就什么店，这里也会有了？"方先生在他后面答道："这个问题，我能答复。因为这里虽不过是一万人上下，可是这一万人里面，可以说个个都是带了钱到山上来花的。大概在随便一个小城镇里，决计找不到这么些大量消费的人。譬如我们这一班，能说谁不是消费的呢！"

大家说着话，轿子穿过了这条街，却是转到一个山谷里去。在星光之下，还看得出来，山谷中间，是一条山涧，河水流着，潺潺有声。山涧两边，是两条很平坦的人行路。夹着山涧，两旁全是人家。人家后面是高山，在树木森森的中间，闪出一点灯火来，正透着幽静。这样走了二三里路，那山谷还不曾完，尚太太只叫一声到了。早见路边有四五个人，举了两盏灯火，簇拥上前来。有的叫太太，有的叫尚太太，她连连答应不迭。大家下了轿，随着灯，走进一幢洋式篱笆门去。这里倒是有个小小的花圃。穿过花圃，上一层水泥阳台，铁纱门里，已是把灯光送将出来了。

尚太太到了这里，已是觉得精神百倍，她首先开了门，让方太太母女进去，笑道："这个地方，幽静极了。回头你睡觉的时候，可以知道这里的妙处。既能听到窗外的虫子叫，又可以听到山涧里的水声。若是刮风的时候，这后面山上那些大松树，一齐吹得哗啦啦作响，非常之像风浪声。树声水声，不能分别，这妙趣更多。"她大概是太高兴了，一点不觉得累人，一面说话，一面挪开围了桌子的椅子，请大家坐下。俊人见是一所洋房，大家所到的地方，似乎是个书房，墙壁上还有书房里的图表，只是现在改了客厅了。

一张小圆桌子，四周是小巧的椅子围着。靠左角有一套三件头的藤椅子。在桌子上，点了一盏很大的白瓷罩子煤油灯。俊人昂着头四周看看，笑道："以洋房子而论，这陈设算是简单的了。"尚太太道："到庐山上来避暑的人，日子很短，陈设总是少的。再说笨重的木器，要搬上山来，也很不容易，所以陈设方面，总是简单得多。"方先生不由得拍起手来笑道："尚太太真是一位庐山通，说什么事不明白，只要一问尚太太，那就头头是道。我们决计不找旅馆了，就在这里吵闹尚太太。至于我们应当负担多少钱，也请尚太太不必客气，只管说出来。"方太太道："是啊，若是讲客气，倒叫我们不好向下说了。"尚太太道："不向下说，就不用说得了。"

方太太已是拉住两位小姐，同在藤椅子上坐了，笑道："我的嘴笨，应该怎么样子说，朱小姐，你教一教我吧。"雪芙笑道："我要教伯母说吗？那我就说是大家不必客气。"方太太回转脸来向静怡道："什么事情，都是一个缘。不想我们无意中遇到了尚太太、陈先生，还有朱小姐，个个全待我们很好。我们大家住在一处，也好，你得着这样一位同伴，可以多多地讨教。"雪芙道："我懂得什么呀，我倒愿意在方小姐面前领教，至少就是方小姐这一口好国语，我多听两句，也可以学了不少的本事。"

静怡笑道："哟，我这个还算本事呀。就算国语吧，我不过生长在北平，自小儿慢慢学来的，我连国语注音字母还是不知道。"尚太太点点头道："大家要老是这样客气就好，将来别为了抢口香糖吃打架才好呢。"说到这里，俊人已出去督率着用人，把轿夫打发走了。正走了进来，听到尚太太说了这话倒不由得心里扑通一跳。可是再看看两位小姐，很自在地坐在那藤椅子上，又不像在这里藏着什么心事。尚太太道："现在我们可以去看看房子了。这屋子分着两进，这里五间，我这一批人住着。在这后面也是五间房，就请方先生一家人住着吧。"方太太道："那太多了。我们这班人，有两间屋子就够了。"

尚太太笑道："这并不是分豆子吃，方太太觉得太多，我可以拿下一把来。"方先生道："好吧，恭敬不如从命。就是那么办，我们到后面去看看房子吧。"尚太太还是在高兴的当儿，说了一声，就在前面引路，这屋里只剩下了俊人同雪芙。俊人低声道："姑母留起客来，倒是很高兴。"雪芙一手按了藤椅，一手伸了个食指，只管在藤椅子缝里拨弄着，淡淡地笑说："姑母高兴？难道比你还能高兴吗？"俊人虽是有许多话可以去辩驳，但是她的话，实是牵扯不上，倒无须去和她说什么，也是一笑了事。两个人默然坐了很久，看房子的人全来了。

方先生笑道："这太好了。有书房，有客堂，有卧室，在山上避暑，还要完善到哪里去？最妙的是那边另有一条小路出去，免得经过这里。这样就好。"方小姐道："不到这里来可不行，我这里又没有多少朋友，少不得每天全要找朱小姐谈谈。"

雪芙道："彼此一样。在都市里过惯了的人，猛然间到了山上来，也总会感到生活寂寞的，所以游山的人总得有伴。"静怡听她说着这话，脸上带了微笑，便很快地向俊人瞟了一眼。尚太太道："方太太和我也说得来的，这真是彼此全有伴了，让我很高兴。"说话时，一个女仆正来收拾桌面。尚太太笑道："对了，快拿饭出来吃。我打电报给你们，说有了好几位客在一处的。和我们预备了一点酒没有？"女仆道："有白兰地，也有葡萄酒。"

尚太太道："山上这些用人，都是有训练的，只要你给他们一点头绪，他们自然就会给你预备得齐齐全全的。要说庐山通，他们这些人，才是庐山通呢。我这里共有四个用人，也用不了许多，分两位给方太太去用吧。"方太太笑道："这样事情，全都要尚太太照顾一个到，我真是感激不尽。"尚太太笑道："这算得了什么，屋子是人家的，动用家具，也是人家的，我这不过是借花献佛。"静怡笑道："妈，你听，我们倒成了佛了。"方太太笑道："我们怎么不是佛？我们是那猪八戒成的都天大元帅，到什么地方，就吃到什么地方。"静怡笑道："饭来了，老都天大元帅，你就请上坐吧。"

说时，正是他们的女仆，向桌上送上饭菜来。方太太道："我这都天大元帅就席了。照说，这个名义，我是不能接受的。好在我是老太婆，没关系。陈先生，我是当了朱小姐的面，不免忠告你一声。这个名义，你们先生们是不能承认的。一承认，那你就不能和朱小姐平等了。"雪芙红了脸道："这和我有什么关系？"方太太道："我早就知道你们的婚姻关系了，像你们这样的思想崭新的人物，还怕害臊吗？"雪芙笑道："并不是害臊。"她也只说了这句话，就坐下来，并没有把话说下去。

俊人虽不说话，先看看她，然后又看看方小姐。方小姐正扶着她母亲坐下去，将两小张白纸，和她母亲擦杯筷，没有说什么。低了头，也看不到她是什么颜色。只有雪芙坐在下方，很是得意，嘴角上不断地带了微笑，将筷子拨了碗里的炒菜。好在方太太续继地

94

说着笑话，大家很是快乐，把这事就遮盖过去了。饭后，方先生一行，自去收拾他们的屋子。俊人也有两女仆，带了他到卧室里去。这晚上大家全因上山受了劳累，各去安寝。果然地，人睡在枕上，那风吹树梢声，以及山涧里的水声，潺潺然，哄哄然，能让人在睡梦中惊醒。

俊人在枕上听到了，很是赏鉴了一会儿，看看窗户外面，已是天色大亮，这就不想睡了，披衣起来，仆人也就送上茶水来。原来山上人，普遍都是起早的。俊人在昨晚上，一觉睡得很甜蜜，早上起来，精神非常地好。因之喝了一杯热茶嚼了两块饼干，就走到外面来。走不多远，就看到静怡站在石桥的栏杆边半倒了身子，那山谷里的风，在她身旁经过，把她的衣衫和她的衣襟一齐吹动起来，斜飘到一边，她那袅娜的身材，配了这株斜的山树，和那石桥，和那石桥外一道弯曲的人行路，在这四围山色里，真是一幅天然的仕女图画。

俊人还没有作声，她倒远远地先点了两点头，笑道："陈先生也起来得这早啊！"俊人回头看了看，立刻又觉得这态度是不大方的，然后从从容容地走到了她面前，笑道："密斯方可是比我还早。"静怡笑道："黑夜里上山，到了山上，还不知道这山是一种什么样子。我为了这一点，又大大地发了小孩子脾气，一晚上也没睡好。到了天亮，我就醒了。起床之后，没别的事，就是出来看看山景。"俊人笑道："我也是这样，彼此可以说是同……"

俊人说到这里，突然地向她脸上看看，见她脸色沉沉的，一点笑容没有，便接着道："同……同……同有这样一个观点。"静怡听了这样解释着，倒是微微地一笑。俊人见她快乐，也就跟了她快乐，因笑道："这地方是个长谷又有这一条涧水，境地倒是很幽静，只可惜一层，没有风，不能十分的凉快。"静怡笑道："在庐山上，根本就用不着要风吧？"

俊人道："对了对了，我糊涂得很，还没有想到这上头来呢。"静怡抬了头，四面地观望着，因笑道："最初发现这地方的人，确实有些见地。倘不是有这个人发现在先，我们这一辈子也许不会到牯岭来。古人游庐山的诗文多了，可没有谁说到牯岭。"俊人笑道："无论谈什么，方小姐都能引经据典，我真透着惭愧。我肚子里的实学，未免太少了。"

静怡道："陈先生太客气，朱小姐的学问，也很有根底啊！"这样说着，倒叫俊人很难于答复，因笑道："她所学的同方小姐是两路的。"静怡抿嘴微笑了一笑，没有继续向下说。偶然一回头，看到路边浅草里，开了一朵小小的黄花儿，于是走过去掐了起来。两个指头箍着，依然走到桥头上靠了栏杆站定。却把花拈着，直送到鼻子尖去嗅上两嗅。然后把手指头只是抢着，微低了头，望着花出神。俊人也是抬头向四周去看看，只见那金黄色的太阳，由人行路的两边高树上，向路上照了来，照着地面上，一大片漏花的影子。风吹着树枝动摇的时候，那树叶子里漏出来的阳光，在满地上爬动，也很有点意思。

再向山上看看那阳光斜照的一角山峰，和背阳的一面山阴，一明一暗，相衬得很是有趣。在阳光里绿树层层的，将那些大小避暑房屋，半掩半露的，别是一种风味，笑道："我只知道黄昏时候的景致好，其实早上太阳刚出山的那一会儿工夫，景致非常地好。"静怡道："可惜今天早上还没有雾。庐山的雾也是古来就有名的，我也愿先睹为快。"

俊人道："由这里向东走就是牯岭了。我们到街上去看看，好吗?"静怡红着脸将那朵小花又凑到鼻子尖上闻了一闻,低声答道:"你请便吧。家母起来了,会找我的,我不敢走远。"俊人碰了她一个小小的钉子,也有点难为情,便退了两步,向山洞里面看着,搭讪着道:"这水流在石头上,翻出来的水珠子,大小乱跳,很有个意思。"口里说着,人也慢慢地走远。他心里是那样想着,假如她再有话说,我就走得很远了。可是他猜得不对,她已经回答了,而且给他一个很好的接近机会。这种意外的收获,那是叫俊人喜欢得不跳起来,已是不可能了。

第十章

又一场误会

陈俊人对于方静怡，本来也就认为是一位玉观音式的女友，虽是可以敬爱，却不能怎样地亲密。这时偶然会到，心里尽管起了无穷尽的主意，那还只有远远地看着她，不便再碰钉子了。再碰钉子，也许把同船多日的一些交情，完全丧失。再想着雪芙该醒了，那就回去吧。

当他想到这里，正要回去的当儿，静怡为了望着涧水滚滚地流着。在十分感着无话可说的时候，就带了笑问道："陈先生，你也喜欢游泳吗？"俊人笑答道："略懂得一点，方女士一定是游泳得很好的了。"他就扭转身来站定着，向桥边走了两步。静怡道："很好？我还不会呢。不过我想着，现代的青年，同水接触的机会很多。不谈运动，就是为了自卫，我们也应当练习一点游泳的技术，以防不测。"俊人笑道："这庐山上面就有两处很大的游泳池，正好练习练习，未识方女士有这个兴趣吗？"

静怡听说，却微微地笑着，靠近了栏杆边，只管对了水里痴望着。俊人这倒摸不着头脑，她是赞同这个提议呢，还是拒绝这个提议呢？因之再走近一步，也站在小石桥上，照样地低头望了水，却没有作声。静怡由所站的所在，慢慢地踱到桥栏杆的第一根栏杆边，这就向桥板上捡起了一颗小石子，向水里抛了去。一面笑道："这水多清呀，可惜看不到水里有鱼。"俊人道："俗语说得好，水太清则无鱼。"

静怡笑道："下面三个字，是什么？我忘记了。好像说，为人也不可以太廉洁了，廉洁过分，就不能成事。"俊人笑道："绝不能那样地解释，古人立言，总是劝人着重道德，事业还放到一边去，那情形岂能叫人不可太廉洁了？据我的意思，那是说，为人不可太孤介了，总要交几个朋友，仿佛我记得那文字是人太清，则无友。"静怡听了这话，却是扑哧一笑，把头低着，扭转身去。她这一高兴，俊人也像得着什么东西似的，随了心里头一阵奇痒，只是对了她的后影子微笑。静怡笑完了之后，两手按住了栏杆，低头看着水，在水的深处，却也可以看到自己的影子。

影子在水里，随了流水晃动着，好像一个人的全身段段节节，都是活动的。只是这样地看着，却没有去理会俊人站在一边是什么情形。俊人手扶了桥另一边的栏杆，斜斜地站着，看了静怡的侧面。见静怡始终不作声，也不回过头来，这就把两只手背在身后，来往地遛着步子。彼此都感着不好措辞的时候，恰是有一只绿嘴蓝羽毛的小鸟，拖了长尾，扇动了两只翅膀，在头上很快地飞过去。当它飞过去的时候，口里还啾啾地叫。

静怡猛然看到，便道："这是什么鸟？"俊人道："这也许是山鸦鹊，凡是山上的鸟，总是尾巴长，嘴短。在水边生活的鸟，可倒过来，乃是嘴长尾巴短。宇宙里的生物，都是这样，各为了环境，生长着各种不同的肢体。"静怡笑道："陈先生什么都知道，关于生物学，也很清楚。"俊人道："这是极普通的常识，有什么不知道的？我是信口胡说。我相信方女士比我所知道的，还要多得多呢。"静怡不否认这几句话，也不承认这几句话，却是抿了嘴微微地笑。俊人觉得她已不是那般冷若冰霜的人，于是缓缓地走了过来，同她在一边的栏杆上站着，眼睛并不望着人，只是看了水面那飞奔的浪纹，碰在石头上，又起了白色的水花。山风随着山涧，由谷口里拥挤过来。吹在人身上，分外地有一种凉意。看到静怡的鬓发被风拂着，未免有些散乱。

因之她静默了很久的时候，就抬起一只手来，理一理自己的鬓发。那一摆的衣襟，也是让风吹着飘飘然。她始而也是不觉的，后来那衣褂有大大的差异了，才微弯了身子，将衣襟牵上两牵。俊人不说什么，她也不说什么，两人就是这样地站着。后来在那山坡上，有个人大声叫了过来："陈先生，我们老太太请呢！"俊人想不到尚太太会在这样的早上来寻找，只得和静怡说了一声再见，立刻就迎着那个人跑了过去。那喊叫的是个男仆，他的脚步很快。当自己追了上去的时候，他已经是不看见了。于是放从容了脚步，免得只是喘气，到了围墙边，把半掩的门一推，只见雪芙掐了一朵野花在手，送到鼻子尖上，嗅了几嗅。身子是半侧着，对了西边谷口的那个山顶，半抬头地望着。

虽然俊人进来了，她好像不知道一般。俊人轻轻儿地走上前，笑道："你也起来得这样早。"雪芙笑道："你才知道，我早就起来了。"俊人道："我也是这样想，晚上到庐山上来，什么也没有看到。今天早起，要赶着看看有什么好风景。"雪芙笑道："我并不是你那样想。"俊人道："你又是怎样地想呢？"雪芙道："反正我两人想得不同吧，我觉得在山下受了这样久的暑热，上得山来，天气大凉，应该好好地睡觉。这样早，一起来就向外跑干什么？在这山上，还有那样忙的应酬吗？"俊人听说，心里自不免跳了两跳。但是十分地镇静着，脸上并不带一点红晕。微笑道："早上的山景，很有点意思。"

雪芙道："哦，很有意思。"俊人见她依然拿了那朵野花，在鼻尖上嗅着，人是斜侧了身子，背对了人行路。同她说话，她爱理不理。同她赔着笑脸，她又不看到，这倒叫自己穷于应付，因之在人行路上来回地踱了几次，随后想出了一句话，问道："姑妈也起来了？"雪芙又道："她是庐山上的老主顾，那忙什么，睡着呢。"俊人道："刚才听差的叫我，说是老太太叫我。"雪芙忍不住笑了，因道："对不住，那是我假传圣旨。"

俊人听了这话，倒有些啼笑皆非。很沉默了一会子，问道："有什么事问我吗？"雪芙道："岂敢岂敢！"她说着，还微微地一鞠躬。接着道："牛乳面包全都预备好了，请你吃点心。吃过以后，我要请你陪我到山上去玩玩，你还有什么约会没有？"俊人抬起手来搔一搔头发，笑道："你叫我怎样地答复？"雪芙道："这有什么不好答复？有约会就答应有约会，没有约会，就答应没有约会。"俊人道："出了这个大门，我就不认得一个人，怎么会有了约会？"雪芙道："就是这个大门里，你不能同别人有约会吗？"她说这话的时候，已经不能支持她的常态，除了全身都在抖颤着而外，说话的声音，也是抖颤着的。脸是由深红，更变成了苍白。

俊人走近了两步，低声道："雪，你不要误会，听我解释。"说着这话，那一只手不觉是搭在她的手臂上。她并不看他，扭转身子，就向屋子里跑去。那半高底皮鞋在石头上走着，却是剥剥作响。只看她那后脑勺子微仰着，就知道她气大了。将那绿纱门拉得啪嗒声响，她已是走到屋子里去。

俊人站在空地里，倒不免发了呆。心想："怎么这样巧，我站着同静怡随便说了两句话，她就会知道了，这也可见得她对于我是寸步留心。虽然自己和方小姐并没有谈到什么体己的话，但是天色这样早，就同她一路出游，这是不能让雪芙无疑的。她发脾气那不要紧，自己慢慢去安慰她就是了。不过她喜欢冷嘲热讽，设若她的话让方小姐听着了，那是很让方小姐难堪。为了免除两方面发生友谊上的裂痕起见，还是要好好地去敷衍雪芙，叫她对方小姐谅解。可是女子们对于共同在男子身上的事，那又怎样能谅解呢？"越想是越没有办法，只是在院子里徘徊着。

还是一个女仆走了出来，向他笑道："陈先生，朱小姐等着你吃点心呢。"俊人走了进来，只见尚太太已是同雪芙同坐在桌子边喝牛乳，吃饼干，便抬一只胖手臂来，向他招了两招，笑道："忙什么呢？在山上的日子还长着呢，慢慢地去玩，还怕玩不够吗？怎么一早就出去了。"

俊人道："我也没有远去，就是在门口山涧上看看水。"尚太太道："吃一点东西吧。吃饱了带雪芙出去走走。"俊人坐下，一面吃喝，一面问道："这附近什么地方好玩？"尚太太道："在这屋后沿山腰的一条松林路，那就是很好的风景，高大的松树，照着那绿荫荫的人行路，而且又很是平坦，走着也很是舒服。"俊人笑道："不走着怎样办，那上面终不能跑汽车。"尚太太道："不能跑汽车，坐轿子总可以的。但是坐轿子游山，那就没有意思。假使我有你们那样的年纪，我在山上，要天天地跑。雪芙在南京，虽也好动，但是所到的地方，全不能合理化。"

雪芙扑哧一声笑了出来道："姑妈说话，越来越摩登。"尚太太笑道："我是人老心不老，你还不知道吗？"俊人见雪芙已是有了笑容了，便道："雪，吃过了点心，我们就依了姑妈的话，到松林路走走。"雪芙也没作声，三个指头钳了一块饼干咀嚼着。尚太太道："若是你们要找名胜的地方，可以由牯岭街上穿出去，绕着大路，到小天池去，那里有个舍身崖。"雪芙道："很好，我们那里去跳着试试。"

尚太太向她瞅了一眼，笑道："你还有什么活得不耐烦的吗？"雪芙好像是有一口气要叹出来，却又忍回去了。脸上带了微笑，端起牛乳杯子来喝着。眼睛在杯子沿上，向俊人瞟了一眼。俊人不敢望她，对尚太太问道："除了小天池，这附近还有什么好玩的地方吗？"尚太太道："那就最好是黄龙潭了。由这里向西走，也不过三四里路，就是黄龙寺，寺门口有两棵婆娑宝树。顺了山坡子下去，是黄龙潭。"俊人道："对了，这黄龙潭三个字，耳朵里倒是很熟的。既是路很近，就到黄龙潭去吧。"于是偏过脸来，向雪芙很亲切地低声问道："雪，我们就到黄龙潭去吧。"

雪芙也没有理他，手里拿了一个小茶匙，只管在牛乳里面搅和着。俊人碰了她这样一个软钉子，本待不说什么，可是当了尚太太的面，多少觉着有些不好意思，便笑道："姑妈不也去一趟吗？"尚太太道："我忙什么？庐山这些名胜，我都全游逛得不要再逛了，我不是怕热我今年就不上山了。你们去吧，黄龙寺边，有农林学校的出产，云雾茶最好，给我带一点吧。"雪芙始终不作声，还是喝牛乳吃饼干，低头看了桌面。吃完以后，俊人自去预备相匣，将皮带挂在身上，然后走到雪芙面前，低头笑道："我们走吧！"

雪芙因看了尚太太一眼，慢慢地站起身来。尚太太道："你还穿了高底皮鞋呢，赶快去换平底的。"雪芙伸了一个懒腰，微笑道："昨晚上爬好汉坡，做了一次好汉，实在累得可以了。今天又起得太早，我不愿意走动了。"尚太太向俊人笑道："你明白了没有？她是有一趟差事要你做。你到她屋子里去，把床底下那双平底鞋子给拿来。"

雪芙笑着哟了一声。俊人也不待她把话说出，立刻扭转身子就走，而且不到三分钟的工夫，就把那双平底鞋拿了出来，放在她脚下。尚太太笑道："雪芙，你现在可不好意思不去了。"雪芙也没说什么，弯了腰自把鞋子换上。俊人就像一个听差似的，挺着身子垂了手站着。雪芙站起来向他望望，才道："走哇！"俊人倒透着有点难为情，自跟着她后面，向门外走来。这门外本就是夹了山涧的大路，因道："我们向哪边走？"雪芙道："我不知道。"不过她口里虽如此说，却是顺了大路，向西边走去。

俊人跟着后面道："没有走错吗？回去问一问吧？"雪芙道："你没有听到姑妈说，是要向西走的吗？"俊人哦了一声，跟了她走。这长街里的一条山涧，本是树木森森，两面簇拥着的。这人行路，当然就更在树木下面。所以两个人在树荫里缓缓地走，并不晒人。山涧里的水，也是弯曲了向西，潺潺作响。在路的两边，是两道长峰，人家依山靠水，对岸开门。在绿树荫处，不时地有一两次的叮叮琴声，送了出来。俊人笑道："在这个地方住家，多么地好啊，假如将来我把生活问题解决了。我也到山上来住。"

雪芙只是咯咯一笑，并不答话。俊人道："你今天对于我的误会很深。我要解释，你又不让我解释，真叫我没有办法。"雪芙道："你还要解释什么？事实是很明白地摆在这里。"俊人道："今天早上，我很早地就醒了。也为了那水声响得厉害，我睡不着，就走了出来。倒不想方小姐起来得比我还早，所以在桥上碰到了。碰到之后，我们少不得客气两句。"雪芙将脖子一扭道："鬼话，在南京同船到九江，在一个舱里，熟得不要熟了，见面还用得客气吗？"俊人道："我所说的客气，并不是生朋友见面的那种客气话，说了一些山上的景致。"

雪芙道："你同朋友谈话，当然有你的自由，我有什么权力可以干涉你。"俊人道："你当然可以干涉我，而且只有你干涉我，才是对的。"雪芙鼻子里哼了一声，却没有说话。二人默然地走着就出了长街的口。这里是拦山腰一条路，路边的树，却很是零落。反是那山上的草，长得很深，太阳照着那草，发出一种很细微的清香。向北望去，山峰重叠，由近而远，一望那些巍峨的山影，却是与那天脚下的白云相接，由此也就令人感到此身超出尘外。这一条路，绕着山腰走，在那山腰扭转去的所在，这山路方才不见。也许因为时间还早的关系，在路上并没有游人。

两人悄悄地走着，在砂石的路上，发出唏唆唏唆的声响。这种声响，和那草头唰唰的风声相应，更给人一种幽异。雪芙一步一步地走，走着缓了下来。走到一个两峰相接的山谷口上却是一道小瀑布向山上深谷里流着。跨住这小小的谷口，有一石桥，在桥头上竖了一块石碑，写着"芦交桥"三个字。

雪芙走到桥上，手扶了栏杆，向远处望着。只看对面那一排山峰，竹木葱茏，变成了墨绿色，在那山缝里，更透出远方淡蓝色的山影。再看近处，这脚下瀑布，向深谷里注着，却看不到底。俊人因为她不肯走，便也挨了雪芙同在栏杆边站住。眼看着风景，两人全不说话。俊人本想用一句什么言语去套她的话，无如在方寸撩乱的时候，实在想不出一句话来。偏偏雪芙的肩膀耸动了一阵，鼻子息率有声。俊人偏过去看她，她已经流下泪来了。

俊人道："雪，你这是何必呢？你无论有什么委屈，只要你肯告诉我，我一定想法子来安慰你。"雪芙哽咽着道："你安慰我吗？以前你在北平的时候，同我来往写信，我安慰得多。现在你同我见面了，你就在我心灵上，给了我一种很大的创伤。由此，我想到你以前信上同我所说的，那全是欺骗我的话。我以前极诚恳地信赖着你，我是太忠厚了。我真是个可怜的人，我真是个太无用的人。"说着说着，把话哽咽住，就放声哭了起来。

俊人立刻两手握住了她两只手，乱摇撼了一阵，因道："雪，你不能这样，这是三岔路口。那边是牯岭来的路，这后面是芦林来的路，让人看到，还不知为了什么缘故呢。"雪芙倒觉得他这话是真的，在衣服里掏出手绢来，把嘴堵住，把哭声挡了回去。有四五分钟之久，兀自哽咽着，然后才用手绢来擦着眼泪。就在这个时候，已是由芦林山口里，出来两名巡警。

俊人心里一机灵，两手捧了相匣子，只管向后退，做个要照相的样子。那警察虽是对他们注意看了两眼，然而也不停步，径自走了。俊人等那两个警察走远了，然后跑过来，挽了雪芙一只手胳臂，用很柔和的声音对她道："雪，你同我走吧，你同我走吧。"

雪芙一手拿了手绢揉擦着眼珠，一路轻微地叹气。俊人道："你不要伤心，我起誓，我在北平的时候，绝没有同一个女子往来。就是这位方小姐，到现在为止，我总共只有两次和她单独的谈话。一次是在轮船的船舷上，一次就是刚才大门口石桥上的事。"雪芙道："这不用你起誓，我全知道了。可是在你心上，已是有一千次一万次和她谈话了。"俊人道："那何至于？"雪芙道："在你的态度上，就可以看得出来，不至于吗？而且我还有一个老大的证据。"俊人道："你有什么证据呢？"他口里虽是很强硬地问着，可是心里不免卜卜乱跳，心想："也许有什么证据落在她手上吧？"可是雪芙说出来的，却是任何人所猜想不到的。

第十一章

云雾里的话

当陈俊人向朱雪芙要证据的时候，他料着雪芙是不会有证据的。因为自己想着，和方小姐认识，只是这样短短的时间。虽然心窝慕之，可是就照一日思君十二时算起来，也不会是一千次一万次，所以听雪芙的话，就很大胆地质问她，有什么凭据。自己也就料定了，她绝不会有什么凭据的。可是雪芙带了微笑，对他周身上下望了一遍，随着又正了颜色道："我没有凭据，我就能说这话吗？昨晚上我做了一宿的梦，梦到你同方小姐总是在一处鬼混。我也不好意思说，你心里总明白。"

俊人听说，倒不由得把头摇了两摇道："若是这样说，我心里可不明白。你做的梦，与我什么相干？梦是人脑筋里潜忆力的一种反应。假使你心里头不惦记什么，自然不会做梦的。譬如你心里惦记着神仙，也许就做个神仙的梦。在梦里头，你若看到我骑了一双白凤凰在半空里飘荡，你会相信我真骑了一只白凤凰，在半空里飞吗？你做梦都要我负责任，这话不是太难说吗？"

雪芙道："你不要以为你这话可以驳倒我，我怎么什么也不梦，单单地梦见你同姓方的在一处呢？"俊人笑道："你梦见了什么，就要办我什么罪，这可是很困难。譬如你梦见了我杀人，你也就认为我真个杀了人吗？"雪芙手还是扶着了石桥的栏杆，呆呆地向深谷里望着，并不答复俊人的话。许久，才微微地叹了一口气道："让我说什么是好。我若不是怕人家说我是个懦夫，不顾一切，我就跳下去了。"

说到这里，把身子耸了两耸，做了个要跳下去的样子。俊人这就不敢大意了，立刻抢上前来，一把将她拖住，笑道："雪，你这是怎么回事。你相信我的话，你就相信我的话好了。你不相信我的话，还可以质问的。这样一来，你不是拿刀戳我的心吗？"雪芙被他拉着，呆了一呆，很久没作声，随后就反转手来，伸了个指头，向他额角上戳了一下，禁不住扑哧一笑道："我真佩服你好意思说出这种话呢。老实说一句，这个时候，你恨不得我立刻跳下去找不着尸身，你才痛快呢。你说我用刀戳你的心，大概也是真的，但不是指着我要自杀而言，是指着我质问你而言，你说对不对？"

俊人笑道："你总不能谅解，我也没有什么法子。不过我决不为你这样质问我，我有什么芥蒂。越是你这样关心我的行动，我越可以证明你是爱我。"雪芙也没多说什么，只是耸了鼻子微微地哼上一声。俊人这就挽了她一双手臂，笑道："什么也不用说，我们既是出来玩，我们就安心玩去，至于有什么要质问我的话，我们可以回得家去慢慢地商量。"

雪芙道："还有什么可以商量的，不过就是这么回事。"说着，她使劲一抽，离开了俊人的手臂，挺了胸脯子，自在路前面走。俊人静悄悄地在后面跟着。这一条山路，弯曲着向前，却也是慢慢地向下低垂。眼前一堆松竹，簇拥在一个深谷里，却听到嘡的一声，把山寺里的钟声送了过来。同时，也就闻到微微的一种檀香气味。

俊人道："大概是黄龙寺了。根据地图上所载的，顺了芦交桥过去不多路，就是黄龙寺。由黄龙寺顺了山坡走下去，那就是黄龙潭，庐山有名的瀑布之一。"俊人只管说，雪芙好像没听到这些话一样，

108

只是挺了胸脯子向前面走去。俊人总不能上前把她拉住，只好继续地跟着，随后就叫道："雪，不能向前走了，由这里转弯就是黄龙寺了。"雪芙先还不肯信，走了十几步路，不听到后面有脚步声，才止步向后看了一看。俊人指着路边立的一块指路牌道："你看，这上面写得很清楚。"雪芙也没作声，自走回来。站在那路引牌边一看，果然是上面写着："由此到黄龙寺，前往黄龙潭。"

雪芙点了两点头，似乎表示他这话是对的，于是顺了那条下山的小路，逐渐地前去。小路绕过了一丛竹林，显出了一座庙宇，在山影的晴空里，歪斜着一缕青烟，在山坡高低的所在，有那大的竹子，削成了半边，由山坡流水沟的所在，架搭起来，一根根地接着，把这清滴滴的泉水，引到竹林子里茅屋里去。那泉水在竹子里流着，还是嘘嘘有声。雪芙站在路头上看到，情不自禁地笑道："山上的人，这样饮用自来水的法子，倒是很经济。"

俊人道："山上住家的人，多半是这样子的。还有离着泉水远一点的人家，把竹筒子引着两三里路长，那也是常事。"雪芙一高兴，把闹别扭的事给忘了，因答道："这竹子架在山上，成天地装水，不会烂吗？"俊人道："竹子的纤维管，是很有强性的，据我所知道的，这样架在山头上引水，只要没有人去糟蹋它，准可以用个七八年。"

雪芙道："这水流到屋子里去，是用缸装吗？"俊人道："不，用缸装着，一会儿就满，那不会流了满地吗？屋子里，他们也挖上一个池子，池子这一头，是竹筒子引水进去。池子那头，挖有一条沟，水在池子里装有八成满，就由那边水沟里流着出去了。"雪芙笑道："我也是这样地想，水只管向他家里流进去，并不流出来，他们家里的水，那不会涨破了吗？"俊人笑道："你倒能触类旁通。你觉得山居不是一件很有趣的事吗？我们向前走吧。黄龙寺外面，有两

109

棵婆娑宝树，是印度来的，是一种古老的植物，据传说，还是唐朝栽的。"雪芙道："这又是谁看到唐朝人栽的呢？"

俊人道："古物流传下来，无非是前人告诉后人，慢慢地传说下来，载在书上，我们就认为某一个时候的植物了。"雪芙说着说着，已是有点生气了，忽然把脸子一板道："谁要和你谈这些。老实说一句，我也不配和你谈今论古。我是一个脑筋简单的人，眼前的敌与友，我也分不出来，你要我去研究古物，那不是一桩笑话吗？"俊人笑道："我们说得好好的，也很感觉有味，忽然之间，怎么又变起脸来了？"雪芙红着脸道："我虽然变脸，但我始终是这一副面孔，哭也好，笑也好，我不失为一个真人。若像那种阴阳面孔的人，一方面扮着虚伪，一方面扮着忠厚，那才是人心不可测呢。"

俊人知道她句句骂的是自己，可有什么法子呢？只好对她微微地笑着。好在两人虽然闹着别扭，脚下并没有停止走路。因之在争吵的声中，二人已是到了黄龙寺大门外，一片山坡上。这里山坡上，各种古树很多，在树底下，那较为平坦的一块地皮上，布着浓荫，行路的人，到了这里，先自身上凉爽一阵。抬起头来，看到那树杪高高地升入半空，仿佛自己是渺小得多了。这时有那拖了长尾巴的山鸦雀，由树的空当里飞过，细微的瑟瑟之声，也很足以增加这山林的静穆气氛。在山坡向下歪斜的所在，有两棵高大的树，在树干外，用木栏杆给围上了。看那树干总有桌面粗大，一干直上，达到半空里才横出树枝来，颇有老柏树那种姿势。至于树的叶子，可又是尖卵形，因为树身很高，所以看着叶子也是很细似的。

雪芙手扶了木栏杆，昂头望去，做个沉吟的样子，对于这树好像在考察中。俊人笑道："这就是婆娑宝树了。"雪芙盯了他一眼，没有作声。好像在说，哪个问了你？要你报告。俊人也不管，手扶了树，继续地道："原来这个地方，是有十几棵这样的宝树的。不想后来无人保护，完全砍掉了，就剩下这两棵。"雪芙更不理他，掉转身去，离开这树下。在斜坡上，又立着路牌，上画写了人手，指着山上的路。上写："由此往黄龙潭。"雪芙看在心里，自随了这山坡下去。这山坡是小路，就没有到黄龙寺的那一截人行路光滑了。那石级歪歪斜斜的，有的可以分出层次，有的只是在光石壳上有踏光的一条人行路痕迹。

俊人由后面跟了来，笑道："你瞧，这里的下山路，多么不好走，幸而是换了平底鞋子来，要不然，不用想下这个山坡了。"雪芙头也不回地，只管一步一步跟着向下走。

这山坡的人行路边，有些矮小的杂树，同那不成行列的野竹子。雪芙手扶了这些竹木，不断地支持那疲乏的身体。可是俊人却未曾顾虑到自己的脚步，只是快快地拔开脚步，要把她追上。不想脚步拔得快了，车水般地向下移着脚步，身子老是往前钻了去。自己站立不住，待手要去抓树木，可又离得远了，有点抓不住。恰是像燕子掠水似的，很快地，由雪芙身边过去。雪芙看到，那是更快，已经伸出手来，在他后面一把抓住。虽是俊人已经停住了脚，可也带着她向前奔了两步。

雪芙等他站住了，才松手靠了他站定。俊人回转头来笑道："到底还是共患难的人，与平常的人不同，看到我有了危急的时候，还挺着身出来帮忙的。"雪芙把脸一偏道："谁要你臭奉承？"她说着，还是一步一步地踏了石级向下走着。俊人站在她后面伸手搔了两搔头发，笑着摇了两摇头道："天，可真难伺候。"雪芙的肩膀，在这个时候，耸了两耸。由她的后影看去，似乎她对于这话，也忍俊不禁了，两个人不曾搭言。顺了一带竹木丛子向下走，隔了竹子，已听到轰隆轰隆作响，可知是靠近了瀑布了。

俊人笑道："听到人说，在这瀑布下游泳，另有一番风味，可惜我没有把游泳衣带了来。"雪芙笑道："下次同方小姐来，把游泳衣带来就是了。好在这里到我们的寓所，又不很远，一天来一趟，那也没什么关系的。"俊人笑道："雪，我同你商量一下，以后不要再提到方小姐，可以不可以？"雪芙道："她是你的朋友，也是我的朋友。你那样拼命地追求她，什么丑态都露出来了，难道我言前语后提到她，你都不愿意吗？"

俊人笑道："怎么说是我不愿意，实在是你不愿意，你不愿意她，又偏偏地要提到她，这真是一件不可解的事。"雪芙也没理会这言语，顺了石级，一步一步地，走下山来。山级的尽处，发现了一条山涧，白色的浪花，碰着山涧里面的石头，哗哗有声。在山涧两边，编制篱笆似的，长了很密很密的树木。尤其是涧的上流头，两旁的树木，只管向上长着。这山涧里，只有一些微微的阳光，可以漏下。于是涧水照着青隐隐的，在青隐隐的所在，正是一个长圆形的水潭，潭的上面，是参差不齐的悬崖。在那里奔放的水，由崖上落下，就成了一道短的瀑布。

这瀑布先是由西向东流，接着又是由东折回去。两条青龙，各走一方，很是有趣。这潭子里的水，倒不怎样地深，许多游人，分布在水中间的大石头上。有的弯了腰，将巴掌捧了水喝，有的将带来的手巾，在这里洗手脸。有的却带了照相匣子，四处酌量取景。这些人的动态，虽然各各不同。可是这些人，总是一对对地相配着，却没有什么不同。俊人来到水边，回头看雪芙时，还在那高坡上，因向她笑道："到这里来，有个意思。"这山涧里的水，送出一阵阵的凉气，向人身上扑了来。

雪芙道："我还不打算自杀……"说这句话的时候，她本来是板着脸子的，说完了，一看到面前有不少的游人，这句话，却给了俊人一个很大的钉子碰，因改作笑脸道："我可有点不敢过去。这水哗啦哗啦地流着，看了花眼睛。"俊人道："这里水并不深，就是落下去，也不过打湿两只袜子，要什么紧？来来来，我搀着你。"他说着这话，可是老远地伸出手来，预备搀扶。就在这个时候，身后来了一对少年爱侣。正是那个男子，两手扶了那女子的手臂，带捧带拉，免她滑脚。雪芙见俊人的手，兀自伸出来，不曾收回去，这可不能再不睬了。也就走近前来，伸手一搭，搭在俊人的手上，慢慢走到水边。俊人左手挽住了她的手臂，右手向瀑布指点着，因笑道："我觉得这里的好处，不在瀑布，在这个水潭子。你看四围青隐隐的，恰好上面两条很大的白光，向潭子里冲着，更好显着这潭水幽静。"

雪芙只是微笑着，却不答应什么。俊人只管说着，引得在山涧的游人，全都向他望着，俊人也只好不说了。当二人来的时候，本是一轮很烘烈的太阳，照着在头顶，绝不必顾虑到天变的。正说着话呢，这潭子里便现着阴暗，有一个人道："云雾来了，回去吧。"俊人退后两步，到山坡上向四周看去，果然黄龙寺对过的山峰，飞起了半天云雾，将山峰遮去了大半截。有两座山峰，却反是在云雾上面，露出山尖子来。

俊人道："忽然天变了，赶快回去吧。回头下起雨来，姑妈倒要在家里盼望我们。"雪芙四周抬头看过了，倒是相信俊人的话，首先就在上山的石级上走着。俊人知道她又在生气了，和她说话，也无非是多碰她两个钉子。照样悄悄地跟着她，走到了黄龙寺面前，这雾景是更来得奇幻，站在两棵婆娑宝树下面，十丈附近的黄龙寺，已经不能看见，全让漫漫的白气，由上面笼罩下来，笼罩得一望皆白。在人的面前，白气似乎稀薄些，可以看出树木和人行路。雪芙自然是呆了一呆，站着不敢向前移步。俊人跟着站到她身边，她皱了眉道："怎么办？雾迷了去路了。"

俊人笑道："不要紧的。庐山雾自古有名，若是晚上，也许严重一点。现在是白天，路我们总是看得见的，你随我来。"口里说着，雪芙已是伸了左胳膊过来，让俊人去挽着。同时，也就看到那些游黄龙潭的男女，嘻嘻哈哈地，顺了大路，向面前经过。雪芙碰碰俊人道："走吧，趁着现在有伴，我们快回去吧。"俊人笑道："有我这样紧紧地保护着你，你还怕些什么。"雪芙倒不征求他的同意，还是拖了他的手走。再看这雾时，越发来得重了。很清楚地，看到它卷了一团团的白烟，由人头上飞过。

雪芙道："在扬子江一带，遇着雾，那也是很平常的事。但是我们在雾里走的时候，只觉得此身以外，四周都看不清。雾是怎么一种形势，是看不到的。这里的雾很有趣，让我们看出来它是成团成卷的白雪，又像下细雨烟子的时候，风刮来的雨阵。"陈俊人道："你的譬喻，是非常地确切。别的地方的雾，都是乌的，唯有这里的雾是白的。"

两人一面说，一面走，却眼见山路下深谷里又是一股加重的浓雾，向上直冲，横断了去路。这不但眼前两三丈远的路看不到，就是面前五尺以外的东西，也看不清。不过这与黑夜的情景，又有分别，黑夜里看不见前面的路，多少有点模糊的影子，眼前所能看到的地方，那也是黑暗的。这白雾里不同，眼前并无一点影子，只是白气弥漫。而眼前所能看到的呢，依然是白天的意味。所以在那云雾稀薄的所在，突然露出一座高山的影子，或者透出一个深谷来。虽然脚底下所踏着的，还是平坦的路，然而向左右看出，人犹如到

114

了天空，不能不透着危险。雪芙紧紧地贴住了他，笑道："我有点害怕，怎么办？"

俊人道："不要紧，这就是我们走来的那条路。现在还是由了原路回去，也没有什么危险的所在。我们走一步是一步，绝不会摔倒的。假如摔倒了，我陪你一块儿摔倒。"雪芙道："你又来灌我的米汤了。我看你是无往而不作伪，在这深雾里摸索了走的时候，你还说这些假话呢。"俊人笑道："这可难了。在你这样心境不安的时候，我要拿话来安慰你才是对的。可是我真用话来安慰你了，你又说我是作伪。"雪芙道："安慰我是可以的。说我摔倒了，你也陪着摔倒，这是不近人情的事情，我不能相信。"

俊人将挽住她手臂的手，抽了出来，紧紧地搂住了她的肩膀，因道："你看，这样地走路，假使你摔倒了，我能够不摔倒吗？"雪芙倒不反驳他的话，咯咯地一笑。俊人因为她这一笑，显然是没有什么怒气了，也就很高兴。于是两人并不言语，悄悄地在山路上走着。约莫走了半里路的光景，却听到前面白雾深处，有人说话。有个男子声音道："到了今日，你可以完全明了我的态度了。在这个社会里，要除了你以外，我不同女子见面，这可是件难事。譬如你自己，我要你除了我以外，不见第二个男子，也不可能吧？"又一个女子道："我并非要你不见我以外的女子，就是相当的交际，我也同意的。但有一个条件，你无论同哪个女子在一处，我知道也罢，我不知道也罢，你必须对我说明，不要瞒着我。"那男子道："这是我一定办得到的，而且我也情愿这样办。唯其这样，才可以增加我两人的爱情。同时，可以免除不少的误会。"女子道："你既知道这样好，为什么不早办呢？"男子笑道："你瞧，你那个脾气，我敢在你面前说认识第二个女子吗？"女的道："所以啊，你对于我还欠缺认识，

115

我就不高兴了。"男子道："你说我对你欠缺认识，这是我承认的。不过有了现在这一席谈话，我对你已是充分地认识了。今天我真高兴，把你我肺腑里的话全吐出来了。回到牯岭街上，我要到小馆子里去喝上三杯，你赞成不赞成。"

说到这里，两人全不说话了，只听到嘻嘻的一阵笑声。俊人在这后面，轻轻地放了脚步走，听了一个饱，将搂住她肩膀的手，轻轻拍了两下。雪芙也笑着，捏了他的手，微微摇撼了几下。再走有一里地，那白雾已是渐渐地稀薄，周围上下，已经看得清楚了。这就看到一位穿西服的少年，同位二十上下的少女，坐在路边一张石凳上，两人手握了手，兀自带了微笑。

两个人挨了他们走过去，约莫有三四十步路，说话可以不听到了。俊人笑道："我看这两位，就是刚才在我们面前云雾里开谈判的一对情侣。在云雾里他们不知道后面有人，大谈特谈，不想全让我们听到了。"雪芙道："听到了要什么紧？人家也是光明正大的话，并没有什么不可对人言的事。"俊人笑道："照这样子说，你对于他两人的态度，是很赞成的了？"

雪芙道："我怎么不赞成？你不用这样话里套话来问我。可是我这样同你约着，你又未必肯依从。"俊人笑道："漫说我现在不愿交异性的朋友，就是我愿交异性的朋友，请问在我们这些年月的认识中，有时还不免带一点误会；新认识的朋友，难道还会比我们的认识更深切吗？与其多交一位不大了解的朋友，那不如把我们的爱情更加厚起来了。你说我这话对不对？"雪芙一点也不考量，很干脆地回答了一声道："不对，刚才我们由云雾里出来，以为到了光明之地，据你这几句话，那是更到了云雾深处了。一片假话。"

俊人听了她这样斩钉截铁的几句回答，心里有了很大的冲动。

脸皮红红的，只看了前面的路，大开步子走去。虽然挽住雪芙的手，不会抽回，可是并不怎样地带劲，自己也不作声，微微地在胸中透出了一线微微的气，由双鼻孔里呼出。信脚所之，又到了长街第一道大石桥所在。二人走到桥头，俊人便立住了脚，静悄悄地，对山涧里的奔流注视着。雪芙却把他的手夹得紧紧地，说出两句可心的话来，于是他又觉着有了光明，笑起来了。

第十二章

谁家玉笛暗飞声

陈俊人说到与其交一个不大了解的朋友，不如彼此把感情浓厚起来。雪芙是斩钉截铁地回驳了，这却很感到不好意思，只得默默不作声，同她悄悄地站在山涧边下看水。雪芙静默了许久，忽然回转头来向他一笑道："你为什么不作声，觉得我说的言语，有点过重吗？"

俊人笑道："你这话不能算重，本来我就不应当再交朋友。交朋友这一句话，也就不该说了。"雪芙摇了两摇头道："你这话说错了。在现代的社会里，随处都有男女接触的机会，怎么说是不能交女朋友。假如不交女朋友的话，也就不能交男朋友了。"俊人笑道："难道你这话，反是许可我交朋友吗？"雪芙道："当然我许可你交朋友。不但是许可而已，而且我还要可以同你介绍。"俊人道："那是什么意思呢？"雪芙道："你为什么这样糊涂？假如我有一个很好的女朋友，也不能不介绍你认识吧？这是很容易明白的，既是我的朋友，势必常同我在一处。在我一处的人，能避免不让你见面吗？既是大家要见面，我就一定要介绍了。"俊人道："绕了这样一个大圈子说话，原来还是为我的，那我就很感激了。"

雪芙笑道："到现时你明白，我是为你的。现在我由云雾面走出来了，你相信是到了光明之处吗？"俊人道："我明白了，到了光明之处了。现在我们回去吧，可是……"雪芙笑道："你为什么还要下

118

转笔？"俊人笑道："假如我们回去，就同方小姐见面了，这不又让你心里难受吗？"雪芙笑道："要是照你那么说，我们今天就不能回去了。"俊人道："所以我心里在这里踌躇着，要怎样地才可以免除再生波折。"雪芙笑道："你想呀，有没有办法呢？我倒有个法子，只是不能由我嘴里说出来，说出来就不大香，我倒愿意听你的话。"俊人一面走着路，一面伸手搔了几下头发。笑道："愿意听我的话，你叫我是怎样的说法呢？"雪芙道："就是这么一点，看你能不能够想得通。"

俊人道："男女之间，事情是很容易明白的，厚彼则薄此，只要我同你亲密些，那么，关于方小姐方面的事情，那就不攻自破了。"雪芙点点头道："你既然已经知道了，多话我就不用说了。我看你以后怎样的做法。"两个人说着话，向回家的路，慢慢走去。雪芙一路沉吟着道："不知道庐山上除了牯岭这个地方，别处还有旅馆没有？"俊人道："旅馆是没有，不过全庐山的住宅和庙宇，只要有空屋子，全可以借住的。"

雪芙被俊人夹住了一只手，就看了脚尖前头几尺路，有一步没一步地走着，还是缓缓地道："我不是这个意思。"俊人道："你究竟是什么意思呢？庐山上避暑的所在，虽然随处都是，但是别的地方，采买日用食品，就没有此处便利。再说太僻静了的地方，你也有点害怕吧？"雪芙道："当然不是我……怎么样？你以为我一个人单独地搬走，让你还住在这里吗？"俊人笑道："啊，不是不是，你想有那个道理吗？又不是让你一个人去修仙学道，哪有让你一个人搬到冷僻地方去的道理？"

雪芙笑道："假使我真有那种行为，你岂不是很高兴吗？"俊人道："那为什么？这话倒不可以含糊过去，我要详细地问问。"雪芙道："你真要问吗？那我就告诉你吧。因为我在你面前，总是你一种障碍。现在我要躲到冷僻的地方去，那么，你爱干什么就干什么，岂不是好吗？"俊人笑道："假如我是你的老师的话，我一定把你牵到院子中心，将你罚站三小时。我说了许多话，请你不必提到别人身上去，你怎么总是冷嘲热讽地说我呢？"雪芙道："我也没有提到别人呀。我说你爱干什么，就干什么，那范围很大，你就疑心到别个女子身上去了。"俊人道："你这话，在表面是很有理的。但是除了我同别个女子接近，哪里还有怕你碍眼的事？"

雪芙将一个食指，连连地点着他道："这可是你自己说的。"俊人道："你不用说来说去，总不放心。我拿事实给你看就是了。"话说到这里，两人距篱笆门口，已只有二三十步路。雪芙道："那很好，啰，那位别一个女子，正站在门里边，我们一定要由她面前经过的。你见了她，不许打招呼。"俊人听说，笑了一笑，有一句话想说出来，还不曾张口。雪芙正了脸色道："你说能办到不能办到吧？"俊人道："当然可以办到。"

雪芙听了这话，故意缓行了两步，让俊人走上前去。俊人把头低着，很快地走进了那围墙门。方小姐本已远远地看到他们来了，为了表示态度大方起见，却笑盈盈地由门里迎了出来。俊人只当不知道，眼睛看到她脚下一双白帆布便鞋，和一截花布衣襟的底摆，这就揣想着，人家必是双目灼灼地望着，自己只有逃出人家眼界以外去，算是上着了。雪芙老远地看到他那受窘的样子，心里自然是很舒服。可是再向方小姐脸上看去，她却并没有异样的感触，向雪芙带了笑容，点着头道："密斯朱今天玩了一些什么景致？"

雪芙道："到黄龙潭去了一趟。"静怡笑道："庐山的泉景，听说三叠泉最好，你们为什么不先到三叠泉去看看？"她说着这话，由对着雪芙的面孔，猛可地回过来，再望着俊人的后身。雪芙把头微微地昂起，显然是有一番得意的样子，便笑道："当然，这样好的地方，我们是要去的。不过我们先把平常的景致看过了，再去看那更好的名胜。好在我们有两个人，到哪儿也有伴，在山上多住两天，不难把这些名胜，一处一处都逛遍来的。"她说到我们两个字，声音非常之响亮。静怡看到，却只是微微地笑着，并没有怎么注意。雪芙且不走进屋去，就和她面对面地站着，因问道："密斯方，今天没有出去走走吗？你的叔太爷，也很可以陪着你的。"

静怡笑道："我向来好静，能在庐山上住着避暑，这已经是很幸运的事情了，我倒不一定想出去。"雪芙道："对了，这是你我不同之点。我就是在家里，除非说是在看书做功课，不然，我总要有人陪着的。"静怡对于她这话，总没有什么感想，只把头昂起来，看看对面山顶上的云彩。雪芙因她站在面前，并没有走开，自己当然也不便不辞而别，这就跟着抬起头来望碧空里的白云，因道："庐山上的云，似乎也比别处的云要好看些。"

静怡因她猛可地把话闪了开去了，也就未便一味地置之不理，因点点头道："这完全是环境的关系。虽然云在海洋里，是海洋里的意味。在山林里，是山林的意味。其实，这是我们把云以外的景物，互相衬托着，觉得另成了一种风景。"雪芙笑道："密斯方对于宇宙里事事物物，都观察得清清楚楚，我很佩服。"静怡笑道："这也没有什么奇怪。只要无论对一件什么事情全站在客观的地位，那就有办法了。"

雪芙站着沉吟了一会子，左手两个指头，比着脸腮，右手两个指头，抡着衣襟角，这就笑道："我们虽是新朋友，相处得很不错。我倒要请教你一件事，陈先生为人，意志很薄弱，有点朝三暮四，你看他为人如何？"静怡在说话的时间，虽然是很坦然的样子，被她这样一问，那薄嫩的脸皮，也随着红了起来。但是那时间很短，立刻把神色镇定了，就笑道："密斯朱这句话，问得有点外行。"雪芙道："怎么外行呢？"

静怡道："你同陈先生那样熟的人，还观察不出来，我才认得他几天，怎样观察得出来？而且密斯朱已经说了，他是个朝三暮四的人，那不是已经下了定论了吗？还要问我做什么？"雪芙被她一驳，倒把脸涨红了，勉强笑道："我是这样观察。不过在密斯方眼里去观察，也许他不是个用情专一的人吧？"静怡笑了一笑，没有把话接了向下说。搭讪着向四处观望，自走进屋子里去。雪芙站在那里呆了一会儿，自言自语地道："这很好，我没有给她钉子碰，她倒给我钉子碰了，我决不能放过她。"口里说着，走进屋来，见俊人端了杯子在喝茶，另有一大杯茶，放在桌上，这就笑道："你这真是牛饮，喝着一杯，又凉着一杯。"俊人道："并非是给我凉的。你想吧，这杯茶给谁凉的？"

雪芙道："这屋子里除了姑妈就是我，难道给我凉的吗？"俊人道："我想到，我这样渴，你未必不渴。"雪芙端起茶来，点点头笑道："那谢谢你，我倒不在乎你献这点小殷勤，只希望你把进门时候那个态度，永久保守着就好了。"俊人喝茶，脸上带了微笑。然而他心里头，却是微微地波荡着，好像什么东西撞了一下。雪芙手里捧了茶杯，站着向他呆望，很久才道："看你这个样子，未必能保持。可是我对你说，假如你不能保持的话，我当然也莫奈你何。但是我决不能忍受这个，我就要下山了。"

她说到这里，随着把脸板了起来。俊人道："你只管放心。我虽是个傻子，我也会想得开。我是应当得罪自己终身伴侣呢，还是愿

122

意得罪一个交谊极浅的新朋友呢?"雪芙道:"人心是难说的,也许正会像你所说的做去。好在我已经拿定了主意,你要和我为难,我眼不见为净,立刻就走的。"俊人看了她那样子,真不敢把话向下说。便提起茶壶来,笑道:"再喝一杯吧,走这样多的路,我们也真渴了。"

雪芙鼻子里哼上一声,却也把杯子接着喝了。俊人觉得自己已是十二分恭维她,她还是要故意作难,这也没法。假使自己不能和她冲突的话,只有更加恭维一点了。因为如此,所以俊人在这日下午,就没有敢出去,怕是碰到了方小姐。招呼呢,雪芙要大动口舌,那结果还是不可预测。不招呼呢,良心上实在说不过去。于是拿了几本书,只在窗户下,轮流地翻阅着看。窗下放了一把帆布的躺椅,很矮很矮。人躺在上面,看不到窗子外的人,也看不到自己。仿佛是那借了印子钱的人,还不起重利,对于债权人,能躲开一刹那就躲开一刹那。可是雪芙也不怎样自由,照样陪他在屋子里看书。偶然到屋子外面去小站一回,总不能超过十五分钟,又进来了。好在俊人绝不介意,继续看他的书。直到天色迷蒙,屋子里看不见字了,雪芙才道:"你一定下心来,就做了书呆子了,这时候屋子里也看不见字,我陪你出去玩一会子好不好?"俊人被她提醒了这句,倒感觉到有些腰疼背曲,抬着两手,伸了一个懒腰,笑道:"那也好,我跟着你走。"雪芙笑道:"跟着我走?"

她说了这话,自在前引路。俊人心里估量着,在这个时候,方小姐不会出去玩玩的,在大门口也许碰不着。纵然碰得着,自己走在雪芙后面,就是向她笑笑,雪芙也不会知道的。主意定了,这才和雪芙同路出去。所幸很好,门口并没有一个人。这长街里,是不能看到多大的天宇的。那长方式的天空,变作了深蓝,有稀微的残霞，却拖了巨幅的红纱一样，在西边山口。所以那反射的红光，照到地上，将这迷蒙在暮色里的山林屋宇，带了一份可喜的颜色，好像人脸上带了些浅醉。

俊人道："早上的景致好，黄昏的景致更好。这种颜色，就是画家也画不出。"雪芙道："这长街在低洼的地方，阳光不容易照到，我们到屋后山上走走。那条路叫松林路，非常有趣的。"俊人道："这样说，你是已经赏鉴过了，我们走吧。"说完这话，看到路边有上山的一条石砌小径。俊人更不考量，在前引路，直走上去。雪芙高兴起来，在后面只管嚷着："慢点慢点，我要追不上的。"俊人一口气上得山来，见是一条三四尺宽的人行路，在山上平放着。有时在峰顶，有时也在山腰。在路两旁，都是小松林。霞光射在这路上，绿色的草木，涂了金漆。正要说一声好风景，却看到右手一只小山峰上有几块石头。那里有三个人，正是方先生一家子。俊人立刻掉头向左，慢慢地走去。

雪芙跳上山来，也是先看到方家这一群，见俊人悄悄地溜了开去，心中暗喜，自不作声，跟了他走。方家的人，坐在石头上，对山的对方望着。所以身后来人，也许不知道。只方小姐回头看过两看，那时间是很短，她也没有通知她家里人。俊人引了雪芙在松林路上走了几段山峰，直到前面的路有些模糊，方才回家。到家里时，屋子里已是亮灯多时了。俊人听到那边屋子里，人语喁喁地有声音送了过来，想必方家人也都游倦回来了。想到刚才在山路上，看到他们，远远地就避了开去，真是有些对不起朋友。等雪芙平了这口气，慢慢地和她商量吧。心里这样地踌躇，连晚饭也没有吃得舒适。雪芙在这天，上午下午，都出去走了不少的路，所以吃过了晚饭，身体格外感着疲倦，就上床休息去了。俊人心里头，是说不出来的那一份委屈，虽是摊了一本书在灯下看，但是书中的字句，多是不曾传到脑筋里去。将一本书随便地翻上了几页，不免忧从中来，将书盖着，将手按住叹了一口气。

山上到了夜晚，声音是更加寂寞，远处的风过树梢声，和流水撞着涧石声，随了风或断或续地送来。这窗户外的草里，却是唧唧唧唧的，虫声叫得很清楚。唯其如此，所以山居的人，反是觉得更清寂，因为宇宙里的声音，仿佛只有这些了。正这样想着呢，忽然呜哩呜哩，一阵很清凄的笛声，由空中传了过来。那笛子是什么调子？自己还听不出。但觉每个字音吐出，都极其悠扬婉转。成语里形容音乐，有"如泣如诉，如怨如慕"八个字，以前觉得那形容很空泛，若是由现在的声音听起来，觉得这八个字的形容，里面全有，可是这八个字并不能把这笛声形容尽致。俊人坐不住了，悄悄地拉开了房门，走到门外来，要看个究竟。事情是那样凑巧，当他走到门外时，笛声已是没有了。抬头四望，山影巍巍的，透出了那伟大和严肃的样子。也可以说，这里面，还带了一点恐怖。

月亮是被山影子挡住了，还有些清光在浮空里。许多星点，在无一点遮碍的暗空里散布着。近处的树影，似乎有点颤动，也就为了这颤动嘘嘘有声，而脚下草里的虫声，不必说比在屋子里听着更凄切了。俊人站了一会子，觉得对面、左右邻，共总不过四五户人家。虽然在树木丛中，还闪出两三点火星，但也看不出这笛声是从何处吹来的？俊人观望了许久，因为并没有加衣服，这就感到全身都是凉飕飕的。只好掉转身进去，把屋门关上。这一下子，真不能不说是那吹笛子的人，有意避开别人搜寻。因为当这里屋门关上以后，那笛子又吹起来了。笛子重吹着，虽然换过了一个调子，可是那一份凄凉的意味，比以前有增无减。

俊人想着，这一次非把吹笛子的人寻着不可。先把灯移到避风的所在，将窗户缓缓地开了，这已听得清楚，笛声是发在大门外边。听那笛声，吹得正酣，也绝不会在这个时候中止，不必关门了，且由窗户里出去。因为门开了，灯光一闪，那吹笛子的人也许又要停止的。想定了，立刻把凳子垫了脚，跨窗而过。果然地，那吹笛子的人并不觉得有人暗袭，还是继续地吹着。俊人赶快顺了小院子的石路，向大门口走去。这大门竟是有人已先开了，这时还是半掩着。俊人走出了大门，那声音听得更是清晰，就在离此不远，那道跨石涧的木桥边。抬头看看天上，大半轮月亮已是出来了，但不过高出那山影两尺。因为月亮比较清明的缘故，天上的星点越是减少了。风并不大，微微地拂了人的衣襟，因之树林里的嘈杂声已经减少，那笛声也就分外地清亮入耳。正为那笛子是在水边吹着，音韵是越发显着柔和。本待立刻就走过去看看那人的，可是笛声在远处听最好，近了就减少兴味了。而且吹笛子的，不知是什么人，假设是个连鬓胡子的老道，或者是粗腿大胳膊的豪客，那反不如只闻其声，不见其人的好。这样想着，又听了一会儿，那笛子才不吹了。随着，就有两个人的脚步声由远而近。

俊人想着，这倒可以看看那人了。却是身后有人大叫着："陈先生，老太太找你呢。"俊人口里答应着，回身进屋，见雪芙同尚太太全在自己卧室里坐着。尚太太道："你这孩子胡闹，在这风凉的夜里，不加衣服，打开窗户跳出去，什么意思？你不怕感冒吗？"俊人笑道："姑母，你没有听到人家吹笛子吗？那声音真好听，我先是打开门出去看看，那笛子就停止了。我猜着那人一定是看到灯光动了，所以不吹，无非是不愿意人到他面前去。第二次我就由窗户里跳出去，不让他知道有人出来。"雪芙笑道："你看出来那人是谁吗？"

俊人道："我是到大门口，又想人家既是躲了人吹，我们一定要冲到人家面前去，那也大煞风景，所以我没有过去，姑妈怎么知道我出去了呢？"尚太太笑道："我们上了几岁年纪的人，人虽在床上睡着，耳朵是很灵的，就是有两个蚂蚁打架，我也听得出来的。"雪芙站在一边，只是微微地一笑。俊人道："姑妈，你看这人怎么样？我觉得他是清雅得很。"

尚太太笑道："你也算猜得差不多。"雪芙道："晚上这样凉，不必打开窗户睡觉了。"她一面说着，一面就伸手把窗子关闭了。尚太太笑道："睡觉吧，我们都上了床，全是让你吵起来了。"俊人想着，"我何曾吵你们，你们要来干涉我，我有什么法子呢？"他想着，不免站在屋子中间发呆。

雪芙走了出去，倒转过身来，将门替他反带上，留了半截身子，向俊人微笑道："晚安。"俊人也和她点点头，看她是很高兴的样子走了。俊人再坐下来，把书摊在桌上。且不看书，将手撑了桌沿，托住自己的头，把刚才的笛声又玩味了一遍。自己由窗户里跳出去，那个吹笛子的人并不感觉，倒是这位未婚妻，她又留了心了。这样子看起来，自己成了被监视的人，纵然睡在梦寐里，也有犯法的嫌疑了。这是一种苦闷，这苦闷不解除，随时可以起误会的。叹了一口气，也就熄灯上床睡觉。

这窗子外面，虽然有一棵小树，但躺在床上，向窗子外看去，依然可以看到一带天色。那半钩月亮，配了一些星点，依稀有些小影可以看到。心里静下来，那风声、水声、虫声，又继继续续送到耳边，这就想到那个吹笛子的人，实在别有怀抱，他拿了笛子，到山水之间，风清月白之下去吹，不让人去赏鉴，也不要什么伴侣，只是把他心里那一种心绪，送到大自然里去，这人太清高了。如此推想着，分明那呜呜哩哩的笛声又送了过来。不过悠扬婉转，虽不减以前的风味，但是已摸不出这声音在远在近？

在音韵里，而且透了一种沉闷的意味。始而觉得是心理作用，耳管里有了一种反应。但耐下心来，再仔细听听，那声音依然发了出来了。俊人约莫听了十几分钟之久，再也静睡不住，跳了起来，就悄悄地把窗户开着。这窗子一开，声音自然是比较清楚一点，笛声何来？可以琢磨了。

第十三章

弹性的手杖

俊人听了两三小时的长笛声，自己始终是不知笛音从何处吹来。现在把窗户打开，却听到是由方家送了出来的。心里一阵高兴，这就两手同拍着，直跳起来，自己叫道："我说呢，这除了她，还有谁能吹得出这样好的笛子呢？"

这就一面听着，一面暗想：只听她笛子里这一份哀怨，不是心里头有万分感触的人，是不会吹出来的。若论到了她的感触，那当然是为了自己在今天进门的时候，低头没有睬她。自然，彼此的情分，由南京下关登船，一直到现在，相识的时候，是很浅很浅的。不过在自己心里，在那乍相见的时候，就是五体投地地崇拜着。至于方小姐的意思如何，虽然不知道。但是只看她说话时候的态度，总向人表示一种很关切而又害臊的情形，那就大有意思了。关切是不以平常的朋友相待，害臊正是心里含着男女之间的那一点秘密。有了那秘密的念头，就是伏下了爱情的种子了。为了这一点，自己也不能不把她当一个对象。

他耳朵里听了笛声，人伏在窗户边的一张小桌上，就呆呆地想了去。直待笛声停止，那晚风吹在身上，凉飕飕的，倒有点像凉水在身上浇泼着。这才把窗户关上，二次睡到床上去，那思潮更是起落不定。觉得于未婚妻之外，再交一个知己的女友，这并非过分的要求。只要自己对于雪芙，依然保持着以往的爱情，雪芙其实也不

129

应该提出抗议来。存了这么一个念头，足足地筹思了一晚上。到了次日早上，睡在床上，又补着想了两三小时。似醒非醒，似梦非梦地，睡在床上，就懒得起来。后来房门咚咚地有人敲着，不容他不答应，这才翻身坐了起来。却听到雪芙隔了房门笑道："喂，快吃早饭了，你还睡着啦。"

俊人道："昨天两趟山路，跑着累得可观，一躺下来，人就不知道起身了。"雪芙道："我可以进来吗？"俊人笑道："你当然可以进来。"雪芙手推了门，先伸头进来看看，见俊人穿了睡衣，在睡衣下露出两只光脚，踏了拖鞋，这就笑道："你还贪凉啦。到了半夜里，我觉得盖着薄被，还有点凉呢。"俊人道："我也是盖被睡的呀。你以为我还应当穿了袜子睡觉吗？"雪芙向屋子四周看看，又向窗户口上看看。笑道："假使你穿了袜子的话，睁开眼就由窗口里跳了出去，那是便当得多。"

俊人听了这句话，大概是很生气，脸色向下沉着，淡笑了一下。那淡笑还仅仅是在脸色上表示着，并没有声音。这一次，算是雪芙让了他，并没有跟着说什么。俊人就当了她的面，很自在地换着衣服。雪芙把门关闭了，身子撑住了门，向他斜看着，因道："你这人太不知礼节。"俊人正把睡衣脱下，在汗衫上套着短褂子。便笑道："我还得穿上大褂子吗？"雪芙道："我并非说你没穿大褂子，是说你为什么当了女士的面，把睡衣脱了下来？"

俊人笑道："你在别人的面前，可以充女士，在我面前，也可以充女士吗？"雪芙走近一步，靠到他身边，斜了眼睛向他望道："为什么在你前面不能说女士呢？"俊人道："天地间，就有这么一个公例，每个男人，可以对一个女人不客气。同时，每个女人，也可以对一个男人不客气。你是不是相信我这句话？你若不相信我这句话……"说时，回转身来，突然地握住了雪芙一只手。雪芙且不把手挣脱，却微偏了头向俊人望着，脸上带了微笑，问道："你这是干吗？这就算不客气吗？"

俊人道："不，这是不客气的帽子，不客气还在下面呢。"说到这里，他放了雪芙的手，把窗户里的布帘子给扯开了，挡住了外面来的阳光。在布帘子遮盖以后，约莫有十分钟，方静怡正好由这窗户外面经过。她心里原来想着，俊人在今天早上，心里不能没有感触，心里既有感触，当然不会出门去。若以自己的心理去忖度，他必然在屋子里看书。因之在这一个感念之下，情不自禁地，就绕着屋子外的空地，慢慢地走着。自然，最后也就走到俊人卧室的窗户外了。走来的时候，自然是低了头，做出那毫不在意的样子。偶然一抬头，做一个看蝴蝶或看云的姿势。以为一眼看到玻璃窗户，就可以看到玻璃窗里的人。不料回转头看来，这里却是两块花布窗帷，遮掩得毫无所见。这倒呆了一呆，他知道我要由这里经过，先把视线挡上吗？

她这里还是呆呆地望着呢。偏是花布帷里，又是一阵嘻嘻哈哈的男女欢笑之声。她想着，这一男一女，除了陈俊人和朱雪芙不会有第三个。他们说说笑笑，尽可以自由，谁也不能干涉他们。为什么还要把花布窗帷给挡了起来呢？看到之后，也不解自己是何缘故？很有点怒不可忍，对了那玻璃窗户，就冷笑一声。在这一笑之后，不再在这里站着，也就跟着回自己屋子了。

在窗户里面的陈俊人，当然不知道有这么回事。吃过了早点，他也就到门外的山涧边，顺了大路，来回走了几趟。他以为静怡要出去游玩的话，总可以在这路上，把她遇到，然后借了机会，和她说两句话。但是等候了很久，她并不曾出来。还是雪芙出来了，邀着去游小天池。在正得着雪芙欢喜的当儿，自己只好随了她的意思，陪着到小天池去。

回来的时候，经过牯岭那一条小街，雪芙高兴起来，见有一家江苏馆子，又邀了他到馆子里去喝几杯酒。而且还订了约，不许俊人会东，这真是看得起了。吃过东西出来，已是半下午，便在街上缓缓地走着，这条街虽然不过百十家铺户，可是夹道都是二层的楼房，有洋货店，有水果店，有酒饭馆，有理发馆，甚至还有瓷器庄同西菜馆。街的尽头，还有二家银行办事处，与邮电局为邻。两人在街上走过去，复又走回来，看得很有兴趣。街道一律是石板面的，走起来倒也平坦。这一条街虽然开在山腰，但两边的铺户，并不因为这样不能开展。靠里边的铺户，他们山壁开出平坡来做屋。在外面的铺户，他们又能在山崖上立着柱子，支起吊楼来。街道虽不过一丈宽，然而这山上除了偶然经过几乘轿子，此外并无车马杂沓的情形。来往的人，受了警察的监视，全靠边走，所以并不觉得街道窄小。但行人也有一样不同平凡的动作，就是每个男子手上，都拿了一根手杖，甚至游览队伍里的妇人，也有四分之一，是拿着手杖的。所以牯岭街上除了行人的步履声而外，还多着一种笃笃不断的手杖敲地声。

雪芙道："大家有手杖，你也买一根吧。"俊人道："我买一根你也买一根吧。"雪芙笑着摇摇头道："手里拿一根棍子走路，我没有玩过，怪难为情的。"俊人道："这就引起我一个疑问了。男人拿手杖，为了爬山的时候，可以得着一种帮助。女人走山路，当然不如男子，为什么男子要手杖，女子倒不要呢？"雪芙向他瞅了眼，笑道："女人自然不如男子走路有训练。但是她们游山，有一种天然的手杖，你明白吗？"俊人笑道："我明白。好比我吧？就是你的天然

132

手杖了。"

雪芙笑道："当然是一根天然手杖，但不见得就是属于我的。"俊人道："直到现在为止，你还有点不放心吗？"雪芙道："你果然愿做我的手杖，我当然高兴，可是男子的心是靠不住的。你也像那杂货店门口架子上插的手杖一般，只要谁出了更高的价钱，你的店主人就卖给谁了。"

俊人道："我还有个店主人吗？我的店主人是谁？"雪芙笑道："你的店主人，就是你那混浊不清的脑筋。"俊人将手掌拍了两拍自己的头，笑道："我的店主人已经告诉了我，他把这手杖卖给你，绝不抽回来了。"雪芙笑道："既是那么着，我也买一根手杖送你吧。"两个人说着话，正走到一家杂货店门口。那屋檐下一个大藤篓子，里面有二三十支手杖，藤条的、木的、竹节的，全有。雪芙将手杖陆续抽出来几根，依然放到藤篓子里去。笑道："你喜欢哪一种的。"

俊人道："当然木料的好，在山上买手杖，并不是一项装饰品，是预备撑了走路的。藤和竹子的，都有弹性，撑不起腰来。"雪芙笑道："你也知道有弹性不好，你就是个富有弹性的人。"那杂货店的主人，看到有主顾到来，已是上前来招揽着。听到他两人的话，斜斜地站住，向两人望着。俊人倒有点不好意思，就随便地讲着价钱，买了一根手杖，然后顺道回家。始而在路上走着，两人不过并行而已。等着到家不远的地方，雪芙就把一双手搭在俊人肩上，笑道："我要实行利用手杖了。"

俊人以为她是亲密的表示，也就欣然地承受着。可是不走到十步，恍然大悟了。原来方静怡小姐独自一人，又在那木桥上徘徊着。昨天当了雪芙的面，已经没有同她招呼。心里对于这件事，是十二万分抱歉。今天见了她，若是再不理会，那简直是绝交了。凭天理良心说，自己是不能这样做出来的。可是若要和静怡打招呼吧，又违反了和雪芙订的条约。心里只管打着主意，却突然地把脚步停止了。回转头来笑道："姓方的在那里，我不过去了。"

雪芙将他的肩膀推了一推，笑道："姓方的在这里怎么样？姓方的还能拦着别人不走路吗？"俊人道："不是这话，我们一同走了过去，我不理她，你不能也不理她，你理她，我也不能置之不理，那不是有意让我违反条约吗？"雪芙道："不是我有意要你违反条约，恐怕你居心要违反条约。所以事先说这样一句，按下了伏笔。假如我讲一点情面，让给你打招呼，你就可以公开地和她谈话了。"

俊人道："你这人真是厉害。对于我下批评，不但不宽恕一点，反是要做进一层的深刻评论。"雪芙笑道："事实胜于雄辩，我们走过去瞧瞧吧。"俊人听了这话，心里实在不免卜卜乱跳，一面在打算着，事到于今，顾全不了许多。假使自己向方小姐打招呼，而她要见怪的话，那就把尚太太请出来，让她评一评这个理。人绝不是一块木头，让我见了熟人不睬人家，这话真不容易说过去，他心里一步步地向前推开来想，也正像他一步步向前走着一般。可是当他走到那木桥边下去，那情形有变了。方静怡已是掉过脸去，缓缓地行过那道木桥，走到山涧的那边去。而且她走路的时候，只管看着地上，却不管身以外的什么。

俊人本来不敢向那方面正眼看着，但是经过两三次偷看，见她依然低了头走，心里也就坦然起来，不住地向涧那边看了去。雪芙在走近那木桥时候，本就紧紧地偎贴住俊人的肩膀，直扶着俊人，到了家门口，见静怡相距已远，这才将他一推道："让你逃过了这一关了。"俊人虽然心里不无愤恨，但是她所说的话，却是真的，便掉个脸来向她笑道："你这人有点过河拆桥。你现在到了家，用不着手杖了，就把手杖一推。你也看着我们老用手杖的人，是怎样地对待手杖，虽然不用它了，依然紧紧地在手上捏住着的。"说时，还举起手杖来，给雪芙看看。

雪芙笑道："你不能比那根手杖，它是硬木制的，没有弹性。你这个不然，是有弹性的。在外面走路，拿了这弹性的手杖，不过装装幌子，其实它是不能扶了人走路的。在有人的面前，少不得要你装幌子，这没有人的地方，要你干吗？拿在手上，是多一层累赘。"俊人听了这话，脸上不免有点红。便笑道："雪，这是你说的话，无论如何，我们总是平等的人吧？你对我平等的人，拿这样重的话来譬喻我。"雪芙微笑道："看你这样子，倒有点不愿意接受我的话？"俊人微微笑着，向屋子里走。只见尚太太新戴了一副大框眼镜，两手捧了一本大字的《红楼梦》，躺在藤椅上看，见他两人进门，坐起来，低着头，眼光由镜框子上面射出来，看着他们，正了颜色道："你们这年轻人做事，真够荒唐。不回来吃饭，也不在事先通知我一声，让我在家里好等。"俊人站着，向雪芙看了微笑。

尚太太道："自然是雪芙做主的。我有办法，罚她在家里读三天书，权当拘留。"雪芙道："俊人是个从犯，也不能饶他吧？"尚太太道："这倒好，你们这一对人，反过来了，男的倒从了女的跟随。是啊，没有结婚以前，男女之间总是这样，未婚夫对于未婚妻百依百顺。结婚以后，那就不然，情形掉过来了，是女子对于男子百依百顺。"雪芙正走到桌子边，提起茶壶来，斟上了一杯茶，且不回过头来，鼻子里重重地哼了一声。尚太太虽不看到她的脸色，也就闻弦歌而知雅意，便笑道："不用哼，这事情很快就要实现的。"俊人笑道："姑妈，你这样一说，是替我罪上加罪。她今天游山，就把我当了手杖用，看得我没有人气，若是照了姑妈的话，她必须预先制

135

服我，不止把我当手杖，要把我当高跟鞋了。"尚太太道："你这话是什么意思？我倒有些不懂。"

俊人见雪芙端了一只杯子，斜靠了桌子，慢慢地在喝着，便向她道："我可以说吗？今天的事。"雪芙道："关于我们俩人的你尽管说，但希望你不要拉拉扯扯，说到别人身上去。"尚太太笑道："你们两个人的事，那就是你们两个人的事，对于别人，是不会发生关系的。雪芙这话怎么说？我倒有点不懂。"

俊人道："她说男人游山，总得买一支手杖，女人却用不着，因为男人就是女人的手杖。我呢，连做一根硬木手杖的资格也不够。因为木料是结结实实的东西，扶住了就好上山。我是和藤条竹枝一样的材料，拿去做手杖，只是一种样子，要靠它撑腰扶人上山是不可能的，她还给这种材料，取了个名字，是弹性的手杖。姑妈，你看我这种人，是有弹性的人吗？"尚太太两手把眼镜摘取了下来，对俊人望着道："你这话我还是不解，怎么叫作有弹性的人？"俊人道："好比橡皮吧，你捏紧一点，它可以缩小；你手上的劲小些，它又可以伸开了。"

尚太太道："现在我明白了，雪芙若是懂得这点缘故，那就不会怎样吃男子的亏。她说到人有弹性，那实在不止俊人一个。每个男子在女人面前，全是这样的。我记得孔夫子有一句话：唯女子与小人为难养也，近之则不逊，远之则怨。那因为他是一个男人的缘故。若是孔夫子奶奶作书，就绝不说这样的话。据我看来，唯有男子们，才是这样贱骨头，近之则不逊，远之则怨。我和你死去的姑父，感情算是不错。早几年，我遇事监督着他，他倒是有点不高兴，说一点家庭乐趣没有。后几年，彼此过了中年了，遇事都将就着他。有时他整夜不归，说是在外面打牌，我就开一只闭一只眼，麻麻糊糊的。你猜怎么着，他以为我怕他了，居然和我提出条件，要讨姨太太。你看，这不是近之则不逊吗？"

雪芙两手捧了茶杯，放到嘴唇边慢慢地呷着，可就瞅了俊人微笑。那意思好像是说，你告诉姑妈，姑妈怎么样？还不是说男人不对吗？俊人笑道："有了姑妈这一篇话，先前替雪芙过虑的话，那就不合逻辑了。"尚太太道："虽然前后两段说法，但是理由总是一样的。因为虽然知道男子近之则不逊，远之则怨，依然找不出一个什么好的办法来。再就我说，当年除了娶姨太太这一件事，我没有答应他而外，其余是一律依从他了。现在时候，雪芙要你做手杖，将来你一定要拿她做手杖的。"

俊人道："你老也太言重。看我姓陈的这孩子，是那样一种人吗？"尚太太摇摇头道："那话难说。雪芙的脾气不好，将来总有一天，会大大地起反应的时候。"俊人向尚太太连拱了几个揖道："姑妈，你做好事，再不能说这种话。你再说这种话，明天雪芙就开始要把我做高跟鞋了。"

尚太太笑道："你怎么老说这话，是挖苦雪芙呢，还是警告雪芙呢？"吓得俊人连伸了两伸舌头，就掉转身向自己屋子走了去。把手上的手杖，向屋角落里一抛，人向床上一倒，抬起两条腿来，自叹了一口气道："做人真难。"说过这之后，约莫有三五分钟，却听到门外一阵咯咯的笑声，又是嗦嗦的一阵脚步声跑过去。这显然是雪芙跟在后面听话，怕自己发牢骚，果然发了牢骚，那是不出她所料，当然好笑了。于是将两手反过去，抱了自己的头，睁眼向玻璃窗子外面看看。在这窗户外面，是丈多宽的平地，平地以外，就是山坡。那山坡上有一条石级的小路，通到方家所住的屋子里去的。

俊人躺在床上，却看到半截花衣服下，两只穿平底鞋子的脚，

137

由石级小路上，慢慢地向上走着。还是一猜便中的事，那就是方静怡了。刚才在山涧这边，会看到她向到牯岭街的那一条路上走，不想她在这一会子的工夫，她又走了回来了，分明她刚才并不是要到牯岭街上去，不愿在路上顶头相遇，彼此很难堪罢了。假如她是与陈俊人、朱雪芙丝毫不相牵涉的，那就你两个手挽手走着也好，搭着肩膀走也好，甚至搂抱着走也好，这与旁人什么相干？她也用不着看了难受要躲闪开来了。唯其知道她是对自己这样的关切，让她受了那无谓的烦恼，实在心里抱歉得很。因之把这一般缘故，沉沉地继续向下想着。

不知是经过了多少时候，那花旗袍下面两只平底鞋子的脚，又由山上面一步一步走了下来。接着便听到静怡笑道："妈，现在，你走这由上向下路不累吗？"方太太道："有什么累？"静怡笑道："现在由上向下你老人家不累。回头我们由山坡下再向后山头上走去，你办不了。"方老太道："我能像你这样，山上跑到山下，一天跑个无数次，那我不叫老太，也叫小姐了。"

说着这话，声音是慢慢地远去。俊人这就想着，她故意由窗外走来走去，而且还留了许多话在窗户外说着，又分明是她不能忘情于这里，有此取瑟而歌之意。也就打开了窗户，伸头向外看着。他心里忖度着，方小姐虽然去远，总还可以看到她的后影。所以毫不考量，把整个身子，由窗户里探望了出去。不料这探望，却是大大地受窘，原来在眼前的不是方小姐，朱小姐半侧了身子，却坐在山坡上呢。她似乎知道了俊人开窗，是什么意思。含着微笑连连地向他点了几点头。俊人道："你怎么到这山坡上来了？"雪芙道："你以为由你窗户外面经过的，一定不是我吗？"俊人听了她这种话，真不好说什么，也只得报之以微笑。雪芙向他招招手道："来，我们也到后山上去走走。"

俊人虽觉得自己的疲倦，还不曾休息过来，但是她已经指明了要到后山去，简直是有和方小姐对垒的意思，若不去，是攻破她的计划，便笑道："你到大门口等着我吧。"雪芙道："你还要摆什么架子，由窗户里跳出来就得了。难道你是没有跳过这窗户的吗?"俊人道："你提过两次我跳窗户了，你是什么意思？你非给我说明不可!"说着，手扶窗户，红着脸等雪芙的回话。这有弹性的手杖算是又强硬起来了。

第十四章

作出来的病

朱雪芙说陈俊人是个有弹性的男子，其实她自己又何尝不是一个有弹性的女子呢？陈俊人被她讥笑了多次，实在有些不能忍耐了，这就追问着她，何以老说自己跳窗户。她见着他气势凶猛，若用话顶撞，恐怕是会冲突起来，便笑道："你犯什么神经，做出这种要和我打架的样子。难道跳窗户这种话，还有什么说不得的吗？"

俊人道："我也并没有说说不得。但是你的用意何在，我有些不能明白，请你解释给我听。"雪芙道："这本是一句无须解释的话。你真要我解释，我就解释给你听。无非说你追求女性的时候，来不及走大门出去，由窗户里跳了出来。"俊人伏在窗户上，依然红着脸，问道："追求女性？我追求谁？是这样由窗户里跳出去的，你亲眼见的吗？"雪芙道："怎么不是亲眼见的？"俊人道："是谁？是谁？你说出来。"雪芙不慌不忙微微地笑着，将一个食指指了自己的鼻尖，两只明亮亮的眼珠向俊人睃着。

俊人不想逼出了这样一句话来，倒透着无话可说，因之也只对了她一笑。雪芙鼻子耸着冷笑一声道："哼，幸而我只说了这样一句平淡的笑话，我若是把话说重一点，你今天不要和我拼命吗？"俊人明知道她是软弱下了去，若是还要追着把话问下去，逼得她无可答复，也许会吵起来的。于是两手按住窗槛子，悬起一只脚，连连在地面上颠动着，微微地也带些笑容，表示那很安闲的样子。雪芙道：

"天色不早了，要到后山去，我们就走吧！"俊人两手同举着，伸了一个懒腰，微笑道："我有点疲倦，懒于出动了，我就在这屋子里躺躺吧。把精神恢复起来了，明天好陪你去游山。"

雪芙见他始终不屈服，若是勉强地要他上山，两个人会更加决裂起来的。因之，猛可地扭转身躯，向山上走去。俊人手扶着窗槛，不免连连地扛了几下肩膀，向雪芙的后影看着，心里不免自言自语地道："你也没奈我何，对付女人，还是用强硬的手段好。"且掩上了窗户，自己倒在床上躺着。躺了一两小时，觉得无聊，便在网篮里找出两本爱情小说，高高地枕着枕头，就捧了书本，慢慢地看着。在看书的时候，仿佛也有人影子在窗户外张望了一下。但是俊人看书看得有趣，也不去理会。到了下午六点钟，山上的人家，已是上灯吃晚饭了。女仆捧了一盏瓷罩子煤油灯进来，见俊人半侧了身子睡着，鼻息呼呼有声，轻轻地放下灯，自走出去。雪芙在门外拦住着，低声问道："他说了什么？"女仆道："陈先生睡着了，我没有敢惊动。"雪芙道："快吃晚饭了，你可以去叫他一声。"女仆道："这一下午，陈先生脸上都有不高兴的样子，我不敢去叫他。"

雪芙站着凝神了一会儿，笑道："你不去叫他，我去叫他。"说着，两手推了门，伸了头进去，先悄悄地偷看了一会儿，然后侧身进来，先扶了桌子，向床上注视着，笑道："这位仁兄说睡就睡。"于是走到床边，弯了腰，向他脸上望着，然后轻轻地叫道："喂，该起来了，就要吃晚饭了。"俊人所答复的，仅仅只有那鼻息的呼呼声。雪芙又出了一会儿神，然后两手扶着俊人的手臂，缓缓地摇了几下，笑道："该起来了，吃晚饭了。"

俊人当女仆送进煤油灯来的时候，已有些知觉。后来雪芙走到床面前来，已是醒过来了。依然闭上眼睛，不加理会，直等到雪芙弯腰以后，那胭脂花粉的香味，不断地送到鼻子里来，只觉神志昏昏的，有些支持不住。只好一个翻身坐了起来，揉着眼睛笑道："怎么啦？一觉醒来，又点了灯了。"雪芙道："你向来没有这样睡过，今天怎么一躺在床上就睡着了。"俊人两手依然举起来，伸了一个懒腰，笑道："也许是今天跑山跑累了吧！"雪芙见他光了两只脚，两只拖鞋，就落到床下面去了。这就弯了腰，在床底下把两只拖鞋拿了出来，放在他的脚边，笑道："穿鞋吧，姑妈正等着你吃饭呢。"

俊人看到，这是真感到不安，便啊哟了一声，站下地来踏着鞋子。雪芙道："你这是怎么回事？怕自我拿着的拖鞋里面放下了钉子吗？"俊人站着拱拱手道："言重言重，我的意思，以为这样的脏东西，要你给我拿出来，我实在不敢当。"雪芙道："哼，你这是欺骗我的话了。我做着比这更亲切一些的事，你敢当的也就多了。为什么我拿一拿鞋子，你就像挨了打一样，哎哟起来。"俊人笑道："你不明了我的意思。我说的不敢当，是说我……"笑着摇头道："我也说不上。"雪芙捏了个小拳头，在俊人背梁上轻轻捶了一下，笑道："你在我面前，以后少说这些风凉话。"俊人也只觉得自己前言不符后语，便哈哈大笑一阵，在这一阵大笑中，算是把这一段交涉，牵扯过去。

吃过晚饭以后，照例是要陪着尚太太闲话一番的。因之捧了一盏热茶在手上，闲闲地站着，看那墙上挂的两块油画。雪芙道："俊人，你今天总是这样愁眉不展的，大概有什么感触吧？"俊人笑道："我有什么感触，不过是今天跑山跑累了。"雪芙道："你难道不如我？"说着这话，只管向俊人看去。但是他对于墙上的两张画，似乎已经有了深切的注意，老是不肯掉过脸来，雪芙虽然想和他使个眼色，也没有法子让他接受。她坐在椅子上，手托住头，也沉思了一会子，忽然笑道："在山上，天一黑就关在屋子里不能出去。姑妈，我们来打扑克消遣吧。"尚太太笑道："那边的方太太似乎不大会赌钱。"

雪芙道："不必到外面去找，就是这屋子里三个人来吧。"尚太太向俊人望道："他不是跑山跑累了吗？"雪芙斜了眼睛向他看看，脸上带了微笑，便道："今天出去游山，我们是一路走的。我还没有累，他怎么会累了？"俊人这才掉转身来，将茶杯放在桌上，因笑道："你这人有点不能原谅人。虽然我们跑山是一样，有一个人身子是健康的，有一个人身上是有病的。我已经吃过两包人丹，心里还不大受用呢。晚上只吃一碗饭，大概你没有留神。这一碗饭，我还是勉强吃下去的呢。"

尚太太道："你这孩子也太胡闹，既是身上不大舒服，为什么还出去游山呢？这就赶快去睡觉吧。"俊人皱了两皱眉毛，又苦笑着道："姑妈不是要打扑克牌吗？我陪姑妈打两副吧。"尚太太道："我并不想打牌，我那里有的是小说，睡不着，可以拿小说解闷。你要睡，你就去睡吧。"俊人笑道："做上人的，总是体谅下人的。"但说了这话，却向尚太太笑着点点头，径自走了。雪芙瞪着两只很大的眼睛，向俊人去的后影瞪着，冷笑一声道："瞧他这股子劲。"

尚太太笑道："你这是小孩子脾气，他身体不大舒服，你还勉强他打扑克干什么？"雪芙道："你老人家是个大老好，他可是真有病吗？"尚太太道："怎么着？你两个人又闹什么脾气来着吗？"雪芙道："咳！不要提了。这一程子，我们常闹意见。"尚太太道："由俊人到南京算起，你们在一处，也不过这些日子，怎么就说到这一程子常闹脾气的话。"雪芙道："你是不知道，自初由南京上船起，他简直改变过了一个人了。"尚太太道："是吗？但是我一点没有看

143

出来，我觉得他是很好的呀。"

雪芙道："他在我们当面，总还看不出他什么异样的行为。可是他背着我们，他就另是一副面目了。"尚太太听了这样话，好像透着很诧异的样子，向雪芙望着道："你说这话什么意思？难道他这样一个青年，还有什么嗜好吗？"雪芙倒扑哧声笑了，因道："我并不是说他赌钱或抽鸦片烟，不过他对我的行为，那是很不忠实。"说到忠实两个字，言下有些惨然，两只眼睛里，似乎含着两汪眼泪水要滴下来。尚太太也是做小姐出身的人，在言语颜色之间，便也可以看出雪芙几分情形来。向她脸上又注视了一会儿，便道："他不常和你一路出去游山吗？在他不同你一处游山的时候，你在什么地方呢？"

雪芙偏着脸，做出很生气的样子，放重着语气答道："在这山上头，他有什么熟人，所认得的不都是方家的男男女女？"尚太太听说，眼珠也不用转，这就笑道："在我年轻的时候，我同你姑父也是常闹小孩脾气。你姑父只要提到女人两个字，我就疑心你姑父有什么艳史，其实那全是瞎扯。后来我才明白过来，他果然要和什么女人有来往，他一定守着极端的秘密，怎能让我知道？虽然未婚夫妇的关系，和已婚夫妇的关系，略有不同。但是人心的思想，总不外乎七情六欲，我并不是一个特别的人，你也不是一个特别的人，我想着你的疑心病，总和我的疑心病差不多。"

说到这里，接着微微一笑道："那么，就是你弄错了。"雪芙道："错是不错的。可是……唉，这话叫我怎样地去说。"尚太太对她脸上看看，见她两道眉毛，皱到了一处，眼皮下垂，那两粒泪珠，已经到了眼角外，便走向前来，轻轻儿地摸了她的头发，笑道："傻孩子，凡事都要想破些，若像你这样，那还得了？我那里有许多爱情小说，随便挑一本去看看。"雪芙噘了嘴，偏了身子坐着，也不答应，也不起来。尚太太笑道："哟，还真生气啦，这倒是我把话提坏了。"说着，牵了她一只手，就向卧室里拖了去。

雪芙本来想把俊人的事向尚太太报告，可是这种话，处于未婚妻的地位又不便怎样详细地说出来，当晚只得忍住一口气，委屈地过去了。到了次日早上，雪芙就不同往日一样，半侧了身子，躺在床上紧闭了双眼，也呼呼地放着鼻息声。尚太太在城里住家的时候，总要睡到十二点起来。可是到了山上，就改变了生活了，在七点钟前后就起了床。至迟是雪芙起来了，她也起来了。今天她也是早醒了，以为等雪芙起来了，她也起来。侧了脸睡在枕上，很犹豫了一会子，却不听到隔壁屋子里雪芙的动静。便道："咦，难道这样地早，就同俊人出去玩了。"于是一面起床，一面自言自语地道："我就说这对小孩子是狗脸变，好一会子，又闹一会子。昨天晚上，两个人闹着，一个嘴朝东，一个嘴朝西，到了今日天不亮，两个就拉着手出去玩去了。"

女仆进房来收拾屋子，就插言笑道："朱小姐还没有起来呢！我去问她，她说有些头晕，不能起来。"尚太太道："昨晚上睡觉还是好好儿的，怎么到了今天早上，又头痛起来了。"说着话，就走到雪芙屋子里来。她还是半开半闭地向尚太太看了一眼，依然微微地闭着眼睛睡去。尚太太道："雪芙，你怎么了？是累了吧？年轻的人总是不肯好好地调养。"雪芙只是鼻子哼了一声，还不曾睁开眼睛。尚太太看她这样子，觉得也许是真病了。这就走向前摸了一摸她的额头。但是手上接触着，并不感到有什么异样之处。自己还相信不过自己的手，又在自己的额头上摸了一摸，觉得还是一样，心里就明白了，因道："既是身体不大舒服，你就躺着吧，俊人知道吗？"

雪芙撇了嘴道："姑妈，你不要对他说，我不愿意告诉他。"尚太太叹了一口气道："唉，你这对傻子。"说着话，又弯到俊人的卧房里来。他早已起床了，将两扇窗门洞开，自对了窗户，在那里练八段锦，立刻迎上前笑道："姑妈，今日起来得晚些了，昨晚上打扑克了吗？"尚太太笑道："就为了你不打扑克，我才起得晚。因为每日总是雪芙把我吵了起来。今天雪芙没有起来，我就睡失了晓。"

俊人笑道："这与我不打扑克何干？"尚太太道："因为你不打扑克，雪芙不高兴，病了。病了她才起来得晚，这不是为了你的缘故吗？"俊人笑道："昨天我不大舒服，所以……"尚太太低声喝道："不要说俏皮话了。"说完了这句，就带些笑容，因道："你还说是时髦人物呢，也不懂得怎样对待女人。你那小脾气对着别人可以，对着太太却不可以。虽然现在还不是太太，那份关系，迟早总是在那里。你对于她，不能不细心体贴一点。你要知道，你对她细心体贴，这工夫不会白费，可以得到相当的报酬。"

俊人笑了一笑，也没有答复。尚太太又低声道："我告诉你，我走之后，你可以悄悄地到她屋子里去，安慰她两句。"俊人还是笑着，没有说什么。尚太太又返身到雪芙屋子里来，向她笑道："俊人是个老实孩子，你不要对他太撒娇了，他不懂得对付女人。马上他会进房来看你的，见风转舵，你就不必和他闹了。我不愿意你们这些年纪轻的人，做出这些……便算是俗套吧。"雪芙道："姑妈也取笑我，我是真不舒服，谁管他的事。"尚太太走到了床面前，拍拍她的肩膀道："你这一对小冤家，叫我说什么是好？"于是笑着叹了一口气，自向门外走了。

雪芙心里也就想着，俊人究竟不是那样狠心的男子，自己说是有了病，他当然会来看的。且装着假睡，看他进房来以后说些什么。于是翻身朝着里，闭了双眼。等了五分钟，再等五分钟，直等过十

146

五分钟，并没有听到脚步声，这不是姑妈说话骗人，就是他不好意思进来，那且忍耐着，再过几分钟，总有结果的。于是翻了个身向外，还是闭了眼等着。可是越等越没有消息，索性一个翻身坐了起来，接连咳嗽几十声，以为俊人听了这种咳嗽，必然会来的。但是下的这个药方，也不发生什么效力，倒是尚太太在隔壁屋子里应声问道："怎么样？雪芙，你是感冒了吧？咳嗽得这样子的厉害。"

雪芙大声道："我也说不上，总而言之，心里头不舒服。"尚太太道："你躺着吧。过一会子要是再不好的话，倒要送给医生去瞧瞧。好在山上瞧病并不困难，有个疗养院，在山上住的人，有什么小毛病，那医院里一样可以看。"雪芙道："若真是那样沉重，那倒成了个笑话了。"口里说着，两脚踏了拖鞋，手扶着门，已是走了出来。她今天是没有擦粉，脸上多少带些黄色。头发因是在枕上摩擦着，也蓬乱得可以。猛然地看到，却真有些病容。

尚太太这就走过去，握住她的手，牵到身边来坐着，而且伸手给她抚摸着头发，雪芙也就偏过身子微微地靠住了她。尚太太道："怎么着，俊人没有来看你吗？"雪芙道："你老人家说吧，他是不是欺负人。"说到这个人字，嘴连闪了两闪，两行眼泪如挂线一般，在脸腮上直坠下来，尚太太更是轻轻地摸了她的头发笑道："你们都自负是革命青年，倒是这样哭哭啼啼的，弄成林黛玉式的小姐，也不怕人笑话。你还有个姑母在这里呢，谁敢欺负你？我来同你出一口气吧。"于是提高了嗓子叫道："俊人，这一大早上，你怎么老缩着房里不出来？"

那俊人屋子里，却是寂然无声。尚太太笑道："这可了不得，这个男孩子，也是弄成这种娘娘腔了。"说着话，已是走到了俊人屋子里，这倒让她吃了一惊，屋子里原来没人，只是一张空床。两只便鞋，扔在屋子中间，想见俊人出门去得匆忙。穿上皮鞋就跑出去，连这双便鞋，也来不及收拾了，便回身对雪芙道："他出去了，你说这孩子……"再看雪芙时，已是伏在椅子扶手上哭得咿咿喔喔的，两只肩膀像铜丝扭的一般，左起右落地摇个不已。尚太太既自听到他说过了，立刻到雪芙屋子里去的，何以他并不知会一声立刻就走了。这样一想，心里也有了气便沉下脸来，重重地放着声音道："等他回来，我替你质问他。"

雪芙也没有跟着答应，只是擦抹着眼泪，侧了身子坐着。本来身上的病，可以说是有，也可以说是没有。只是听到这人消息以后，心里像是热汤浇心一般，头脑昏昏的，有些坐不住，立刻回到屋子里去，歪斜地倒在床上。先是很伤心地想着，后来有些蒙眬了，径直地睡过去了。一觉醒了过来，向窗子外看去，见树影子里放出来的太阳，正正当当地照着，是日午了，便揉着眼睛坐起来道："十二点钟了吧？"女仆道："也快了。"

雪芙道："隔壁方小姐出去了吗？"女仆道："出去了，老早地就出去了。"雪芙道："是她一个人出去的呢，还是有人陪了她去的呢？"女仆道："方小姐出去的时候，我倒是看见，是她一个人出去的。"雪芙点点头道："那就对了，出门是一个人，到了路上，就不止一个人了。"女仆倒不明白她是何用意，只有怔怔地在旁边站着。

雪芙微笑道："你望着我干什么，你也觉得我有些奇怪吗？去替我打水来洗脸吧。"女仆无缘无故地碰了她一个钉子，倒有些不解所谓，这只有加倍地伺候着她。她洗过了脸，也抹了些胭脂粉，头发也用梳子梳拢了一番，还亲自到院子里去摘了一朵白色的野蔷薇，斜插鬓发左边，这才到尚太太屋子里来。尚太太正戴了大框眼镜在看小说呢，这却把眼镜向额角上一推，偏了头向她望着。雪芙微笑道："姑妈看我干吗？我已经没有病容了。"

尚太太笑道："你虽然没有病容，可是你有泪容了。你瞧你那两只眼睛泡，都浮肿起来了，这是何苦呢？"雪芙听了这话，心里头一阵酸，颇有掉泪之意，立刻背转身去，乱咳嗽了一阵，才把这眼泪忍了回去。尚太太见她今天成了个泪人儿，一提到不大中意的话她就要哭，只好扯些闲话，陪着她吃午饭。饭后，雪芙叫女仆搬了一张藤睡椅，在门外树荫下放着。这里眼界空阔，两头路上来的人全可以看得见。雪芙拿了一本书，就在椅子上躺着。手里虽有一本书，并不展开来看，眼睛却是不住地向两头张望。尚太太先还不知道这事，等到见她在门外时，已经在两小时以后了，便追出来道："雪芙，你真胡闹了，你直嚷身上不舒服，怎么还坐在风头上，今天一点也不热呀。"

雪芙皱了眉道："虽然今天不热，可是我心里头烦躁得什么似的。"尚太太牵了她一只手，硬向屋子里拉了去，笑道："不要胡闹了。真病了，人家会说你没有福气。在庐山上避暑，又受了凉。"雪芙被她拉进了屋子来，原来是随意地坐在一张撑架的布面软椅上。谁知一坐下之后，两腿酸疼，竟是挺直不起来。为了尚太太有话在先，自己是胡闹，就也忍住了不言语，只是向后靠着。尚太太坐在对面睡椅上，继续地看小说，始而没有介意。后来放下书本，却见雪芙左手搭在腿上，右手拿了书，垂到椅子外去，眼睛要闭不闭的。尚太太坐起身来望着，问道："雪芙，你要睡吗？上床去躺着吧。"

雪芙缓缓地答道："我周身不得劲。"尚太太道："那全是风吹的。呀，你两个颧骨上通通红的，准是发烧了吧？"如此说着就起身来摸雪芙的额头。手心一接触之后，仿佛放在热炉上一样烫人，心里倒吃一惊，这孩子真病了。自己还有些相信不过自己的手，又摸摸自己的额头，那绝对不和她一样的。于是把眼镜两手摘下来，弯腰向雪芙脸上看着，皱眉道："你知道你自己烧得很厉害吗？"

雪芙道："倒是……咦，外面皮鞋响，是俊人归来了吧。姑妈，你去看看是他一个人，还是有人同道？"尚太太道："你自己病了，你管他干吗？"雪芙道："那我自己去看。"她手扶了桌子就站起来，可是没有扶稳，人就向前直栽了去。这是她轻视自己，重视未婚夫的一个证据啊。

第十五章

杯弓蛇影

当朱雪芙向前直栽下去的时候，若是碰在墙上，岂不碰了一个大疙瘩。可是她碰虽然碰到了，然而她碰着不是固定的墙，却是活动的人，俊人已是两手伸了过来，将她挽住，笑道："你这是怎么了？吓我一大跳。"雪芙笑道："我听到你来了，我欢喜得要跳起来，不知不觉地就把门槛忘记跨过，就栽了下来，你来得正好，把我挽住，谢谢！"

说着这话，一面手扶了墙一面手扶理着鬓发。她那颈脖子歪到一边，头也搁在肩膀子上，微微地叹了一口气。尚太太坐在椅子上，就点了两点头道："俊人，你到哪里去，忙了这样久？雪芙不大好过，你再不回来，恐怕她要躺下了。"俊人挽着她在椅子上坐下，就微弯了腰向她低声道："连累你等久了。"雪芙手撑了头，半歪了身子坐着，却微微地一笑。在她那一笑的时候，更透露了几粒雪白的牙。在往常这样嫣然一笑，那是很美丽的笑容。这时看到，却透着有些惨然了，便忍住了一口气，格外赔了笑容，在她对面坐着，因笑道："怎么好好儿的你就病了呢？"

雪芙缓缓地道："你这样大的人，也说孩子话。谁害病不是先好好的然后才害病，还有个害病的底子，然后才害病的吗？"俊人道："不是那样说，我以为你并不曾感到什么风寒雨湿……"尚太太不等他说完，就插嘴道："你问什么？她乃是心病。"俊人猛可地把话塞

151

住，却说不出什么来。雪芙还是无精打采的样子，却微噘了嘴道：
"姑妈老人家也和我们开玩笑。"尚太太道："这孩子不识好歹，我
怕俊人不知道，给你通个信儿，让他对你更好一点，那还不好吗？"
俊人向雪芙看着，微微地一笑。雪芙却是抬起一只手来，微撑了自
己的头，眼睛也微微垂了眼皮，要睡不睡的。

　　尚太太道："今天俊人别再出去满山跑了，陪了雪芙在家里休息
半天吧。"俊人依然是笑笑，没有作声。尚太太坐着，搭讪着向天上
看看云彩，笑道："我也要走出门去看看，散散步儿。俊人在家里坐
着，不要出去了。"说毕，起身自去。俊人虽不动身，但是隔了窗
户，看到尚太太经过小院子，已是出大门去了。这就向雪芙笑道：
"我想你准是受了凉了。山上的温度和山下的温度相差得很远。你稍
微不小心，就该受凉了。"

　　雪芙道："我是贱命，受不了三天大补，受了三天补，我就该出
毛病了。"俊人道："这也是心理作用，譬如在山下，八九月里，不
也是这种天气吗？由夏天一脚跳到了秋天，我们只觉得精神爽快，
绝不因为天气凉了，就容易生病。"雪芙手还是撑了头的，却微微地
报之一笑，点点头道："你这话是对了，我是心理作用。我现在没有
别的感想，只希望快快地就下山去。"俊人道："这几天，山下正是
大热的时候，你在江南久住的人，还没有什么感觉。我是在北方凉
爽之所久居的人，突然在南京火炉里住了两天，我真是周身不
得劲。"

　　雪芙道："你当然不愿下山，因为你在山上，是大有可图呢。"
俊人笑道："你这话我有点不能承认。"雪芙道："你不能承认，有
个很容易的证明，你同我一块下山去吧。"俊人道："我们不是上山
避暑来了吗？正热的时候，我们倒要赶下山去，就算我们有不得已

152

的苦衷，在不知道的人看起来，也一定以为我们犯了什么疯病。"雪芙带些微笑，鼻子耸了两耸道："哼，是有这句话，我已经疯了。你不肯下山去也可以，但是你得依我一句话，要离开这地方，搬到比较冷静一点的地方去住。"

俊人道："我没有什么不赞成的，但是必须得着姑妈的许可，我们才可以搬走。不过住得好好儿的，为什么要搬走呢？姑母不说我们无故捣乱吗？"雪芙道："为什么要搬走，这缘故姑母是知道的。只是姑母住在这里，房子既不花钱，用人又伺候得很周到，若是要她搬到旅馆里去住，除了花钱不算，一切还是不顺心，那又何必？"俊人笑道："话全是你一个人说了。你先说这里不能住，非搬不可。现在又说一切都安适，无故搬家，那又何必。"雪芙将脚在地面上连连点了几下，咬着牙道："进也不好，退也不好，所以逼得我病了。老实对你说，我要是不走，我眼睛里所看到的这些事情，耳朵里所听到的这些消息，不用什么毒药，活活就会把我气死。能够那么着，你心里自然是痛快。但是我为什么那样傻，就中你这条计呢？我仔细想着，我只有一个人回南京去是最好的一件事。虽然那样地做，是人家占了完全的胜利，但这是不可以强求的。我现时在山上住着，我用一副假面具对待你，你也用一副假面具对待我，彼此互相监督着，毫无意思。"

俊人当她说个滔滔不绝的时候，脸上也不免泛着红晕，这就笑道："你这话说得让我有些不服。你监督我则有之，我何尝监督过你。再说，彼此只要爱情厚，谁也相信得过谁，根本用不着监督。"

雪芙道："我就相信不过你。"说那话时，脸色向下沉了去，脖子扬着，头就是一偏。俊人看她又有了生气的样子，本待答复两句。可是转念到她究竟身体有病，就让她这一次吧，于是低了头看看自

153

己的脚尖，将皮鞋不住地在地面上点拍着。雪芙坐在他对面椅子上，手托了右腮，眼光向左斜看。看到他衣服口袋里露出一片花绸角，很注意地看着，总有十几分钟之久，随后就缓缓地走过来，走到了他的身边。俊人猜着她的意思，以为她的气已消下去了，要过来亲近亲近，不想她弯着腰笑道："你这是什么？我倒要瞧瞧。"说着这话，已是同时伸手把口袋里那只花绸角抽了出来。看时，却是一块很大的花绸手绢。拿起看了一看，向俊人怀里一掷道："这是哪里来的？"说完了，自己向这边藤椅子上倒去，脸色惨白，眼里是几乎要流出泪来。

俊人接了那手绢，自己也两手捧了看着，因道："这是我在牯岭街上买的，这也有什么可以研究的吗？"雪芙还是托了头躺着，垂着眼皮，当时闭了眼睛，沉着脸腮，什么话也不说。俊人将那条花绸手绢缓缓地折叠着，向口袋里塞了进去。手还不曾抽了出来呢，雪芙两脚同时跳着，人也站了起来，喝道："你还向口袋里揣着啦。"吓得俊人身子向上一耸，将手带了花绸手绢，一齐抛出口袋外来。雪芙瞪了眼道："那条手绢你还打算收下吗？你是个知事的，赶快把那条手绢扯碎了。要不然……哼！"

俊人笑道："好好儿的一条花绸手绢，我还没有用到一天呢，为什么要把它撕了呢？怪可惜的。"雪芙红着脸道："这就是你的赃证。假使你不肯把这赃证消灭了，很显然的这是你心爱之物。"俊人笑道："当然是我心爱之物，不是我心爱它，我还不买呢。就算是我的心爱之物，这也碍不着你的什么事，你为什么一定要把它撕掉呢？"

雪芙鼻子又哼上一声，因道："你不用替我装糊涂了。你起个誓，这条手绢，不是人家送你的吗？"俊人只管把这条手绢在大腿上翻来覆去地折叠着，低了头出神。雪芙又突然站了起来，一把将手绢夺过，两手就来撕着。无如新制的手绢，没有一点裂口子，她的臂力又小，咬着牙，左右开弓，横撕了几下，却是一些也撕裂不动。雪芙更是有气，把手绢扔在地上，两脚一阵乱踏，口里叫道："气死我了，气死我了。"

俊人在她夺去之后，觉得太予人以难堪，身上气得发抖，人都呆了。直等她把手绢扔在地面上了，这才想了过来，因道："你这人太不对了，纵然我用这条花绸手绢是你看不惯的，你让我收起来，也就是了。手绢与你有什么仇恨？你一定要这样地糟蹋它。你想想，这不很与我的面子难堪吗？"雪芙本来不踏了。听了他这话，两脚又在绸手绢上连连踏了十几脚。她发着恨道："我为什么不恨它？我恨这手绢，我就是恨那些不知羞耻的女人，用这些东西去勾引男人。"俊人道："你这叫无理取闹。不管这东西是我拿钱买来的，或者是人家送我的，东西到底是我的。你哪有这种权力，把我的东西废了？"说话时，自己已是站了起来。

雪芙也站定了脚，半侧了身子，把头偏着道："我已经把你东西废了，你待怎么样吧。"俊人将手一拧道："你是一个无理性的女子，我不同你说了。"俊人随了这话，已是走出屋子去，回到自己那间卧室里去了，远远地还听到他说："你胜利了，你胜利了，我看你得意吧？"雪芙得意是得意了，伏在桌子沿上，哇的一声，就哭了起来。因为俊人走了，尚太太也走了，家里的男女仆人，也在厨房外的山坡下说笑消遣，她大声哭了几分钟，也并没有人来相劝。自己是感到无聊了，这就抽出自己的白手绢来，擦了两擦眼睛，依然伏在桌上，就吟吟地哭起来。足哭了有二三十分钟，没有一点反应，于是自站起来，回到卧室里去，躺在床上，沉沉地睡上一觉。

一觉醒来，屋子里已放着一盏灯，先且不起身，听听四周可有什么响声。平常只觉得山上很是寂寞，但一把心思沉静下来，各种声音就杂乱地送到。淙淙地响着，是山河里的水流声。轰隆隆的风过山谷声，哗哗的是松林里风摆树叶，吹成松涛声。因为天色是刚刚黄昏，窗子外面，阶沿石下，迎晚的草虫声反而觉得热闹非常。这样静听下去，心里的不平之气也就平静了些。转个念头一想，那条手绢不见得就是姓方的送给俊人的。自己那一番强横的态度未免太过。明天见了他，还是向他道个歉吧。男女之间，感情总是越强迫越生疏的。如此想着，把先前那番悲怨的意味慢慢给消沉下去。扶着枕头坐了起来，拟到前面屋子里去了。理理鬓发牵牵衣襟，也就可以走了。

就在这个时候，呜哩呜哩的，有一阵笛子声，由半空中传了过来。那笛子不仅是响亮而已，忽高忽低，忽断忽续，是非常之好听，不由得自言自语地骂了一声道："这贱东西，又在想法子找野汉子了，我誓不与她两立。"于是手按了床沿，很是出了一会儿神。直待这笛声已是吹完了一段，点着头淡笑道："真可以的，我倒领教了。"于在开了房门出来，先到尚太太屋子里看看。见她开了窗户，手捧了一盏茶，迎风而坐。

屋子里并没有点灯，屋角上的月亮，射进屋子来，却也把她看得清楚，因问道："为什么摸黑坐呢？"尚太太道："你看，这样好的月色，点上灯来，那就大煞风景了。再说，这笛子不知是谁吹的，吹得真好。若在灯下面听，那就没有意思了。"她如此说着，回转头来，可没有看到雪芙的颜色。雪芙怒火如焚地，恨不得骂姑妈是一个浑蛋。但是转念一想，她又怎么会知道是那贱东西吹的呢？因道："吹笛子有什么难处，只要对准了口风，现成的笛子眼，随便将手按按捺捺就得了。我从前也会吹，只因为先生说'吹笛子容易伤害呼吸器官'，所以我就丢了没有吹。"

尚太太道："吹笛子倒不是怎样的难事，练习十天半月，就会吹了。可是刚才这个人吹的，手指十分圆熟，倒是有相当的技巧。"雪芙淡笑了一笑，也不管尚姑妈是否看到这种笑容，自己转身又走到俊人的屋子里去。心里也在想着："姑妈是个女人，又偌大的年纪，听了她吹的笛子，还是这样沉迷。俊人是个青春男子，为她所迷，那当然是不成问题的事。偷偷儿地到他门外站着，看他现在怎么样。"

这样想着，就悄悄地走到俊人门外边，向屋子里张望了去。大概俊人也学的是尚太太这个法子，他屋子里也没点灯。这要由门缝里张望，已是不可能。偏侧了身子，将耳朵贴着门，向里面听了去。约有十几分钟之久，连里面的呼吸声也不曾听到一声。雪芙这倒感到有些奇怪，就伸手在门上拍了几下。不想这扇房门，是随了她的手展开。

推门伸头进去看着，窗户洞开，月亮由山头上照了进来，眼看到屋子里空洞洞的。虽然椅子靠背上搭了一件衣服，俊人并不在床上躺着。心想："晚上很凉，他出去了，不添衣服，反是脱下衣服吗？"随手摸那椅靠上的衣服时，却有些香气，送到鼻子上闻闻，那香气还不是平常的香料，正是女人身上的脂粉香。两手牵扯开了，伸到月亮下来看，却是一件咖啡色的女人长衫。自己并没有这样一件衣服，俊人屋子里，怎么会有这样东西？虽然不曾看到方静怡穿过这件衣服，由身材、颜色去揣度，那必是她的衣服无疑。一个小姐的衣服，脱在青年男子的屋子里，而且是晚上，这太奇怪了。当时却像自己做了什么亏心的事一样，那一颗心由腔子里直跳到口里来。

手里捏住这件长衫，站着出了一会儿神。忽然地兴奋起来，就向外面跑着道："姑妈，你快来看，你快来看，这可是一件大笑话，这真是一件大笑话。"尚太太由屋子里迎了出来，问道："什么事情？何必慌张，我在这里呢。"两个人在外面堂屋里遇着，这是有灯亮的地方。

雪芙早是将那件长衫做了一个卷子，反放在身后，向尚太太笑道："姑妈，我拿一样东西你看，你也就可以知道俊人不是好人了。"她说话的时候，虽然还带了笑容，可是还不住地喘气。尚太太拿了一条手绢，只管揩额头上的汗，笑问道："你这孩子冒冒失失地吓了我一大跳，你发现了什么东西？"雪芙道："我在俊人屋子里，发现了女人用的东西了。"

尚太太笑道："大概总是手绢、相片之类，这也很平常。"雪芙道："绝不是平常之物，是女人身上体己之物。若不是和那女人有十分密切的关系，这东西是不容易留下来的。就以我而论，和俊人的关系，不为不深。但是在这晚上，要我把这东西留在他屋子里，我也绝对不能干的。"尚太太听了这种报告，也就把脸色沉郁起来。向她望着问道："你拿出来看看，且不要声张。若是有什么要不得的事，你还得顾全他三分面子，他的面子不好看，不也就是你的面子不好看吗？我自然要劝劝他的，你先把东西拿出来我看看。"

雪芙叹了一口气道："这真会气死人。"口里说着，把衣服向桌上一扔。尚太太先还怔怔的，把衣服看清楚了，便从容问道："这不是方小姐的衣服吗？"雪芙板了脸道："我也不知道是谁的，反正不是我的。"尚太太对于这个严重问题，似乎很感到了兴趣，脸上很堆了喜容，接着有些忍俊不禁的情形，扑哧一声，笑了起来。雪芙这倒有些愕然了，向尚太太望着道："姑妈说这是什么意思吧？"

尚太太道："今天下午，我在门外散步，方小姐也在那里。方太太在家里，怕她身上凉，叫老妈子送一件衣服去。她对老妈子说，并不凉，而且没有在大路上换衣服的道理。衣服依然在老妈子手上，我们爱那黄昏晚景，舍不得回家。恰好俊人迎面走来，就让他把衣服先带回家，这是十分公开的事，没有什么背景。你也不调查一下，就先嚷起来，幸是俊人不曾听到。他要是知道了，又要气个死了。"

雪芙把全张脸腮臊成像猪血灌的，偏了头道："虽然是公开的事，这衣服拿回来了，就该送到方家去，他摆在自己屋子里不肯拿走，什么意思呢？"尚太太道："也许他因为不便送去，还等着老妈子带走呢。"雪芙道："算我错了，算我错了，我不管这事了。"她一扭着身子，径自回到自己屋子里去了。尚太太将桌上的衣服提起，抖了两抖，笑道："这孩子醋劲真大，无缘无故地，倒骇了我一大跳。"于是叫着老妈子来，吩咐把衣服送回方家去。当晚，这件事过去了。俊人曾同方先生下了两盘象棋，也是很疲倦地回房睡觉。

次日早起，便想起了那件衣服，当老妈子送洗脸水进来的时候，就问道："这山上不会闹小偷吧？"老妈子道："陈先生丢了什么东西？你倒是要说明。"俊人拍着藤椅子靠背道："昨晚我在这上面搭了一件女褂子，今天不见了。昨晚我出去的时候，没有关窗户，回来才关着的。"女仆将脸盆放在洗脸架上，退后两步，带了微笑。俊人道："朱小姐看到了，又发了脾气了吧？衣服也撕掉了吗？"女仆笑道："没有问过青红皂白，朱小姐怎样敢撕？尚太太叫我晚上送过去了。"

俊人自洗他的脸，也没有追问。到了用早点的时候，雪芙黄黄的脸子，蓬着头发，穿了花线织的睡衣，两手插在睡衣袋里，踏了拖鞋，缓缓地走了出来。尚太太虽是坐着的，老远地就拿眼睛看着她，眼光直随了她坐下，依然注视在她的脸上，问道："你觉得身上怎么样？看你的颜色，比昨日更不如了。"雪芙在衣袋里拔出一只手来，轻轻儿地拖开侧面一把椅子，头歪到一边，皱了眉道："一宿没有睡好。现在还是昏沉沉的。"说着这话，一手扶了桌子，一手拍了自己的额头。尚太太道："有新鲜面包，吃一块？"雪芙摇了两摇头。

尚太太道："牛乳喝一点吧？"雪芙皱了眉道："我一点也不想吃。"尚太太道："你不管吃不吃，先坐下来再说。"说时，就扯了她的衣袖。雪芙好像是有点委屈，两手扶了桌沿，缓缓地坐下。俊人是和她对面坐着的，勉强地笑着问道："你今天的病好些了吗？"雪芙向他点了两点头，微笑道："好些了。多谢您，惦记着。"俊人搓了两搓手，表示一种欢欣的样子，笑道："你的北平话说得很好了。连北京话这种特殊的口吻，你也学到了。"

雪芙点点头道："这要多谢，都是你的指导之功，可是我仅仅知道这两句而已。若是和方小姐比起来，那真是小巫见大巫了。人家是生长在北京的，我只是学上个一句两句的。"尚太太向她斜看了一眼道："这与方小姐何干？你也把她扯上。"雪芙道："姑妈，你是不知道。到了现在，我的生命都在方小姐手心里，说到有关的事就多了，岂止说话的这一件事上？"

俊人左手捧了牛乳杯子，右手拿了长柄茶匙，正在里面搅和，这就连喝了两口，放下杯子来，正了颜色道："凭了姑妈在这里，我有两句话要说了。雪芙和我闹脾气，这没有关系。我就对她屈辱一点，也不是外人。至于方小姐，虽然大家全认识，可是我也不见得和她有什么更深的友谊。我也不知道什么缘故，雪芙心里，总会觉得彼此之间有什么纠葛。吃饭喝茶，平常小事，总要联想到方小姐身上去，甚至多打两个喷嚏也要由这上面联想到我身上，更由我身上，联想到方小姐身上，这事是大可不必。"

　　说着说着，脸已是红了起来，接着头一昂，声音更大一点地道："我是无所谓的。怎样说我也可以，但是你不能随便把方小姐拉上。固然，正大光明的男女恋爱，尽管谁人去说，这不但不足为惧，也许是青年人值得自豪的。可是并无其事，硬造出一段故事来说，这就会引起人家的不高兴。重一点说，也可以说是妨碍名誉……"俊人只管一层一层的理由，继续向下说着，雪芙听了，正襟危坐，脸色鲜红苍白，变了好几次，到了这里，她好像是十分不能忍耐，将椅子向后推动，陡然站起来，喘着气道："你有理！你有理！"说毕，一阵风似的向屋外奔了去，这倒不知道要干什么。尚太太和俊人相顾失色。

第十六章

这边欢乐那边愁

朱雪芙这样一跑，并不曾停止，开了客厅门，跑到院子里去。院子门是半掩着的，她索性把门向里一带，身子向前飞奔。毫不考虑地，走到了山涧边，沿了山涧的长岸，对了山涧看着，打算挑那水深的所在，就要向下跳。

约莫走了四五十步路，终于让她找着一个水深的所在了，那澄清的泉水在大石头下面积下了个水潭子，由上面向下看，那水却变成了青隐隐的，其深可知。于是手牵了衣襟的下摆，身子一耸，就待跳了下去。却不想身后来了一个人，一把就将她的手臂挽住，因道："雪芙，你这是怎么了？无论有什么话，全可以慢慢地解释，何必走上这么一条路呢？"

雪芙抽着手道："你别管我的事。我爱向火里跳也好，我爱向水里跳也好，那是我的自由。"俊人拖了她一只手，哪里肯放，因道："你说是你的自由，谁也不能否认。但是你有了这种举动，我们在旁边看着，简直可以不必过问吗？"雪芙见他拉得紧，更是身子向后坐，要把手臂抽回去。俊人道："雪芙，你听我说，无论我有什么对不起你，你尽管当了姑妈的面，正正堂堂地指摘我。我若是不受，你对付我的办法还很多吧？"

雪芙道："我对付你有什么办法？唯其你看到我没有办法，你才是这样欺侮我的。"说着，连连地把脚在地面上跳了一阵。俊人道：

162

"我也知道你受了委屈。但是你要是因为受了委屈而自杀，那不是更受着委屈吗？你听我的话，一块儿先回家去再说。至于……"雪芙道："至于什么？你那意思，还是要和我讲理。"俊人笑道："要是那么着，我这人也太难了。你受屈到了这步田地，肯下极大的牺牲，我还能同你讲什么理？不过我先请你到家里去坐坐。你若是还有什么话要说，可以从从容容地说。"

雪芙虽被握住了那只手，不能抽回，可是她还坚持着站在水边上，不肯走开。彼此正还拉扯着呢，尚太太已是站在那大门口抬起一只手，连连地招着道："雪芙，快回来，你这孩子。"当她如此连连地叫过了几遍之后，俊人道："你不瞧我的面子，总也要瞧瞧姑母的面子。"他口里说着，手里拉了雪芙，拼命地向家里拖了去。

雪芙道："在这大路上，你拉拉扯扯像什么样子？我会来，我还不会回去吗？"俊人道："但愿你这样说，那就很好，你在我前面走。"说毕，放了手，还是紧紧地贴住了她的身后，跟着一步一步地走。雪芙把脸板着，头一扭道："不要假惺惺了。你那心眼里，恨不得立刻我就死。我死了，你才有出路呢。"她絮絮叨叨地，一面说着，一面向家里走。快到大门口了，尚太太也就像鸭子踩水一般，晃荡着身体，赶上前去，一把挽住雪芙的手臂，拖了声音道："我的孩子，你怎么这样地傻啊。"

雪芙道："俊人他欺侮我嘛。"尚太太道："他纵然欺侮你，你可以和他讲理。你讲理讲他不赢，还有我在这里呢，你可以投奔我。可是你为什么也不言语，凑不冷子就打算跳河？我倒要请问你，一个人有几条性命？你拼人，只拼得了这一回。这一回拼完了，下次呢？"雪芙道："我死了就什么大事全完了。除了我自己解脱自己而外，还可以给俊人一条自由的路子。这是自家方便，与人方便，为什么不干?"

尚太太将她扶在藤椅子上坐着,将手轻轻地拍了她的肩膀,笑道:"傻孩子,不要这么样胡来。夫妻是已婚也罢,是未婚也罢,总要彼此相让,有一个让了,那一个就不好冲突。那一个再让一点,原来相让的,就更加心里痛快了。反过来,谁也不让谁,你摸他一下子,他就拍你一下子,那还有个完吗?"

雪芙把头一偏道:"没有完,就没有完,反正逼死一个也总会完的。好在我⋯⋯"尚太太把她安顿得好了,刚要抽身,另坐到一边去,听了这话,又回转身来,再伸手拍拍她的肩膀道:"你又来了,为什么这样劝不醒。"雪芙两手环抱住一条腿,把头偏到一边去,对于尚太太的话,好像没有听到一般。俊人呢,他可在屋子门框边站住,两手环抱在胸前,昂了头向天上望着。将一只脚只管在地面上拍板,好像是态度很悠闲。

尚太太站在屋子中间,向这边看看,又向那边看看,淡淡地一笑道:"你这真是一对小冤家。你两人也不想想,现在有我在这里,你两人顶起嘴来了,有我在里面给你们调停。假使这次上山,并没有我,老是这样冲突下去,那不成了一种大笑话吗?"雪芙这才回转头来,板着脸道:"姑妈,你也不想想,若是没有你在同路,我肯来吗?"尚太太笑道:"这很好,我叫你想想,你也叫我想想。我们两个人,倒不知是谁聪明谁糊涂。"雪芙回想到自己所说的"你也不想想"答复了姑母,这好像倒是有意同老人家针锋相对。既然无话可辩,就不由得扑哧一声地笑了起来。

尚太太道:"你这孩子,也真是淘气,我这样一回嘴,你也没有话可说了。"雪芙听了,又是低头一笑,接着将右手盘弄左手的指甲。尚太太道:"俊人,你以后也不必和雪芙顶嘴了。一来她毕竟比

164

你小两岁。二来做男人的应当尊重女权，你就是对雪芙退让一点，这也是理所应当。"俊人始终是靠了门框，向天上看着白云，对于尚太太的话并不答复一字，雪芙坐在那里，还是向俊人后影看着，以为姑母这样地说了，他绝不能再不理会。及至俊人始终不作声，她就仰了脖子叫道："姑妈，你何必那样多事？难道我朱家养了这么大的姑娘，哀求着人家收下吗？对了，你老人家说我傻，我真傻。我为什么自杀？与别人一种方便，我还要活着睁眼看看别人的结果呢。我以为这次到庐山来，一定可以舒舒服服过一个夏天，不想自离开南京起，就让我心里难受。一直到现在，我没有痛快过一天。明天我下山去，你老人家不要留我。"

尚太太道："胡说，你若是一个人下山去了，知道的说你发了小孩子脾气。不知道的，以为我做姑母的不能容人，把你挤了下山去了。你的身体还不大好呢，你先回房去休息休息，俊人呢，我会劝解他。俊人究竟比你懂事些，有我同你做主，他一定会对得住你。"

雪芙对于尚太太这话，且不置可否，鼻子里却是重重地哼了一声。俊人咳嗽了两声，将手牵牵衣襟，也自向院子里走去。尚太太道："俊人，你向哪里去？我还有话向你说呢。"俊人道："我心里头郁塞得很，我要到山上去走走。"尚太太道："走走也好，可是你要快点回来，我们等着你吃饭呢。"俊人口里，是随便哦了一声地答应着，然而人已由院子里的斜坡路上逐步向前，走出了大门了。

俊人也不知道自己心里哪来的那一股烦闷，随了山涧上的人行大路，信步走了去。这时，太阳已由东方透过了山顶，水边丛树罩着的大路，太阳由树叶子缝里晒到路上，黑阴阴的地面，印上了许多白的花纹。正是因为太阳光刚增加了温度，满山草木全发出一种清芬之气。鼻子里呼吸到了这种空气，自觉得精神为之一畅。俊人一路沉思着低了头走来，猛可地有一种风琴歌唱声送进了耳朵。随了这声音走去，原来是一片草地，四周都围了树，倒是一个特别的地点。在那浅草上，有许多男女坐着，而且十之八九是西洋人。对了这群人，有一个道貌岸然的西洋人，手里拿了一本书，在那里唱。旁边一架风琴，有一个西洋老妇人在那里按着。

这正是基督教的人，在这里布道，现时是在唱圣诗呢。站住脚看的时候，心里随着起了一个感想，西洋人的物质文明，比中国是超过去多少倍了。可是当他们敬礼上帝的时候，那和中国人崇拜观世音菩萨，也就相去不远。由这一个出发点，对于在场的男女，不觉慢慢地看了去。随后就看到草地上，也坐了一位姑娘，那不正是方静怡小姐吗？因为人家是在牧师面前，敬礼上帝，这就不便打断人家的诚心，于是挽了手在身后，远远地站着，静候下文。那牧师把圣诗唱完了，在场的人纷纷起身，向大路上走去。

俊人斜伸了一只脚，站在路口，无论是谁过去，也逃不了他面前。静怡在十步以外，已经是看到他了，倒不忙于走过来，却掉转身，对各处望着。看那意思，好像要和那个按风琴的西洋女人谈话。俊人这就忍不住了，压低了嗓门子叫道："密斯方，密斯方！方小姐，方小姐。"

静怡猛然地回转头来，先做个很吃惊的样子，顿了一顿，才笑道："陈先生也在这里，我倒不知道。"俊人笑道："方小姐原来还是一位信仰上帝的人，怪不得品行这样的好法。"静怡把头低了下去，微微地笑着。俊人道："方小姐，你是一个人来的吗？"

静怡道："宗教的信仰，各有不同。我家里就只有我一个人是基督教徒，我可没法子把别人也拉了来。"俊人道："对了，我觉得一个人总要找个信仰中心点，中国的孔子，那不算宗教家。道教、佛教思想太消极了，那么，信仰基督教，是最适当的了。"静怡虽是低头走着，却微抬了头，向他瞟上一眼。俊人道："方小姐回吗？"静怡道："我想到牯岭街上去买点东西。"俊人道："那好极了，我也要到街上去买东西。"静怡笑道："我大概有先见之明。在我说出这句话来的时候，我就想着，陈先生一定也会上街买东西的。这个念头还不到两分钟，不想事出果然。"

俊人被她这样一点，脸上是不能忍住了那层红晕，也笑道："大概我买东西这一点心事，也许是方小姐这句话引起来的。假使方小姐不说这句话，说是要到哪里玩去，我一定也是到哪里玩去。"

静怡微微地笑着，点了几点头。她莫名其妙地，移了步子走着，俊人跟在后面一步一步地走。静怡道："陈先生天天在山上跑，大概所到的名胜地方不少吧？"俊人道："附近的这些地方，我都走过了。"静怡道："黄龙潭我也到过的，那瀑布并不怎么伟大。"俊人道："瀑布伟大的，那还要算三叠泉，方小姐去过吗？"静怡道："家叔独自一个人去了一回，我倒不忙。"俊人道："方先生自然是雅人深致，方小姐为什么不同他一块儿去？"静怡笑道："这话很容易答复，因为我并不是雅人。"俊人道："我是个俗人，倒想去看看。不知道……"说到这里，把话顿住了，只是悄悄地向她偷看了一眼。

俊人默然着很是和她同走了几步，随后就低声笑道："假如方小姐有那意思的话，我奉陪方小姐一趟，好吗？"静怡脸上一红，却没有答复。说着话，两人已走上了牯岭街，正有几乘小轿，迎面走来，向西面大山上走去。静怡回转身来，指了大山的东南角问道："那一条路向哪里去的？"俊人道："那就是向汉阳峰去的。汉阳峰有一条大路，可通三叠泉。"

静怡道："啊，汉阳峰有这样高。"俊人道："那没关系，我们可以雇两乘轿子去。这牯岭街上的轿夫，总有两千人，要轿子是极容易的事。"静怡道："改天邀了朱小姐尚太太一块儿去吧。今天……今天怕是太晚了。"俊人抬头看了看天上的太阳，笑道："晚可是不晚。有人吃了中饭去，回来还是很早，这可见路并不怎么远。"方小姐对于这话，好像有点会意，身子猛可地一颤，乐从心发地微微一笑。

俊人道："走吧，我们先到铺子里去买点面包小菜。听说那三叠泉附近，并没有什么可吃的。"静怡不说可以，也不说不可以，只是缓缓地向前走去。到了面包店里，俊人格外地兴奋，既买了鸡蛋糕，又买甜面包，还要买各种软糖。静怡站在旁边，原未加可否，这时看到他买了许多食物，便笑道："吃得了吗？"俊人听了她这句话，分明是已表示同行了，乐得自己的心房，几乎要由口里跳了出来，便笑道："游历的人，肚子容易会饿，多带一点的好，这也很有限的钱，我们到百货店里去再买两样东西。"

静怡依然没有作声，随了他的后面慢慢儿地走。到了百货店，俊人买了一只小篾丝络子，又是一条雪白的毛绒手巾。静怡等他把东西的价钱全付过了，这就笑道："还有两样东西该买。"

俊人道："是什么东西呢？我倒没有想到。"静怡道："买两根伙计帮帮忙吧。"俊人道："你是说要买两根手杖吗？我们坐轿子去，用不着这东西。"静怡笑道："坐轿子游山，那是一件笑话，为什么找笑话给人说呢？"俊人正想说着，在庐山游历的人，都是坐轿子的。忽然又一想，男女两人游山，有几个轿夫夹在里面，那最是讨厌不过的事，有什么话也不能说。她愿意两个人步行游山，这便利就大了。笑道："那好极了，我只是怕你走不动。"

静怡抬起一只脚来给他看，笑道："你不看着我已是换了操鞋，就为的是爬山穿的。"俊人笑道："我真是不如方小姐这样勇敢，方小姐以后可做我的导师，我得多多地跟你学上一些。"静怡对于这滔滔未尽的话，并不去听，走到店门口的大箕篓子边，在里面挑了两根手杖在手，向俊人道："这个，你合意吗？"俊人道："你挑的绝不会错。"也不用她再说一个字了，已是掏出钱来，付了价了。每人握了一根手杖，俊人却多了个箕丝络子。又买两斤水果，和面包鸡蛋糕，全都放在里面，顺了向汉阳峰的大路走去。

出了大街，静怡笑道："陈先生，你太客气了。"俊人道："出来游历，东西总是要买的，这也算不了什么客气。"静怡道："不是这件事，你在那百货店里，说起来要我当导师，我听着倒怪难为情的。"说毕，抿嘴微笑。俊人听她怪下罪来，有点后悔自己冒昧。后来仍看她的脸色，却又是含情脉脉，便笑了起来。恰好走到小路转弯的所在，于是像画眉跳架一般，连跳了几个石级，由静怡后身，跳到她前面去，笑道："我总觉得，你是空谷幽兰一样，在文静而朴素的态度上，有一种令人闻之欲醉的香气。这香气只有细心的人，才能领略。一领略之后，便是极浮躁的人，也会文静起来。若根本是文静的人呢？那就不必说了，一定会……"

他说到这里，却不能把结果交代出来，提起手杖撑着地，用力地把脚踏了石级走。看到山坡上野草里长了一枝龙爪花，这就爬上去一步，将花摘到手上来。静怡很淡然的面孔上，却在眉峰里隐藏了三分笑容。俊人见她并不介意，马上把摘的一枝龙爪花举了起来，笑道："庐山上的龙爪花也特别得很，山下的花，是一枝茎上一朵花，这里的龙爪，却是一枝茎上，并开上五朵，实在好看。"

静怡道："庐山上的奇怪出产很多，天池的龙鱼，黄龙寺的婆娑宝树，还有……我也说不清，你都看过了吗？"俊人道："虽然我也天天在外面游历，但是没有痛痛快快地像今天这样玩过一回。"静怡先是怔了一怔，随后又微微地一笑。俊人见她的态度并不怎样地亲近，却也不能算是怎样地疏远，或在前，或在后，两人走路的距离，总有三四尺之远。心里有好些话想要说出来，可是看到她这样不大可以冒犯的神气，又只好把话忍了回去。加之这山路很陡，彼此也就走得有些喘吁吁的。总有四五十分钟，把这一道山路走完，却到了一个大岭脚下。在这里向西南角望去，突立的几个山峰，排列在云雾里面。俊人站定了脚，将手杖指点着道："你看那就是五老峰。"

静怡上得这个峰头，两脚有些疲倦，站在风头上，吁吁地透着气。随了俊人手杖指点的所在看去，笑道："在古书上，见到许多文字夸奖五老峰，现在看起来，也不见得怎样伟大。不过那峰头倒是形状奇怪的。"俊人道："这是你错了，我们现在所站的地方，是庐山最高的汉阳峰，我们所看到的，那是五老峰之背，差不多是由高向下看。这若是在白鹿洞书院，抬头向五老峰看去，那就伟大得很，五个山峰，壁立千仞。"

静怡笑道："你去过吗？"俊人道："我没有去过，我是在相片上看来的。"静怡道："牯岭偏在庐山的北面，要到山南这些名胜地方去，可惜太远了。"俊人道："方小姐若有这兴致，我再陪方小姐去走走。"静怡微笑着低声道："一之为甚……"在这四个字下面，那声音格外的微细，已是听不出来了。两人对五老峰远远地赏鉴去，约莫有十分钟之久，谁都没有说话。这里的风势不小，由草上吹过，飕飕有声。

俊人道："先是走出了汗，这倒有些凉了。由这里向东去，倒是一条平坦的路，我们走吧。"静怡听了，将手杖拨了路旁的草，走得很慢。这路旁边，立有指路的箭头牌子，写明了到三叠泉向东行。

虽无人问路，却不会错。这一道平坦的岭头上，并没有树木，只是野草连云，被风吹动。风若过去了，山峰上是没有一点声音。俊人看看四周，除了静怡和自己并没有第三个人。心里便有点不能安帖，只管卜卜跳着。他想着，这可奇怪。和雪芙两个人游山，也常有这种境界的，何以就处之坦然呢。她是个文静的女子，不可莽撞，一切要听其自然。心里老是这样地警戒着自己，两只眼睛，索性四边张望，不敢落到近处。

静怡始终拖了手杖，或者拨脚下的草，非是上坡蹬着石级，并不用手杖去撑地。有几次上石级的时候，俊人也想抢上前去搀扶她一把。可是看到她很勇敢地走着，自己却没有搀扶的机会。所以当自己抢到她身边的时候，因为心房极度的跳跃，却又止住了。那静怡的态度，却是很大方，她绝不知道俊人心境不宁。由这平坦的路，顺了山脚走，弯过一个峰头，静怡站住了脚，将手杖抛到地上，敲了掌道："妙妙，我看见鄱阳湖了。"

原来这已绕到了庐山东角，前面并没有高峰遮拦，层层向下看去，一直到最低的所在，便是一片长的白光，在太阳光里面闪动，那正是鄱阳湖的一角。内河的小火轮，在湖里航行，在山上看着，就像一只很小的水鸟。那烧出来的煤烟，伸到云空里去，只是一条小小的黑纱。静怡笑道："到这里看来，古人说的襟江带湖，是一点不错。"她对于这天然之美，有点陶醉了，只管向下面看去。迎面的风吹了来，把她的鬓发衣襟，一齐歪斜到一边去。

俊人想着，风很大，别要把她吹倒了，便向前了一步，靠近她站着。她弯着腰，把地面上的那根手杖捡起，站直了身子，还是离着他很远，这就用手杖指点了前面，笑道："你看，由这里下去，是一层层长峰，仿佛许多绿的龙，向下游泳了去。鄱阳湖的水，这不

171

过我们常看到的一条小河沟那样宽，一条白色，界断了脚下的烟雾。湖边上那些小岛屿，当然也可以容纳一两个村庄的。这里看去，简直是人家花园里的小假山。再远些，没有什么了，便是烟雾连上了天空的白云。看远景，非如此不可，如此才可以显着那宇宙的伟大。"

俊人站在她面前，只是静静地听她述说。最后她不说了，便笑道："这简直是一篇登汉阳峰观湖记，这可见方小姐对于文字上有很深的熏陶。要不然，哪里说得这样的层次井然，而且形容得很有趣，我真高兴。"他随口说出了高兴两个字，静怡不避嫌了，掉转身来，向他脸上注视着道："你很高兴吗？"俊人道："对了，我很高兴。"静怡却微微地一笑，批评出一段道理来。

第十七章

文似看山不喜平

陈俊人随了静怡，来登庐山绝顶，自负是生平一件得意的事。这时静怡问他，果然得意吗？他倒有一点奇怪。便笑道："方小姐的意思，以为我说欢喜，还是假话吗？"静怡微笑道："当然不是假的。不过陈先生的环境太恶劣，这时候同我在这里游山，觉得很快活，可是回到家里去……"她不说了，抿着嘴微笑。俊人看她这种态度，脸上可就微微地红了，顿了一顿，才道："我也不能瞒你，果然地，我的环境非常之恶劣。但我们青年，决不能让环境困住。我们打起精神来，要战胜环境才对。像方女士生在优良的家庭里，受着优良的教育，自不会知道什么叫环境的困难？要怎样去应付？自也不会明白。"静怡微笑道："也不见得不会明白。不过这些事，眼睛看不到，耳朵也听得出来。假如我是你，我决不像你这样地办。"俊人笑道："那就好极了，我正要请方女士指教我呢。请问，我要怎样地去奋斗呢？"

静怡微微地笑着，向山外四周看了一看，便点点头道："不用提了，我们慢慢走吧。"说毕，拿了那根手杖，戳着石头嘚嘚地响，一步步地顺了山路，慢慢地向前走着。俊人看到，也只好把那手杖反背在身后，也逐步地在后跟着。约莫走了有四五十步路，静怡忽然站住了脚，回头向他看了道："陈先生，你今天来陪我，是有点计划的吧？"

俊人笑道："你这话，是何原因而出此呢？"静怡笑道："我是个无出息的人……"说到这里，脸上也就跟着一红。俊人虽和她常是出来游览，但是所谈的话，止于文艺风景。私人的情爱，没有提到一个字，至于自己和雪芙的别扭情形，更谈不到。现在静怡故意把话向这上面引，分明她是有心要探问虚实，这倒不能不说两句，要不然，她会疑心自己是无真心相待了。便正了颜色道："方女士，我们虽然相识的日子很浅，但在性情方面看起来，你可以知道我是一个极文静的人。虽然运动游览，我向来的，这是我锻炼身体的方法。在这一点上，我觉得和方女士相同。而朱女士恰好相反，不但相反，而且对于文静一点的行为故意破坏。这在性情上，已经让我有所不堪了。"

静怡站着对他望望，有些微笑的意味，然后又摇摇头，也就继续着向前走。俊人只把话说了一小半，见她已经有些不耐听的样子，只好遥远地跟着，默然地走了一截路。由汉阳峰朝南，山路多半是向下，同时也就朝里拐，不看到鄱阳湖了。这一截山路并无一个风雨亭子，也没有树林，虽然温度低，可是太阳晒在身上，也有些热烘烘的。转到石崖下，略微挡住了一些阳光，静怡挑了一块干净的石头，就在上面坐着。俊人站在她面前，总隔有四五尺路。

静怡道："这里的石头，随处都是干净的，不坐一会儿？不知道到三叠泉还有多少路？"俊人在大衣袋里掏出一本旅行指南，翻出地图来看了一看。笑道："不巧得很，由汉阳峰到三叠泉，这一大截路，完全是没有地名的。不过在地图上看得出来。由这里到三叠泉，都是下山路。"

静怡笑道："虽然是下山路，也不见得就可以顺脚走去。休息一会儿，培养一点元气吧。"俊人听了这话，好像她是另有所指的双关语，就微笑道："平坦也好，山路崎岖也好，若是自己懈怠，就不会走到的。反过来说，不论有什么艰险，只要鼓住了一鼓劲子朝前走，那就什么好的环境，都可以摆在眼前。倘若我们把环境看得太恶劣了，无法走出去，那就培养一辈子的元气，也不过是困坐在愁城里面罢了。"静怡向他望着道："你说什么？我说的是走路，陈先生，你可别误会了。"

俊人的脸又红了，因道："我的话误会了吗？"静怡笑道："陈先生没有误会，你把我的话误会了。我觉得陈先生的话，全有些颠三倒四。不过，我也不怪你。因为一个少年人，遇到了两性问题，那总是有些狂热的。这话又说回来了，陈先生不是说过，自己的性情是很文静的吗？我想着文静的人，他的理智，一定可以克服他的情感。"

俊人道："方女士的话，我很愿接受，好像我也没有什么举动，是越出情感以外去的。"静怡道："那么，我要劝劝陈先生了。似乎为了我的缘故，你与雪芙姐有点冲突了。我一个年轻姑娘，本来不能同一个少年随便出来游山的。但是我想到，这一件事老是放在心里不说，是一桩很大的苦闷。我告诉你，我是极不愿意和男性来往的。像陈先生和朱女士已经是订了婚的人，而且相处得很好，我尤其不能来做一个第三者，把你们的局面弄破裂了。自然，在现代的男女当中，什么三角问题、多角问题，已经扮演得平常又平常了。但是由我看去，那是极愚蠢的事。"她说着这话时，脸色是极其平和，可也没有笑意。

俊人还是站着的，问道："这话我认为……"静怡笑道："你认为是矫情吗？我的性情很古怪，也可以说是很恬淡。我以为女子能终身保持着处女的身份，那是很好的了。同时，我也讨厌那种唱高

175

调不兑现的女人，说什么独身主义，结果是闹得一塌糊涂。"俊人笑道："这话我更不可解了。你说女子最好能保持处女的身份。同时呢，你又反对别人唱高调谈独身主义，这不太矛盾了吗？"

静怡点点头道："是的，我也觉得我的思想十分矛盾，可是我有我的解说。我觉着独身主义是用不着说的。一位姑娘本来就是独身。自己认为这样的身份是安适，那就继续地保持着，直到老死为止，并不用得费什么功夫，更不成其为主义。所谓独身，并不是家庭社会全不要。有家庭，自然有父母兄弟。有社会，自然有朋友。虽然独身，这些人还是要有的。不过是说不从本人身上再去组织家庭、生产国民而已。我的意思就是这样，所以有人和我交朋友，我是不拒绝的。我看陈先生对于我的态度有些误会。唯其陈先生误解了，更惹着朱女士也误解起来，这真是我不胜遗憾的事。原来我想着随他去好了，用不着说。现在想到，要是不说呢，只管这样地误会下去，我会成了一个大罪人。"

俊人道："不，我有……"静怡不等他把话继续下去，将手连摇了几摇道："无须陈先生解释，我的话还没说完呢。我既是只愿交朋友的人，我就不能以朋友的资格，反去破坏人家现成的婚姻。再明白点说一句，我的处女身份，在我觉得并不怎样讨厌之下，我一定继续地保持下去。在这种状态下，大概就是一个独身男子，我也不至于很快地和他谈到爱情上去。这里面若是还有多角、三角问题，你想我会动心吗？"

俊人认识了她有半个月以上了，不曾听过她长江大河，说过这样一大套的话，倒不由得脸色在红紫之中，还带了一些苍白。站在行人路上发呆，却不能答话。静怡道："我刚才听到陈先生的谈话，大概是要说雪芙一些短处，尤其不好。你说她和你性情不对，何以在不认识我以前，你们是相处得很好很好呢？"俊人的脸色更是不好看，手里拿了手杖，拨着石头缝里的乱草。静怡站起来了，牵牵身上的衣襟，笑道："不过，以朋友而论，陈先生还是我所佩服的。话说到这里为止，我们为了看三叠泉而来，不要自己扫了兴致，还是去看三叠泉吧。"她交代过了这句话，已逐步蹬了石级下山。俊人心里头，立刻像有万股热血，要由腔子里涌出来，可是对于静怡这些话，不知道要先驳哪一句才对。她走了，自己也就一步一步地跟了她走，这样总走了有半小时。远远看到两山夹峙的一个山里有一个亭子和三五户人家。人家屋顶上，正是一条青龙盘绕着似的，向上冒着青烟。

静怡将手杖向那里指着，回过头来对他道："那地方有歇脚的地方了，我也有些口渴，我们到那里去喝碗茶吧。"俊人见她的样子还是极其自然。心里这就想着，这真叫人惭愧，为什么就不如她那样镇定，心里毫无芥蒂呢？于是随着笑道："也许我们走错了路，我在地图上并没有看到有这样一个地方。"静怡道："我们是顺了指路牌走来的，大概不会错，到了那亭子上再去问路吧。"俊人道："那么，我先走一步。"说着，抢了上前，随着山坡上的石级，层层下降。到了那个亭子下一看，地势是平坦起来。有两户人家是茶饭店，在路的左边，另外两户人家是打柴的。在路上面，盖了两座过路亭子，亭子右面，便是山崖。在山崖下面，层层的山脚落下去，露了一段流泉。崖对面是一座高峰，正由上面深涧，飞起了两层云雾，将对山的半截，和下面大段山涧都遮盖起来了。

茶店里的人看到他来，早是迎到路头上，连声叫着"请坐一会儿喝茶吧！"俊人道："请问到三叠泉还有多少路？"店里人指着山涧笑道："啰，这就是三叠泉。"俊人这就跑回去了一截路，站在山路上，向上面招着手道："到了到了，我们没有走错路。"静怡将手杖指着石级，一步一步地踏下来，点点头笑道："随了指路牌走路，那是不会错的。走路，有一个固定的方向，有一个固定的目的，那怎样会走错？走错了路的人，都是自作聪明，在半路上改了方向的缘故。我很少走错路的时候，就为了我一贯的政策是这样。"

她一面说着，一面走过来，俊人感到她的话，句句都带了针刺，不敢向她望着，只好在前引路。到第二个过路亭子里，靠了栏杆一副座头坐下。静怡也走过来，把手杖横在桌上放着。手里拿了一条手绢，当了扇子在胸前拂着。所坐的是一条板凳，她还架起了一只脚。俊人是坐在她对面，见她的头发被太阳晒着，已有点干枯，所以披了几小绺到脸腮上来。脸腮红红的，在额角上似乎有几点汗珠。她索性把颈脖子一面衣领上的纽扣，解开了两个。在那件短的淡蓝竹布褂子里面，露出了里面一角肉色丝汗衫来。正向她打量，她倒向人发着淡笑。俊人不敢看了，只好站起来，向深壑里看去。那云雾像铺棉絮一般，由下面层层向上堆叠着，深涧已去了半截。同时，刚才所看到对面一带长峰，整个不见，只上层露了一点峰尖。便叹了一口气道："咳，来得不凑巧，三叠泉成了千层雾，一些也不看到了。"茶馆里人送了一壶茶，两只杯子到桌上，给他们斟上了茶，笑道："先生，你不要性急。这庐山上的雾，来也容易，去也容易，一会子工夫，它就会消失了的。"

俊人只管向山涧下看了出神，还不住地叹气。静怡笑道："人家说不要性急，你还急什么？茶倒好了，喝杯茶吧。"俊人回转身来，见那杯茶放在桌沿上，以为是她送过来的，哈哈腰说声多谢，然后坐下。静怡斟了一杯茶喝着，又斟了一杯喝着，见他手捧了茶杯，微举起来，要喝不喝的，只管向杯子里出神，因笑道："既来了，我们一定要候到看见三叠泉才走。那些点心，可以拿出来吃了。"

俊人答应一个啊字，似有省悟之意，立刻放下茶杯去解提篮。不想动作太敏捷了，提包不曾打开，把一杯热茶打翻在桌上，水淋淋地向桌下滴。静怡微笑，将手绢拿起来微挡了脸。俊人搭讪着自向茶店里去要了抹布来，把桌面擦抹干净。将提包里的鸡蛋糕和糖果用纸托住，一样样地搬到桌上。静怡道："大概我们都饿了，不必客气。"说着她拿起一大块鸡蛋糕，一分两边，将半边送过来，笑道："这桌子上不干净，我不敢放下，你接着吧。"俊人接着，情不自禁地，又道了一声谢。静怡笑道："陈先生忘了这点心是你买的吗？你说谢谢，我怎么办？"

俊人道："若是谢意只注重在物质上，那就意识太浅薄了。"静怡道："你的意思，是注重在仪节上了。朋友之间，若是相处得好，谊同骨肉，便是仪节也无须的。这其间只有一个诚字。"俊人道："这是当然的。可是这个诚字，不容易做到。儒家的朱程，讲了一辈子的学问，就是这个诚字。"静怡笑道："我所说的诚，和老夫子说的诚，多少还有点分别。老夫子说的诚，总免不了做出那毕恭毕敬的样子，过于注重了形式，倒有点近乎作伪。我说的诚，最好是能以完全天真出之。譬如《水浒传》上写的李逵同宋江，那对照得就十分明白。"俊人道："你的意思，我是宋江吗？"

静怡道："不，正因为你对人还有天真，所以可……"这个爱字几乎要脱口而出，顿了一顿，笑道："很可敬佩的。"俊人向她笑了，问道："我还有天真吗？"静怡道："谁都有天真的，你不要嫌我的话直率。当你要作伪的时候，总是露出了马脚，这就是你的天真。旧小说上，就是常用这一类的笔墨形容一个老实人，所以格外觉得妩媚。"俊人笑道："呵呵，想不到我还能得着妩媚两个字的批评。"

静怡低了头，便又拿了一块鸡蛋糕吃。俊人见桌上泼了的茶，还有一块不曾擦干，用一个中指蘸着，接连地在桌面上写了好几个妩字媚字。两人原来谈得很有趣，突然地沉寂起来了。约莫有十分钟的工夫，茶馆里人走过来告诉道："雾散了，二位看三叠泉吧，过一会子也许雾又来了。"两人听说，同时站起。果然，所有的雾就在这一刻工夫一齐由谷口涌了出去，深壑里已看得清楚。那泉由汉阳峰脚下流来，先是一道长的瀑布，远看去，像一块长的白布垂下来。到了第二层泉，分作两股，比第一层短得多，远看只有两丈高。这一层的山涧也宽阔些，不像第一层，只是两山之间，裂出一条夹缝。由这一层下去，山涧有一小截平的，泉水经过了这一截平沟，再变成第三叠瀑布。不过由这亭子里看去，第三叠泉已是让下面的石崖挡住，不能全看到。

　　静怡望了许久道："瀑布远看，是不显着什么伟大的。在这里比三叠泉更高出来一座峰头。由上望下看，失了观瀑的意识。"俊人笑道："那么你是嫌不过瘾。我在许多游记上看到古人形容这三叠泉的好处，那在第二叠附近。一方面看到第一叠注下来，一方面看到第三叠落下去。这二叠的深潭里，水花乱飞，可以溅到山涧岸上来。古人既是这样说过，当然，可以到泉边下去的。我们找路下去吧。"静怡微笑着，还没有答言，那意思是已经许可了。

　　俊人笑道："你害怕不害怕？到了瀑布附近，那响声是一定很大的。上下都是水冲着深潭，轰隆轰隆的声音，那是可想见的。"静怡笑道："唯其如此，观瀑布才有意思。"俊人道："怎么样走？我来打听打听。"反转身来，茶馆里人已是提了开水来冲茶。笑道："先生，你不必去吧。这要由这条路走下去很远，才绕到三叠泉边下去。路不好走，还是小事，回头云雾来了，你会迷在这山壑里的。"说着，伸头到亭子外面，看亭子上面的天色，因道："太阳也有些偏西了。一来一去，恐怕来不及，山壑里天黑得早。"

俊人望了静怡道："怎么样？"她笑道："危险我是不怕的。不过说到时间来不及，这就大可考虑。我出来，家母也不会想到我到三叠泉来。恐怕她老人家，在家里盼望着。"俊人笑道："有道是，文似看山不喜平。我们今天游山的情形，有些相像。"静怡道："这话什么意思？我倒有些不懂。"俊人道："我们今天的态度，忽而严肃，忽而欢喜，忽而苦恼，这不是三叠泉一样吗？"静怡道："苦恼是没有的，根本也谈不上苦恼。"说着这话，她又坐到原位子上喝茶去了。俊人站在栏墙边，还看了一会儿山泉。因为静怡一点声音没有，也只好回转身来。见她取了一个梨在手，将一条手绢，竭力地擦摸，便坐在对面，也取了一个梨来擦抹着。

约莫有十分钟，俊人忽然哈哈一笑。静怡望了他道："怎么突然地发笑？"俊人道："我说文似看山不喜平，你倒有些不相信这话。你看，我们经一度热闹谈话之后，又静穆起来了。"静怡吃着梨呢，昂头一想，也咯咯地笑了起来。但经过了这一笑之后，静怡也不再谈什么。那山壑里的云雾，也不知道是什么地方来的，一转眼，又封满了，而且把这边的下山路，也封锁了一段。静怡转了两下眼珠，好像有什么事突然地省悟过来了，这就站起来笑道："我们该回去了，还有得走呢。"俊人道："多休息一会儿不好吗？来来去去地走着，你或者受累。"静怡道："你看，三叠泉一点也不看见了。假使我们没有考量，冒冒失失，就走下山去，这个时候，我们迷在雾里，进退两难，那才是一桩笑话。现在太阳快偏西了，也许汉阳峰上有雾。"

俊人听她这样一说，就不敢多言。付了茶钱，吃剩的东西全不要了，将手杖挑着空篾络子，就在前面引路。心里想着："方小姐平常不大作声，到了紧要关头，她说出来的话，是每个字都有力量的。不但有力量而已，那话还是不少。每一个结论，都是自己失败得无词可对，这就不必和她再谈什么了。"他存了这一份心事，在回程中就不再提前言。静怡再走回来，果然是感到有些吃力，走半个山头，便要休息一会儿。当坐下来的时候，气吁吁的，也懒于说话。直到汉阳峰以后，才没有了上山路。翻过岭来，早看到丛丛密密的屋子已经在脚下了。静怡站在山口上，靠了一块崖石，将手连拍了两下胸口。

俊人道："害怕吗？为什么？"静怡笑道："看到了牯岭，我的胆子才壮起来。要不然，在山上遇到了雾，那怎样走？现在不忙，可以慢慢地下山了。"俊人正了颜色，也没有答话。由这里到牯岭，一口气地下去，很容易也很快。到了街头上，便分着两条路。一条是上街去的，一条是到长街回家去的。静怡在前面走，却是向牯岭街上去。俊人道："方小姐，你还不回家吗？"静怡道："我想到街上去买点东西，你请先回吧。"俊人也明白她的用意，说了一声回头见，分手走去。还没有走二十步路，静怡叫道："俊人，来来，我有话说。"她一向是叫着陈先生的，现在叫起号来，仿佛是亲密多了。立刻回身迎上前来笑道："要我给你府上带个信吗？"静怡连道："不不，我们在三叠泉茶馆子里吃那些点心，根本不能当饱。走了这些路，又饿了。这时候，家里绝对没有饭菜，我们到街上小馆子里去吃点东西吧。"俊人道："好极了，我做东。"静怡笑道："谁做东，那不成问题。只是……"她这句话没说完，因在前面走得快一点，却含混地停止了。在街北头找了一家四川馆子，静怡领先引到雅座里去。

茶房送上茶来，问过了菜，自去了。静怡不大避嫌了，和他隔了一只桌子角坐着，将两手轮流地去捶两条腿。俊人道："怎么样？你走累了吗？"静怡笑道："我自有生以来，真没有走过这些山路，这全是为了你的邀请。"俊人道："那我很感谢。"静怡道："感谢是不用感谢，不过……"她不捶腿了，手上端了茶杯子喝茶，将眼睛望了茶杯，很久，才低声道："今天这回到三叠泉去，我是不得已而为之，回去请你不必说，我只说在教友家里玩。"她说话的声音是越来越细，分明有些不好意思。不好意思，又是有了情的样子，这也无怪他说"文似看山不喜平"了。

第十八章

井水不犯河水

陈俊人这天同方静怡去游三叠泉，实在无意得之的。无意得之的事，怎敢说是静怡已经含有深心。所以在自己虽极力去迎合她，可不敢在这时候，更存了什么非分之想。这时在酒馆子里要分手了，静怡对他说，回家去不必告诉人，这显然是一桩秘密。男女二人既是共了秘密，那就是一种爱情有托的表示。因之听到了静怡的话，就站起来正了颜色向她道："我绝对可以听你的指挥的。"

静怡微笑道："你说听我指挥这句话，这话怎么解释？朋友可以指挥朋友的吗？"俊人那正经的面孔不由得也透出了笑容来，点着头道："宇宙里面，就是这样的。不问是集团，或是个人，总是有力的指挥没有力的，聪明的指挥糊涂的。"

静怡道："那么，你以为我比你有力？我也比你聪明？"俊人道："我就是这样想，除非你不承认我这话，我也没有法子。"静怡笑道："天色不早了，你请先回去吧。这样一个很平淡的问题，我们留着将来再讨论。你请先走，我在街上买一点东西，也就走了。"俊人道："方小姐出来了这样久，方太太一定是很惦记的。我看由方小姐先回去吧，我马上到游泳池里去消磨一两小时。"说着，伸手到衣袋里去，就在掏摸着皮夹子。静怡向他连连摆了两下手，皱了眉微笑道："我们似乎用不着这一番虚套。"

这我们两个字，俊人听着又是十分入耳的。也许是他高兴得忘

184

其所以了，却隔了桌面伸手到静怡面前去，那分明是要和她握手。静怡如若直挺挺地站着，并不伸出手来，这叫俊人的手如何缩了回去？而且俊人是那样和和气气、恭恭敬敬地站着，还半弯了腰呢。静怡只好很大方地把手伸了出来，不过只把五个手指尖，轻轻地捏了一捏。俊人笑道："多谢多谢，我明天回请，你肯到吗？"静怡低头想了一想，因笑道："若是那样，就透着太着痕迹了。朋友之间，随便吃了一顿饭，哪个会账也没有关系，何必要分个彼此？"

俊人笑道："这不算分彼此，这是一种礼节。我们在朋友面前，可以失礼吗？"静怡笑道："这也抬不上这样一个大问题出来。那么，我先走了。"说着，起身就有要走的样子。俊人这才知道她是绝不肯再俄延一刻的，便笑着点点头走了。当自己走出酒馆，在街上走的时候，静怡还跑到栏杆边上，对了楼下望着。俊人回过头来，静怡笑问道："你是到游泳池去吗？"

俊人向上扬着手笑道："我决计到游泳池去，你放心好了。"静怡低声笑道："在大街上叫些什么？"俊人这就把帽子抓在手上，连挥了几下，然后向游泳池走了。自己为了尊重静怡的叮嘱起见，直到太阳落山，方才回到寓所来。那时，长冲这条山谷里，晚风吹过，直感到阴森森的。有些在山坳里或树丛中的人家，已是闪出了几点红光。自己过了那小石桥，向自己家门口看了去，就见那栏杆门边，站了有个人影子。心里也就想着，那必是静怡。在这种黄昏时候，山谷里风景幽丽，只有她这样爱好幽静的人，可以在门口站立很久。回头见着她了，她一定要悄悄地问出话来的，这可别让雪芙听到，假使让雪芙听到了，那可了不得，今日到三叠泉去游历的事，一定要被她知道个清清楚楚。这倒要考量一下，自己应当过去不应当过去。

于是站在桥头边，手扶了桥柱，只管出神。那个黑影子，可就慢慢地移了上前。俊人远远望看，就低声问道："是……"那黑影子是越来越近了。俊人哦呀了一声，才轻轻地道："雪芙，你不害怕吗？一个人在这里走着。"雪芙道："我怕什么？假使山谷里头有鬼来找着我，我倒很欢迎，因为我可以跟着他一块儿走，减少我许多的烦恼了。"

　　俊人走近一步，向她笑道："你就是这样，一点事情不顺心，就发脾气。你发起脾气来，还是真不小，把自己身体白糟蹋坏了，那是何苦？"雪芙冷笑着哼了一声，却没有说什么。俊人在阴暗中，又看不到她是什么脸色，心里料着她的脸色，一定不大好看，因之，更近一点，挨着了她的衣襟，笑道："我们把白天过去的事，都忘了吧。从明日起，我们恢复未上庐山时候的情感。"黑暗中，雪芙哧哧地又冷笑了一声，因道："你那些话，说给那爱听甜言蜜语的人去听吧。我这样坏脾气的人，可有点不受抬举。"俊人道："你要明白，我对你是很容忍，很退步的。假使我也像你的脾气一样，那会闹出笑话来的。"雪芙道："什么笑话？能够比把我逼死的笑话还要大吗？你可知道，现在我所受的侮辱，比用刀子挖我的心，比用刀子割我的肉，还要难受十倍。据你说，这已是给我很大的退让，很大的容忍，对我还是这样。假如你并不宽大，并不容忍，那怎么办？我只有在你当面，自己拿刀子碎割了。"

　　俊人听了这些话，怔怔地站在她当面，可没有回复一句话。雪芙见他不理，也不再说什么，独自站到石桥栏杆边上来。俊人想到她跳河的那件事，心里倒不免怦怦地跳了一阵。更不敢离开她了，就呆呆地站到桥头上，斜伸了一腿，向她望着。那意思就是假如她又要跳的话，一伸手就可拖住的。晚风由水上吹过来，自觉身上有些凉飕飕的。什么声音，都沉寂下去，只有平缓的流泉，碰到石头上，冷冷有声。看看天上，青云里已透露着零落的星点。这样一条长街，两头都是黑沉沉的树影，并看不到有人。近处，有一棵树，正横了几枝，罩在路头上，风吹来，树全身颤动，仿佛是一个巨人，伸出大手来要捉人。还有那大树下，有两三丛小树，更像有一种矮小的人，蹲在那里等着人过去。

俊人虽然也是一个遵守无鬼论的人，但是到了这个时候，不知是何缘故，心里头生起一种莫名其妙的恐怖，低声向雪芙道："进屋去吧，姑妈一定又在疑猜着，不知道我们到什么地方去了。"雪芙不作声，也不移动一点，只是斜靠了桥栏杆，向水里望着。涧中间，有一个小潭，水流到那里，成了平面。在那水光里，星斗点点地晃动着，看得久了，风吹了衣襟，似乎人也在跟着晃动。雪芙也许是感到俯伏得久了，便掉转身来向俊人望着。俊人道："你的衣服穿得很少吧？我在这里站久了，都觉得身上很凉呢。"

雪芙淡笑道："这不是怪话吗？你身上凉，你只管进去，我又没有叫你在这里陪着。"俊人道："你看，这黑洞洞的山谷，星光只有中间一小块，大概山头上又飞起雾来了。让你一个人站在这里，不大好。"雪芙笑道："多谢，陈先生，你放心，我不自杀了。我还要活着，看看别人的结果呢。我胆子大，我也不怕，你请进去。假如你着了凉的话，在外边做客，身旁没有一个亲人，谁来侍候你。啊，我又失言，这好像是咒你生病了。我可以发誓，我绝不是这意思，你请进去吧。"说着，还伸手将俊人推了一推。

俊人道："你何必这样拒人于千里之外。"雪芙道："我怎么是拒人于千里之外。你说身上凉，我请你进去还不好吗？"俊人道："你在这里站着，我不作声，在你也感到什么不痛快吗？"雪芙道：

"你言重。庐山不是我私有的，你在那里站着，也有你的自由，就算是我私有的，你也可以随便地站着。我劝你进去，我是怕你受了凉。因为你怕我受凉，自然我也怕你受凉。"

俊人道："你瞧，一客气起来，彼此又好到了这种程度。"雪芙道："自然，我不能不恭维你一点。为着是我有求于你的地方还多着呢。"俊人道："你要这样同我说话，我也没有法子。不过我自己想着，我是以一腔热忱来对待你的。唯其是一片热忱，所以我对于你，一切是坦率的，要干什么，并不瞒着你，不愿用那假道学的样子相待。然而你就因为我不能做出假道学的样子来，和我闹别扭。人是个感情动物，你这样地对待着我，叫我实在不敢亲近你。"

雪芙猛可地答道："谁要你亲近我？"俊人道："你不愿我亲近，我就不亲近。可是这样地演变下去，那要弄成什么结果呢？"雪芙淡笑道："弄成什么结果？这也很容易猜得着吧，大不了，我们是废除婚约。"俊人默然地站着，没有敢接下去说。雪芙道："你是有胆量的，你是有决断的，你现在就答应我一句话，我们废除婚约。"

俊人在星光下呆呆地站着，哪里答复得出来。他不说话，雪芙也答复不出来。两个人静悄悄地站在风露里，抬头看看天上的星，一粒也没有，那简直是云雾增强，又笼罩到头上来了。于是向雪芙笑道："雾又来了，记得我们那一天由雾里逛黄龙潭回来吗？"雪芙还不曾答复呢，听到后面有了人的说话声。回头看时，就是自己寓所的大门里，有一盏白色的灯光，正是家里有人出来。俊人以为是尚太太派人出来寻找来了，故意更沉默些，好让她寻找。这就听到有人说了："好大的雾，有灯也照不见路。"那说话的声音很是清脆，正是方静怡小姐。这就有个人答道："人家催请多次，不能不去。不然，白天我就同你去了，偏是你在外面玩了一天。"这是方小姐的母亲方太太说的话。

静怡笑道："现在大概有七八点钟了。这时候才去，非到十二点以后不能回来。"方太太道："十二点以后，就是十二点以后吧。反正没有事，明天睡晚一点起来就是了。咦，刚才我听到有人在路上说话的，现在怎样没有了？"雪芙就高声答道："是我呢，伯母，这样大的雾，到哪里去？"方太太道："到胡景芳旅馆里去，会我们一个远方亲戚。朱小姐刚才你和谁在这里说话来着？"

雪芙这就带着笑音答道："方太太，你吧？"方太太道："那一定是陈先生在这里陪着你。"雪芙笑道："是的，其实我倒愿意一个人站在雾里头，看看这长冲里的雾景，可是他偏要在后面跟着，我也没有办法。"说着，又是咯咯地一阵笑。在那笑声抖颤里面，可以知道是怎样的得意。俊人站在雾里面，却不愿承认她所持的这种态度，但是又不便说出来自己不是来追着陪她的。这就听到方太太笑道："你们就是这样，一对鸳鸯似的，谁也不离开谁。"

雪芙道："多谢伯母的金言，我们朝这条路上做去，尤其是俊人，他必定努力地这样做。"方太太说着话，已经走到了面前。俊人看到静怡随在方太太身后，悄悄地走了过去，心里头有一种说不出的苦闷。在方太太前面，另有一个人提了灯引路的。雪芙眼望到那盏灯越走越远，到了后来，只在树影子里时隐时现一点白光。光外也是混沌沌的一个光圈，那也就是雾重的象征。因两手扶在桥栏杆上，哧哧地大笑一阵。笑的时候，还把两只脚在地上顿着。俊人不知道她什么用意？倒有些发愣。

雪芙笑道："我刚才说的这几句话，你听了很是难堪吧？这是电影的好处。我看到有一个女人，将这种态度，对付她的敌人，闹得那敌人啼笑皆非。你若是个有勇气的人，刚才可以反对我的话，那么，就可以在你的情人面前，求得信任了。现在你不作声，你是默认了同我还很好。你同我很好，那就是同那个小女人不好，让那小女人也听着难过一阵。"

俊人道："你何必这样狠毒，她同你井水不犯河水。"雪芙笑道："我知道，我说着她，你心里很难过的。但是我受她的刺激太多了，我也应当给一点刺激她受受。你说她井水不犯河水，不客气，我这河水现在要犯一犯她那井水了。她刚才有自知之明，没有回我的嘴，要不然，我当了她的母亲，我就数说她一顿，看她有什么脸面?"

俊人道："不能吧? 你可以无缘无故地，就数说人家一顿吗?"雪芙冷笑道："无缘无故地我不能骂她，有缘有故地，我总可以骂她吧。"俊人道："那么是有缘有故了，请问，有什么缘故?"雪芙冷笑道："你要问缘故吗? 我可以告诉你。但是……现在我不能告诉你。"俊人道："你不用告诉我，我也明白，不就是你那份疑心病吗?"雪芙道："到了现在，你还要嘴硬，我也忍耐不住了。我问你今天在外面跑一天，是到哪里去了。"

俊人道："我到游泳池去了。"雪芙道："不错，你是到游泳池去了。到游泳池以前，你又到哪里去了?"俊人听她追问到这里，心里头已有些卜卜地乱跳了。俊人道："我在牯岭街上玩了一会儿，这有什么对不住你的地方吗?"雪芙道："你瞧，你自己做贼心虚，把对不住我的话也说出来了。你今天玩得很得意吧?"俊人心里更跳得凶，没有作声。

雪芙道："男人都是这样，见一个爱一个。同时，在这个人面前说那个人坏话。在那个人面前，又说这个人坏话，目的是要把两方面的人都欺骗了。你这样做，也许临时玩玩那个小女人的，我也不怪你。我只是对那个小女人有点不服。她在许多人面前，做出那斯文一脉，不敢对男人正看一眼。可是背了人，偷偷地同男人去游山玩水，来回走几十里路。是啊，这里到三叠泉去，要翻过那含鄱口汉阳峰那样的高山，路上是很难得地碰着一个人。在这种情形之下，你爱谈什么，就谈什么，爱怎么亲热，就怎么亲热。这还不痛快吗？你总算是我所心爱的人，你得着一点痛快也好。只是那小女人，在我面前那样正经，背了我，同我的未婚夫，到山顶上去幽会……"

俊人抢着道："幽会？你这话也太重了吧？"雪芙道："太重了？一对少年男女，瞒着人到那孤山冷谷里去，无论干什么事，也没有人知道。我说一句幽会，这能算是言重吗？"俊人道："你可不要血口喷人。"

雪芙道："我还是血口喷人吗？我的本意是要当了姑妈的面，把你的黑幕揭破。只因为你一再地追问我，我就不能不说破了。你还要我更详细地把话说了出来吗？"俊人道："这是谁告诉你的消息？"雪芙道："你不用问是谁告诉我的消息。你自己说，是不是到了三叠泉去，是不是她邀着你一块儿去的。我告诉你，连你们吃着什么点心什么水果，我都知道。你们用心也很周到，在牯岭吃过了饭，她先回来，你跑到游泳池去消磨了几个钟头。这样你就以为我看不出你的秘密，现在我怎样知道的呢？你自己说吧，是不是让我揭破这秘密？你不要我揭破这秘密，你得给我一个交换的条件。"

俊人万想不到今天这样的事，会让她知道得清清楚楚。因之，默然地站在一边不加可否。雪芙道："你为什么不给我一个答复？"俊人咳嗽了两声，才答道："我没有什么条件。"雪芙道："你回答得这样干脆，以为我怕你吗？好，你是不怕的。明天我们可以亮亮本事。"说着，扭转身子就向家里走，俊人抢上前，拖住她一只手臂，因道："雪芙，你何必这样，有什么话，可以慢慢地来分辩。但我相信，我能给你详详细细地解释，你一定就明白了。"雪芙虽然被他挽住了一只手，却不肯走回来，但也不走开，因道："你不用解释，我早已明白了。今天你是偶然遇到她的，遇到她之后，就有一个人出主意到三叠泉去。自然，在表面上，你们是去看风景。可是你们心里头，什么念头都转想到了吧。你等着吧，到了明日早上，要瞧瞧我的手腕。"

说着，把手摔开。很快地跑着，就回家去了。俊人追了几步，她已是进了大门。自己并没有那种权利，可以把她喝住，只好眼望她走。她偏是不怕人知道，进了屋了，手扶了门，伸出半截身子来，向他高声问道："现在你说吧，是井水犯了河水呢？是河水犯了井水呢？她和我井水不犯河水？果然吗？好一个会舌辩的人。"说毕，咯的一声，将那门关上了。俊人站在屋外院子里，人是像触了电一样，动不得，也叫不出，只有向着屋子里呆看的份儿。这地方斜看了去，可以看到雪芙所住那间屋子的窗户。

俊人初时没注意到此，后来缓缓地想过来，她的屋子里并没有灯光。没有灯光，就是她到尚太太屋子里去了，不会进自己屋子。那么，今天所有的事，她对着尚太太一齐要说出来。这位自称精明强干的姑妈，肯不作声吗？这样一来，就忍不住了，于是慢慢地走到屋子里去，挨了尚太太屋子门站定。屋子里面人说些什么，一句也不会听到。倒是尚太太先开口了，她道："俊人在外面吗？"俊人只好推了门进去，见雪芙低头坐在床前一张藤椅上，便道："你还没有进房去睡呢。"雪芙的脸色，却是和平常一样地平和，没有一点怒色。俊人说着，也就在她对面床沿上坐下。尚太太道："刚才我听到你两个人又在院子里吵起来，彼此全不是三岁两岁的人，让人听着，多么难为情。"

雪芙架了两腿，颠动几下，淡淡地笑道："难为情？难为情的事还多着呢。不过我的脸皮慢慢地长厚了，我倒不怕人家笑我。"尚太太靠了窗户边一张睡椅上躺着，手上捧了一杯茶，要喝不喝的，将那肉泡眼向雪芙睃了一下，微笑道："俊人跟着你进来，就有些赔礼的意味在内，为什么你还要冷言冷语地说他。"

雪芙淡淡笑了一声道："姑妈，人心隔肚皮，有许多事，你是做梦也想不到的。"俊人听她这样说，只管望了她丢眼色。尚太太望了她道："没头没脑的你说上这些，我倒有些不懂。"雪芙将两只手抱住了右膝盖，却向俊人努了一努嘴道："姑妈说我这是无头无尾的话吗？你问问他。"尚太太向俊人道："刚才你们站在大门外叽里咕噜了一阵，又闹些什么？"俊人两手插在西服裤子口袋里，人突然站了起来，笑道："你老人家信她的呢？"说着，又抬起两手，伸了一个大懒腰，笑道："我去睡了。"雪芙道："你去睡你的，井水不犯河水，我管不着。可是你走了以后，我有许多话要同姑妈说，说出你的毛病来，你可别见怪。"俊人又坐下了，向她笑道："我们两人，真是姑妈说的，像三岁两岁的小孩子一样，好一会子，闹一会子。这态度也太可笑了，你还打算告诉姑妈呢？姑妈哪有这些工夫管我们的闲账。"雪芙鼻子耸着，哼了一声道："闲账？我觉得在我是一本誊清账，今天我们该总结一笔了。"

尚太太将茶杯放下来，对俊人看看，又对雪芙看看，因沉吟着道："你们今天另外有什么事故吧？"俊人笑着摇了两摇头道："没有什么事故。"尚太太倒不追着向他问，却掉过脸来，对雪芙望着。雪芙还是架了两腿坐着的，将身子摇得前仰后合的，微笑道："姑妈，这故事很有趣，你要听吗？假使你要听的话，叫老妈子再泡一壶好茶，让我慢慢地讲给你听。"俊人道："姑妈也该睡觉了，你在这里老打搅做什么?"

　　雪芙道:"我打搅姑妈,又不是打搅你,井水不犯河水的,你多什么事?"尚太太忽然两手一拍,笑道:"是呀,你们两个人闹了一天,老是说井水不犯河水,这是怎么一回事? 我看这句话里面含有什么问题吧?"雪芙笑道:"自然,你老人家,是个有知识有经验的人,无论什么事,还能逃得了你老人家的眼光吗?"尚太太道:"不要打哑谜了。到底什么事? 告诉我吧。"俊人道:"我要同雪芙出去,单独讲两句话,可以吗?"尚太太将她的肥手向他们挥了一挥,笑道:"你两人倒真做得像煞有介事。"俊人这就牵了雪芙一只袖子,要她出去说话,雪芙到底去不去? 这倒是一个关键了。

第十九章

不可忍受终须忍受

尚太太是个老于情场的人，对于男女之间的摩擦情形，哪一个阶段，会发生什么结果，凭她经验所得，大概也都看得出来。在现时朱陈二人那种不时争吵着，有时闹得很凶，绝非偶然。今天晚上，两个人由猛烈的争吵，回到了冷嘲热讽，有点出乎人情。心里也就猜到十分之八九，方小姐在里面作祟的程度是很深了。因之，俊人将雪芙牵出去说话，尚太太心里一动，便也悄悄地跟在后面，绕了一个弯子，由院子里走到雪芙房间的窗子下站定。

这就听到俊人道："你要是这样地误会下去，那我也没有办法。你要我离开牯岭这个要求，我不能答应。因为我对许多人都说过了，要到庐山来避暑的，现在上山不到几天我就要走，那人家会说我没有这福气消受。"雪芙道："你不走，我就走，听你这口吻，那是非逼着我走开不可的了。"俊人道："这是笑话了。我不走，也仅仅止限于庐山上多一个旅客而已，这碍着你什么事，你非离开庐山不可？"

雪芙道："你是装傻吗？我现在不愿看见的，偏偏是让我看下去。我所不愿听的，偏偏是让我听下去。整天整夜地，让我受这不能受的刺激。"尚太太听到这里，以为俊人必定问下去，有什么事刺激了她的。然而屋子里却是默然，约莫有十分钟之久，却听到有皮鞋声在屋子里走着。随后就听到哄嗒一下，有人碰了桌子响。雪芙

195

轻轻地喝道："你走开些，这些虚伪的动作，是我最痛恨的，你不要用这种手段再来对付我。"尚太太不由得心里扑通跳了两下。心想："这样子，她简直是推过他一把的了。"本来不想在这里久听的，心里联想到不要生出什么事故来吧？

因之索性用手扶了墙壁，侧了脸听着。听到俊人道："什么话我都解释过了，你不听。"雪芙道："你这种人说的话能算数吗？我早就说过了，你要我相信你，你唯有把事实来表现。你鬼鬼祟祟的，哪里有一点事实表现给我看？"俊人道："这我没有办法，你出的这个空洞的题目，我没法子做文章。你说要表现事实，我不知道事实要怎样的表现。"雪芙道："哼，你何尝不知道，你是故意装糊涂罢了。那么，我不妨再告诉你一遍。我的意思：要你在我面前很公开地表示出来，你并不爱那个小女人。"俊人道："你这真是强人所难了。我和她是一个极平淡的朋友，根本上无法去加上这一个爱字。我若当了你的面，表示并不爱她，人家不要说我是个神经病人吗？"

雪芙道："哼，平淡的朋友？这一层我姑且不和你辩论。我问你，今天是不是同她去游三叠泉啦？"俊人道："就算一路去游过了，这也不能认为有什么不对吧？"雪芙道："那么，你是承认有这件事的了。我没有问你以前，你怎么不告诉我？"俊人道："在路上偶然碰到一位朋友，同游一处名胜，这也是很平凡的事，为什么我还要告诉你。"

雪芙咯咯地发出笑声来道："这就是你唯一的理由吧？但不必告诉我，也无须保守什么秘密。你为什么事先很守秘密呢？你果然觉得这件事可以公开的，在牯岭街上吃过了饭，两个人就该大大方方地一路走回来。现在你两个人鬼鬼祟祟的，一个先装着没事回来，一个到游泳池去消磨了两三小时，才向家里走。这分明是一种做贼心虚的表现。"俊人道："你可别血口喷人。"雪芙笑道："你真嘴硬。将来犯罪的人倒可以拜你为师，学一学被审问的办法，死也不能把口供招出来。不过现在的法律是讲事实、不讲口供的了。你看看，这是你两个人在酒馆里吃的账单，我也得着了。"

俊人并没有答复，接着又听到雪芙道："你还有什么话说？这绝不能说是我伪造的，也不能说是我拿了人家的账单来诬赖你。你吃了什么菜，你心里一定明白。"俊人还是没有作声。这就听到皮鞋在地板上咚咚地作响，她又接着道："这是我血口喷人吗？这是我血口喷人吗？你没话说了，我就要找人评评这个理了。"

俊人道："评理又怎么样，谁还能治我什么罪吗？我不是奴隶，当然我有我的自由。"这句话说过不要紧，立刻扑咚咚倒了桌椅声，哗啷啷砸了茶碗声，同时并起，尚太太那是再也忍不住了，捶了板壁叫起来道："雪芙，你这是怎么了？"说着，头伸到窗子边来，两手极力把窗户推开。那窗户正是不曾关好的。她这一推，两扇窗户碰了板壁，也是哄咚咚一声响。屋子里两个人倒全是骇得一愣一愣的。

尚太太道："你两个人就像一对三岁的小孩子一样，不分日夜地吵。漫说是你们自己，就是我也有点腻，你们就是这样地吵下去吗？"雪芙道："并非我同他吵，实在是他欺侮我过甚。姑妈，我是不肯说。我要是全说出来，你也会生气的。"说到这里，将嘴连连地撇了两下，立刻两行眼泪就跟着流到了脸腮上。尚太太只得绕了个大弯子，赶到屋子里来，那雪芙脸上的眼泪，更是如泉涌一般地由脸上向下流着。

尚太太道："不是我说你，雪芙，你也有不对的地方。你是个受高等教育的人，怎么成日成夜地总是这样哭哭啼啼地闹着。"雪芙道："你老人家是不知道这里面的内幕，你要是知道内幕，你就不怪我了。你猜怎么着，他……他……他欺骗我，爱上别的女人了。这并不是我吃醋，我为保持我们将来的幸福计，不能让他这样胡闹下去。"尚太太向他看看，又向雪芙看看，微笑道："也许你是多疑吧？"

雪芙道："真凭实据，一点也不多疑。他今天就瞒着我，同他的爱人一块儿到三叠泉去玩的。"尚太太向俊人道："真有这事吗？"俊人两手反扶了桌沿，撑住自己的身体，低了头，看了自己的脚，却把脚尖在地面上画着。尚太太道："雪芙，不要闹了。现在天黑了，吵狠了，把邻居惊动了，老大的不便。有什么话，明日白天再说，谁不好，我就说谁。就算俊人真有同女朋友出去游玩的事情，在恋爱学上说，那还是初步，不难于纠正的。"

雪芙听到胖姑妈谈起恋爱学来，忍不住嘴角牵动着，要笑出来，立刻板了脸道："我真不是闹着玩。姑妈，你是知道我的。差不多的事，我真看得破。这次实在叫我忍耐不下去了。"尚太太道："这样说起来，你已经是忍耐多次的了。多的日子你也忍耐过去了，何争这一晚？"

雪芙道："姑妈真肯在我和他之间，做一个评判员吗？"尚太太道："这是我当然的义务。你们二人是我的晚辈，在眼前，你们又没有第二个长辈，我不说，谁说呢？"雪芙道："好吧，明天我请姑妈来评这个理，今晚上我不说了。俊人，你有什么话说？"俊人当她两人说话，始终是守着缄默的。现在雪芙指明了来问，只得抬起头来道："我并没有什么错处，无论请谁评判，在什么时候评判，都可以的。"

雪芙点点头道："好的，只要你肯说这种话，这事就好办了。明天吃早点的时候，我们再谈吧。今天你跑了一天的路，该休息了，你请便吧。"俊人虽然觉得她话中带刺，但是暂时离开雪芙也好，免得在这里受她的闲气。于是向尚太太点了个头道："姑妈，我暂时走了，还有什么指教的吗？"

尚太太道："我倒不用指教你，你们这位非洋伞能少说你两声，那就得了。"俊人向雪芙望了道："你还有什么话说吗？"雪芙道："我要说的话多着呢，你等着吧，明天再说。"俊人向她笑了一笑，也就回卧室去了。尚太太怕雪芙一个人坐在屋子里会想得发痴，这就坐在她屋子里，很陪着说过了一番话，然后回房去。而且在她当面说着，一定说俊人一顿，不许他再胡闹下去。雪芙听说姑母肯出来撑腰，料着可以打个胜仗。加之俊人在姑妈面前，向来有点胆怯的，明天早上，这一顿谈话，也就够报复今日之仇了。

她心里存下了这样一种思想，便是静等第二日早上来到了。不想到次日早上八点以后，饭厅里只有自己和尚太太，俊人并不曾列坐。心里这就想着，他必然是心里胆怯，不敢来。然而既要报复，绝不因为你不来就算了的，等着吧。因之坐在桌子边，尽管和尚太太说闲话，对于昨晚上的事，一个字也不提。尚太太心里也想着，夫妻无隔夜之仇，他们虽然还没有成为夫妻，可是年轻的男女常在一处，什么事做不出来，也许他们的亲热程度，还在成了夫妻的人以上呢。那么，他两人昨晚虽争吵了一顿，也许隔过一夜，也就讲和了的，同他白操心干什么？所以尚太太也是不理会，自喝着茶，同雪芙谈心。

直到九点钟的时候，还是雪芙有些忍耐不住了，就皱了眉头说道："咦，他怎么还不出来？"尚太太道："他昨天闹得太疲劳了，今天又很凉爽，所以睡着不知道醒。王妈，你去请一请陈先生，你说我们等他吃点心呢。"女仆答应去了，雪芙也就开始预备着，见了他要说几句什么话。只有五分钟的工夫，王妈匆匆忙忙地跑回来说，陈先生不在屋子里，早已走了。

尚太太道："早已走了，你怎么早不说？"女仆道："天刚亮的时候，陈先生是出来过一次的，我想不到他就这样走了。"雪芙对于这话倒像受了一种很大的冲动，这就红了脸，向女仆问道："你再去看看，带了什么东西走没有？桌上放下了什么信没有？"尚太太微笑道："你这孩子也是神经过敏。难道俊人还会逃走吗？"雪芙道："那是没有一定的。你想他做出了这样没有面子的事，我们当面质问起他来，他有什么法子答复。"尚太太道："那也不至于为了躲开你的质问，就要逃走吧？就算你把他质问倒了，你还能将他怎么样吗？"

雪芙道："虽不能把他怎么样，然而他那种欺骗人的面目，让我们揭破了，他是在我们面前坐不住的。姑妈，你要知道他欺骗人的那一种事实吗？"她说话时，女仆又来了，尚太太就连连地向她丢了两下眼色，回转脸来向女仆道："没有带走什么东西，也没有留下什么信吧？"女仆道："全没有。"尚太太挥了两挥手，让她走开，然后掉转脸来对雪芙道："这件事，你现在可以收了篷了，他都躲着你呢。我相信在他自己惭愧之下，你再用点手段去感化他，那他就一定悔悟过来，绝不变心了。"

雪芙道："他变心就变心好了，我对他不会有一点留恋的。只是怕家庭同社会两方面，对我不能谅解，这是需要姑妈出来证明的。"尚太太笑道："不至于，不至于，大概吃中饭的时候，俊人是不会回来的。到了吃晚饭的时候，他总要回家的。到了那个时候，你千万不要作声，我自然会开口说话。理由不理由，放在一边，就是凭我姑妈这一个老长辈的面子，他也不能不让我三分。据我看来，他肯躲开你，那就是有些胆怯。他一胆怯，这事就好办了。"

雪芙听说俊人不在家，已是英雄无用武之地，加之尚太太又说，有她出来做主，这事情也就有三分转头的希望，也不必对尚太太说什么强硬的话，徒然遭尚太太的不欢喜了。当时默然地喝茶吃过了点心，就拿了几本书到屋子里去看。但是只看到三页，心里头一件屡次要办而又未办的事，实在忍耐不住了，这就把女仆王妈叫到屋子里来，低声向她笑道："你去到方家瞧瞧，看方小姐在家没有？可是你见着她，千万不要露一点口风，只当是为了别事去的。若是方小姐不在家，你可以打听打听，她是什么时候出去的，立刻回来告诉我。"

王妈道："不用打听，方小姐在家，我看见的。"雪芙道："你再去看看也不要紧。她先前在家，也许现时不在家。"王妈虽觉得她所说的，是多事的要求。可是小姐的命令，如何可以违拗得过，只好撇了嘴走出去了。过了一会儿。王妈回来报告，方小姐没有出去。雪芙道："她虽没有出去，你看她有出去的样子没有？"王妈微笑道，摇了两摇头道："这个我就看不出来了。"雪芙道："有什么看不出来？"她若是换了衣服，梳光了头，脸上扑了粉，那就是要出去的样子。"王妈道："对了，头发她倒是梳了，换了一件新的花褂子。"雪芙道："我说怎么样，没有猜错吧？你留点神，若是看到她走开，你就来告诉我。"

王妈答应着去了，雪芙在屋子继续地看书。可是不知道什么缘故，这颗心总是按捺不下来。向门外看了好几回，王妈还没有来回信。忽然心里一动，那俊人屋子的窗户，不就是对着后进的出路吗？到那里去坐着看书，谅她飞不过去。如此想定了，赶快拿了几本书，就跑到俊人屋子里去。果然地，在这屋子里，是看不出什么痕迹来的。俊人床上的被褥，是叠得齐齐整整的。书桌上的书，一本不乱地分着几叠。和平常一样地摆在桌子半边，什么都不曾少却一项，显然是俊人还要在这屋子里用这些东西。他既然没有要走的意思，那是让自己慌张的心事，且先稳定起来。便把牙齿咬住了下嘴唇，对窗子外面点了两点头，而且是微微地笑着。

在这窗子下面，原有一张藤制的睡椅。平常俊人不出去，他就是躺在这椅子上的。雪芙从容不迫地，也就在椅子上躺下，两手捧起书来看。当她两手捧着书的时候，眼睛是做一直线地看去。这就看到后方的屋门，正对了这里。而且同时看到一张雪白的脸，张望了一下。这张雪白的脸，那是不必费脑筋去怎样的猜索，就知道是谁的，这真是俊人一件高兴的事，怪不得他有时整天不出去，都在这里看书。以前总以为是他用功，如今看起来，他这用功的原因，是并不在书本上的了。雪芙只在这样的一抬眼之下，心里平添了许多事故，手里所捧的书本子，就不觉慢慢下垂，直落到怀里去。两只眼睛，好像两盏反光灯，直射到静怡小姐的出路上。她心里也好像是在那里说："我在这里守着你，无论你到哪里去？"也难逃我的法眼。她这样坐守着约有一小时，静怡并不曾出来。她以为方小姐绝不敢出来了，脸上随着带了一点笑容，以为总算打了一个小胜仗，于是捧起那本书，又看了起来。

不多大一会子，却听到窗子外有人叫道："密斯朱，今天怎么在家里坐着不出去了。"雪芙放下书来，向窗子外看时，只见静怡站在人行道上，笑嘻嘻的，手里拿好了一把花绸伞当了手杖，在地上撑着。身上穿了白绸紫葡萄点子的长衫，被风吹着，只管把大襟飘荡起来。看她鬓发，微微在脸腮上吹动，也有点飘飘欲仙之致。在她这种情形之下，自然是没有一点怒容，也没有一点戚容，笑嘻嘻地，半侧了身子看来。雪芙脚上正穿了皮鞋，恨不得就是一脚尖，把她踢出去十丈之外。可是人家笑嘻嘻地看了来，又不能把脸子板着，只得放下书站起来道："天天出去玩，也没有意思，我耐性在家里要看两天书。"

静怡笑道："这样说，我们两人的情形正正相反。那些日子，你天天出去玩，我就在家里看书。现在我要出去玩了，你又在家里看书。"雪芙的心房，随着她这话，不免乱跳了一阵，强笑道："也应该这样。在庐山上的户外生活固然要试试，就是户内生活也不得不尝尝。"静怡笑道："那么，你不出去了，我有偏了。"说着这话，笑嘻嘻地向外面走了去。对于她这种态度，雪芙除了安然忍受，可没有一点办法。手里拿着书，对了她呆呆地望着。虽然她的后影，已经出门去很远，看不见了，她还是在这里站着。忽然把书一丢，像想起了一件什么失落的东西一样，赶快地就向门外跑了去。

走到大门外，看见那位小姐顺了大路，已是走到很远的地方去了。她把那花绸伞张开了，扛在肩上，只管转着。看那情形，那是得意极了。雪芙看了一会子，不由得向地面上吐了两下口沫。瞪了眼，自言自语地道："你这种丑态，在我面前摆弄什么？总有一天，我宣布你的丑状。哼！"她说这话时，把头向去路点着，表示了着实的样子。她呆呆地在门外站着足足有半小时之久。还是女仆王妈悄悄地走到雪芙身边，轻轻地叫道："小姐，你站在这里不累吗？我给你搬一张凳子来坐吧？"雪芙道："我要出去，你去给我把伞同手提皮包拿来。皮包在小箱子里，我这里有钥匙。"说着，在衣袋里掏出了一小串钥匙，交给女仆道："快点去给拿来。"女仆也不知道她这是什么意思，立刻放开步子走进屋子去。

雪芙却把手扶了门框，并不移动，静静地等着。过了一会儿，王妈来了，尚太太也来了，老远地站着，就向她望了望道："你这是什么意思？难道你要去追他们？"雪芙道："他们是谁？我又要追谁？"

尚太太道："你追谁？你心里明白，还用得着我说吗？我劝你不要小孩子脾气。"雪芙道："我也没有什么意外的表示，姑妈怎么说我是去追人？"尚太太道："当然是追人。我是你姑妈，平常你有什么不对的地方，我就可以纠正你的错误。现时你跟着我在一处过活，我就是你的母亲一样。你有什么不对之处，我当然可以管你。"

雪芙手扶了门框，把头低下去，很沉思了一会子。尚太太道："好孩子，你听我的话，还是回家去坐着看看书吧。多的时候你也忍耐着过去了，何争乎这一天。"说着伸手将她的手胳膊扯住，笑道："有什么话，到家里去说吧。老站在这里，也不是办法。"雪芙叹了一口气，垂着头同尚太太一块儿进屋去。将手提包同绸伞，全扔在桌上，自己向藤椅子上一倒。把两只脚向前一伸，把两手伸出来，环抱了自己的头，微微闭了眼睛。尚太太道："你这孩子胆大心粗，做事也不考量一下。假使你真的追到了他两个人，你打算怎么样？"

雪芙道："我自然要质问他一个究竟。"尚太太道："那还用得着质问吗？他们就说是一块儿出来玩，这也不见得是什么犯法的事吧？"雪芙道："我也不说他们犯法，我要把那小女人的脸皮撕破，把她的真凭实据抓到我手里，看她还有什么话说？"尚太太把一个食指指点了她道："我说你这孩子傻了。到了那个时候，她还怕你宣布她的秘密吗？你宣布了那就更好，他们索性公开的联合战线来对付你。到那个时候，你还是强硬到底呢，还是妥协呢？"

雪芙忽然立起来道："自然是强硬到底。"说时，挺着胸脯，还

204

把脚顿了一顿。尚太太道："你愿意强硬到底，那就更中着了他的计。他简直地宣布和你解除婚约，他们大大方方地结合起来了。那个时候，也许给你来一封请帖，索性气你一气呢。"雪芙道："照你这样说，我就是这样忍受下去吗？"尚太太道："你是没有念过线装书。孔夫子说得好，小不忍则乱大谋。那话怎么说呢？就是说，你一点小事也忍耐不下去，你那远大的计划，就要破坏了。我总比你大几岁年纪，经验比你真要多，你想想吧，我这话对不对？"

雪芙道："假如我愿意和他决裂，我早就和他决裂了。也就因为怕抓破了面皮，彼此不好看，一再地隐忍。不想到了现在，他们越来越接近，简直闹得不像话。刚才那小东西出去，故意在我面前慢慢地走过去，笑着问我是不是出去玩？她有心气我。"尚太太道："她气你，你不受她的气，那才对。现在你气得昏天黑地不知道自己一条身子在哪里，可是人家高高兴兴手挽手地游山玩水去了，你这一气不是太不值得吗？"

雪芙道："所以我要跟着追了去，看他们是怎样的玩法。"尚太太道："那还用得着问吗？你当年同俊人恋爱的时候，是怎样的玩，他们就是怎样的玩。你若不追究，在女人一方面，少不得还要搭一点架子。你追究得厉害了，女人一方面，就要向男人这边将就了。那也就是为着她把男人抓住了，你就落空了。你的手腕，是应当也把男人抓住，不让她拉过去。在恋爱场上，女人吃醋吃得打翻了醋缸，那是最拙劣的手段。不是你姑妈倚老卖老，这样的事，你应该向你姑妈学学。"说时，眯了两只肉泡眼嘻嘻地笑了起来。

雪芙噘了嘴，将身子一扭道："什么时候？你老人家还忍心同我开玩笑。"尚太太道："你以为我是开玩笑吗？其实把这话认为正当的手续，也未尝不可的。"雪芙道："姑妈，你自小儿看我大的，你总也知道我的脾气。我是认为人格的修养，比任何事件都要重大的。若是像那小东西一样，用那种狐狸精的手腕去迷人，我是死也不愿干的。"

尚太太听说，不觉是脸上一红，透出很难为情的样子。接着便道："你这孩子说话，真是没轻没重。听了这话，好像我做姑妈的，是在叫你当狐狸精迷人。好吧，你们以后的事，不用来问我。无论闹到了什么程度，我也不管。"说到这里，她也板着脸。手边茶几上，放有一叠报纸，顺便就摸起一张来看。雪芙不想到姑妈也给脸子看，把头低下去，默然地坐着，也是好久没有言语。偷看尚太太两回，见她始终是板了脸子，捧了报看，这就起身走到她椅子边，将两手搭在肩上，把脸就着她耳朵边，向她低声笑道："姑妈，你真生我的气吗？你老人家要知道绝不是我生你的气，我心里的怒气郁塞着。就是天空里有一片云飞过，我也要和它瞪眼睛。何况你老人家教训我，正是我不愿听的话，我怎样不着急呢？可是我仔细地想想，还是我错了，你老人家所说的，那都是好话。"

她絮絮叨叨这样地说着，尚太太好像没有听到一样，依然捧了报在手上看着。雪芙索性把脸贴住了她的脸，笑道："你老人家真生我的气吗？那不行，哼！"说时，在尚太太胖脸泡上亲了一个吻。尚太太忍不住笑了起来，身子一扭，抬起一只手来笑道："你还没有法子对付人吗？连我这样一个老太太，都没奈你何呢。罢，我不生你气了，你好好儿地坐到那里去。到了晚上俊人回来了，我自然会替你做主。你只要听我说话，我一定替你把这个交涉办胜利了。"雪芙道："只要姑妈能保险，我一定听你的话。"尚太太还有什么顾忌？自然地就答应保险了。

第二十章

黄莺斗舌之时

尚太太所可以保险的，她以为她是个老长辈，她说出来的话，俊人爱听是听下去，不爱听也得听下去。在这种情形之下，自己痛痛快快地说上一阵，可以畅所欲言地，把他劝上一顿。假使俊人不肯向下听，就正颜厉色地说上他几句，料着他也不能反抗，这就是自己的胜利了。至于三角恋爱的局面，尚太太料着不是三言两语所能解决的。那也用不着抢在一晚给他们解决，这只有缓缓地给他们解劝就是了。

她有了这样的计划，自料是不会失败的。不想直到这天吃过晚饭以后，俊人还不见回来。不但是尚太太着急，雪芙也有些着急，这就跑到尚太太屋子里来，向她道："姑妈，我们胜利了，俊人他含羞带愧下山去了。我们在庐山上舒舒服服地住它一个月吧。"尚太太向她脸上望着道："什么？他走了，你倒很快活吗？"雪芙道："为什么不快活？他在这里，天天吵闹，把到山上来的这一点乐趣，完全弄个干净。"尚太太道："你也应当负些责任。你不找他闹，他就能找你吵闹吗？"

雪芙道："我虽然和他吵闹，然而我对他没有一点恶意。也许为了我和他吵闹，才见我对他意思的真诚。"尚太太笑道："是啊，无论哪一个人，眼见她的情人要被人夺去，那是很伤心的事。假如遇到这样的事，还不伤心，那她对于她的情人，也太淡泊了。"雪芙噘了嘴道："姑妈，人家和你谈正经话，你又来打趣我。"尚太太笑道："我怎么是打趣你，我这也说的是实话。假如你要否认我的话，请问你，还管他什么呢？他和小姐在一处走路也好，和太太在一处走路也好，仿佛他是和男朋友在一处混一样，你何必去担心。"

雪芙在衣袋里抽出了一方手绢，两手只管拨弄着。尚太太道："你去睡吧。大概今天晚上，他是不会回来的。就算回来，夜已深了，我还能够找他谈判什么吗？"尚太太只管絮絮叨叨地说着，雪芙却像没有理会，偏了头，侧耳向外面听着。她是和尚太太邻坐在一处的，这就伸手轻轻地拍了尚太太的手道："姑妈，你听你听。"说着，又低低地道："那小女人也回来了。"尚太太始而还没有领悟到她说的小女人是谁，后来也跟着她的样子，向外面静听了一会儿，原来方静怡小姐回来了。便也随着她静听下去，她可是很机警，除了向尚太太连丢了几回眼色而外，又向她摇了几下手。尚太太当然是比她知道的更多，只微笑着点了两点头，并没有答话，那正是怕说话打了愤。

这就听到方小姐同人说话，由大门口一路说到院子里面来。她道："到海会寺太远了，一天赶不回来，留着下次再去吧。我们今天是走了去的，没有坐轿子。游山要坐轿子，那就很减少兴趣。走起来，你倒要听轿夫的指挥，顺了大路，一径地走，你要看到什么小景致，想留恋一下，那是不可能的。"她说话向来是轻言细语的，现在所说的话，却是嗓音很大，好像是故意让这边屋子里人知道似的。直到她把话说得远了，雪芙道："姑妈听见没有？俊人今天出去，是同那小女人一块儿玩去了。不知道他们游的是些什么地方？"

尚太太笑道："反正他们是一块儿玩就得了。无论游什么地方，那有什么关系？"雪芙道："我也原不管他们游什么地方，可是……

可是……我也不过白说一声。"说毕，微微地一笑。尚太太笑道："你这孩子，口口声声，是要和俊人决裂，实际上却是一刻儿工夫也离不开俊人。"雪芙笑道："我干吗离不开他，我们也不是生下来就在一处的，为什么我要离不开他？"

尚太太点着头，微微地笑道："好处就为你两人不是生下来就在一处的，偶然凑合到一处，才难舍难分。你相信不相信？我这可是经验之谈。"雪芙将身子一扭道："你瞧，姑妈说的这些话，我不要听了。"说着，把身子一扭，走了出去。尚太太以为她是到自己卧室里去了，倒也没有理会，可是雪芙并非回卧室去。她开了屋子门，径直地就向屋子外头走了去。在院子里站着，抬头看了一看天空，见后山隐隐的影子上面，铺着很繁密的星点。这显着夜是多么的沉寂！可是在山下的灯光，却映着屋子外的树林，大半边全敷上了金黄色的光，那正是方家一家人坐在灯下夜话，兴致甚豪。雪芙对那打开了窗户的屋子，出了一会儿神，然后就情不自禁地，对了那灯光，一步一步地走将过去。到他们说话的那间屋子，还差着两层台阶了。雪芙就背了两只手在身后，半偏了头，向里面听了去。听到静怡笑道："我发了一个心愿，要把庐山上所有的名胜，一一全都逛到了。"

方先生插言道："你总是这样，一个人悄悄地就出去了，我要和你做伴也巴结不上。"静怡道："叔叔早上是尽睡。到了晚上，可又到朋友家里打牌去了。一打就是通宵，叫我怎么样陪你出去玩？"方先生道："这几天同你出去玩的，就是那卫小姐温小姐吗？我今天下午，看见她们在松林路走着。"

静怡道："我邀着做伴的，是另外几个同学，不是她们。"雪芙偏偏是听到这样几句不爱听的话，不由得心里卜卜乱跳。也不知道什么缘故。嗓子眼里痒起来，只是要咳嗽。虽然将手握住了嘴，无论如何，也按捺不住，只好放开嗓子，咳嗽了几声，然后高声问道："方伯母，没有睡觉吗？"方老太在屋子里答应道："没有睡，我们正聊天呢，快请进来坐。"雪芙推门进去，却见他一家人斜斜地对了桌子坐着。桌子上，除了茶烟而外，还有两个磁碟子，盛着瓜子和葡萄干。便笑道："对了，在庐山上，也用不着乘凉。可是早了又睡不着，在屋子里喝喝茶谈谈天，那是最好不过的了。"

静怡虽然在她进门的时候，便站起来了，可是她并不说什么，只是对别人微微地笑着。方先生笑道："我们谈天，正愁着没有题目。朱小姐来了很好，出个题目，大家谈谈吧。"雪芙笑道："我老远就听到屋子里谈得很热闹的，怎么说是没有谈话的材料。"方太太已是将身边那张椅子，轻轻地拍了两下，笑道："坐下来吧，我觉得谈谈天，那比赌钱下棋，都更有味些。"雪芙倒不便过拂了方老太的意思，就在她指定的椅子上坐了下去。在这下手就是静怡的座位。看她牵牵衣襟，两手微按了大腿，把身子挺了，这就答道："方小姐，今天在外面游览了一些什么地方？"

静怡笑道："前天是黄龙潭，昨天是三叠泉，今天是舍身崖。朱小姐怎么不出去玩？"雪芙道："我倒也想出去玩，只是找不着伴。一人游山玩水，本也没有什么不可以。可是在山上游览，非同寻常。何况庐山上又多雾，一个人走山路，不大妥当。方小姐游山，没有伴吗？"静怡道："有的。"她这句话答复得很干脆，而且嗓音还不小。雪芙见她脸上带了很高兴的样子，而且说着一点头，这里面显然有点骄傲的意思，也淡笑道："这游伴也应当看看是怎样的人吧？不当邀的人，固然是不能邀了来。不合口味的人，不合身份的人，也不当邀了来。"

方先生插嘴笑道："邀一个伴，还有什么身份问题含于其中吗？"
雪芙道："那当然是有的。"她说着学了静怡的样，也是笑着一点头，
表示她很得意。静怡只当没有看见，并不怎样理会。方太太道："朱
小姐这话，是普通地指着说，我倒认为很对的。许多青年男女，都
为了交朋友交得不好，吃亏不少。"雪芙道："交朋友也真难，交了
那种外君子而内小人的人，说起来和你是怎样的知己，其实他不和
你交朋友，井水不犯河水，倒没有什么。可是一交朋友之后，你真
会吃他的大亏。唉！"说到这里，很快瞥了方小姐一眼。

　　方小姐斟了一杯茶捧在手上喝，她一点也不觉得朱小姐的话，
有什么严重性。方太太倒很赞成这话，连点了几下头。方先生口里
衔雪茄，笑道："听朱小姐的话，倒好像有点感慨似的。照说，你们
当小姐的人，是不应当有感慨的。"雪芙笑道："方先生，你以为不
投身到社会上去做事的人，就不会感到烦恼吗？那是你错了。我想
着，一个人自娘胎里落地以后，同时，烦恼也就跟着一块儿来。方
小姐，你觉得怎样？"说着，偏过脸来，向静怡望着。

　　静怡微笑道："这是涉及哲学问题的事，我可答复不上来。"雪
芙鼻头子耸了两下，有一个哼字，忍在鼻子里，没有说出来，也点
着头笑道："方小姐是个得意的人，当然不知道人间有什么烦恼。可
是你总会有那样一天，要尝到烦恼这两个字的滋味的。"静怡笑道：
"我不敢说永久没有烦恼的事，不过我这个人相当的达观。将来遇到
了烦恼的事，我总看破一点，纵然烦恼，我也比别人好些。"雪芙顿
了一顿，也起身斟杯茶喝，接着问道："方小姐，你是个好学生，一
定爱惜书的。除了书之外，你还喜欢什么？"

　　静怡道："我大概喜欢花，我在北平，家里有大大小小许多盆
景，差不多都是我买的。"雪芙道："这就很好，我有一个譬方了。

譬如有人把你所最爱的一盆花偷了去了，你的感想怎么样？还是舍不得呢，还是并无所谓？"她说起这话来的时候，两只眼睛，像两支飞箭一般，向静怡脸上看着。

静怡笑道："虽然舍不得，东西已经走了，有什么法子呢？只怪我没有这福分消受吧。"雪芙笑道："你倒真是想得开。假如你捉到了那个偷花的贼，你应当怎样呢？"静怡道："天下的东西，天下人享用，这并没有什么了不得。即使那个人偷花，也算是个雅贼，而且是我一个同志。偷去之后，他必能爱惜我的花，我就送给他吧。"雪芙笑着点点头道："方小姐真是大方，我很佩服。不过天下人都像你这样，那就没有专爱了。"

方先生坐在一边，口里喷着烟，微偏了头，向两位小姐脸上望着，只管注意着她们的态度。在他两只眼睛藏在眼镜后面转动着的时候，他脸上还带了一些微笑，直待雪芙说到了没有专爱这句话，这就插嘴笑道："好啦，这问题越来越扩大啦，涉及爱情问题了。"静怡道："叔叔可别胡扯。"

雪芙微带了笑容道："涉及爱情问题，也不要紧。只要是用光明正大的态度出来研究，倒也是青年男女应当知道的一件事。若是表面上怕害臊，背地里倒实实在在地去体验起来，那就……那就……不好。"她自己也似乎觉得又言语太切实了，不能把话径直地说下去，所以吞吞吐吐的，最后，只好说出不好两个字来结束。

方先生点头道："朱小姐真算得是快人快语。能持着这样的态度去对付爱情问题，我敢说决不会失败。所以朱小姐同陈先生两人感情很好，这大概是研究的结果，体验了出来的。"雪芙微笑道："我不否认方先生的话。"说着，一伸手搭在方静怡的肩膀上，轻轻拍了两下，微笑着道："密斯方，你也体验过没有？"

静怡看她脸上虽带了很深的笑容，然而在笑的里面，隐藏了一种很深刻的讽刺意味。要否认她的话，她今天大概是来意不善，必然接着向下说去。要承认吧，当了母亲叔叔的面，说是自己有爱人了，这个问题够重大，自己得考虑考虑一下。这样考虑过很久之后，就向雪芙笑道："这个你何须问。你是一个很聪明的人，你只看我为人，你就明白了。"雪芙拍过她几下肩膀之后，又在她脸腮上轻轻地掏了一下，笑道："密斯方看去斯斯文文的，让人真摸不着她的深浅。你就听她答复人家的问题，又是多么巧妙。方伯母，你们小姐也有这大的岁数了，还不应当给她找一位姑爷吗？"

　　方太太向她笑道："现在这年头，婚姻有父母做主的吗？朱小姐，你的婚姻，是不是你们老太爷老太太拿的主意呢？"雪芙道："那可以说是半由父母，半由自己吧。因为婚姻虽然是我自己做主，但是我家庭始终参与着这件事的。"方太太点点头道："这样就好。做父母的人，虽不必干涉子女的婚姻，但是究竟年纪大些，见识多些，在观察对方的时候，可以拿出一点意见，给子女做参考。"

　　雪芙将手又拍拍静怡的肩膀道："听见没有？可别瞒着伯母。"方先生把嘴里衔的雪茄烟取出来，弹了两弹灰，因笑道："朱小姐今天颇为兴奋，有什么事得意吗？"雪芙道："得意？失意则有之吧？"她说到这里，脸上颇带了三分惨容。静怡道："不要谈这件事了。我们谈话，是解闷心，尽管谈这些问题，并不怎样有趣。"方太太道："朱小姐，吃点瓜子。"说着，起身在碟子里抓了一把瓜子，送到雪芙手上。雪芙左手心托了瓜子，右手两个指头钳住了瓜子，送到嘴里，用四个门牙，缓缓地嗑着，眼睛在眼睫毛里转动了几下，然后**把两只脚放在地上，不住地颠动着。**

看那样子，她分明是在想着心事。她嗑过一个，又嗑一个，还是保持着那个态度。方先生叔嫂两人，倒在她沉静之中，很谈了几回家常话。静怡却站起来了笑道："密斯朱，你会吹口琴吗？"雪芙道："我虽然会吹口琴，可没有你吹得好。"静怡笑道："你没有听到我吹过口琴，你这种夸奖，没有诚意。"雪芙道："我没有诚意吗？我对任何人都有诚意的。我曾听到你吹笛子，吹得非常之好。由此类推，我想你的口琴，一定也吹得很好的。"

静怡道："你听见过我吹笛子吗？"雪芙道："听见过的。不但我听到的，而且俊人也听到的。据他说，你吹得非常之好。就是前两天的事吧。你问我会吹口琴是什么意思？"静怡道："咱们坐在这地方，也很是无聊，我们拿了口琴到院子里去吹，不好吗？"雪芙道："我的口琴不在身边，外面黑漆漆的，到那里去什么意思？"她说着话，顺手一把，可就把静怡的手胳臂握住，笑道："偏不许你走，我要留着谈谈。"

静怡道："谈谈也可以，但是你所谈的话，我不要听。"雪芙道："我可不然。越是心里的事，越是爱听人家谈。我要有了什么不对的地方，听了人家的话，我好改正我的错误。"静怡有点不能忍耐了，不免把眉毛皱了起来，向她望着道："据密斯朱这样说，好像我也有什么错误，需要你来指明。那么，我就请教吧。"说到这里，把脸子板了起来了。

雪芙虽然带着一股子勇气来的，可是自己既不曾一口气把要说的话说出来，那一股子勇气，也慢慢地降了下去，现在要重新鼓起勇气来说，不知是何缘故，竟是有些不可能。然而静怡已经是把面孔板起来了，自己至于碰她一个钉子，这才犯不上呢。便笑道："别的话可以说，人家的错误那可不能随便说的。譬如这两天你出去游览，也不知道邀着一些什么朋友在一处？就是伯母，也不知道你和谁在一处。"

静怡淡淡一笑道："那么，朱小姐是来打听我这两天同谁在一处玩了？对于你，我本无说出来之必要。可是我要不说出来，倒好像是有什么秘密。同我去游山的人，就住在我们这对过，假如你要认识他的话，我可以从中介绍。"

雪芙倒不想她会说出这样的话来，若果然要她介绍朋友，她随便指出一个人来。到了那时，你是承认着自己干涉人家交朋友了，那岂不是一个笑话？因道："我不过是这样譬方着说，至于方小姐同哪个去游山，我管得着吗？"静怡笑道："朱小姐将来一定可以做政治运动，问题拿到了手上，倒是能发能收。一个人就是怕把问题拿到了手上，只管去做发扬的文章，不能够收拢。现在朱小姐原来把话说得很直率，让人听着，实在有点严重。现在朱小姐说是不过一句玩话，那就一天云雾，都已过去，不必谈了，你再来把瓜子吧。"说着，在碟子里抓了一把瓜子塞到雪芙手上。她还怕雪芙不肯轻易地接着，托起她的右手掌，让她好接着。

雪芙见方先生半偏了身子，口里只管喷出烟去。方太太两手按了膝盖，正端端地坐着，你说她不生气，分明是一个生气的样子。你说她生气，她脸上可又没有什么怒容。这就向大家一点头笑道："我胡说八道，在这里打搅了半天，明天见吧。"她说完了这句话，手拉开了屋门，径自走了，只有静怡送到了门口，方太太只是在屋子里说句再见而已。

雪芙径直地向自己家里走来，好像是要和人家绝交的样子。直待已经手扶着自己家里的门了，这才向后面院子里看去。静怡已是走向屋子里去了，这且不开门，回转身来，轻轻地移着步子，走到他们院子里再向下听去，老远地就听到他们屋子里欢笑声闹成了一片。于是手扶了一棵树干，头微低着，静静地把耳朵注意起来。只听到静怡笑道："这个人要不是有神经病才怪呢。你瞧连损带骂，把我说了一阵子。我有什么事得罪了她吗？这可真怪。"

方太太道："我想着也是有些不解，莫非你约好了同她一块儿出去玩，后来又没有带她去，所以她不高兴吧？你这孩子，说话老是不留神。说话的时候，因话答话，约好了同人家一块儿去，也是有的。这话并没有向心里搁着，你是只管走你的。"静怡道："没有没有，我是想着人家好意招待咱们在这里住，咱们总得对人家客气一点。虽然她损了我一顿，我也没有什么了不得的罪案，至多是一个做姑娘的好逛罢了。她今天是没有再向下说，再向下说，我一定给她下不来。她以为咱们白住了她亲戚的房子，就应该损咱们。那么，咱们明天找旅馆搬家吧。"

方先生道："这位姑娘的性格，我看出来了，是个好高的人，任什么事也不许人家赛过她。你和她在一处的时候，少不得有人多夸赞你两句。她听到了有点不愿意，就引出了她的醋劲，往后彼此少在一块儿，也就完了。"方太太道："静怡这孩子，同什么人也有个缘儿，就是这位朱小姐，老有点不大投机，这是什么缘故？我倒也有些不明白。"

雪芙在院子里只是发抖，有意向屋子里冲了去，向他们质问两句，可是自己并没有一点把握。假如俊人今晚在家，那就拼命，也得把他拖到方太太、方小姐对面，公开地对质两句。到底谁是君子？谁是小人？现在俊人还不知道藏在什么地方，怎么可以胡说。他们来个死无对证，反咬一口，那才不合算呢。

雪芙想了一想，越是没有了主意。后来听到他们屋子里哄然一

216

阵大笑，自己才醒悟过来。莫非他们又看到自己站在这里发呆吗？定神向那屋子里张望一下，倒也没有什么可以见疑的，依然是放轻了步子，慢慢儿地向家里走。心里可就想着，自己原是要来找人家的短处，结果呢，自己像贼似的，倒几乎让人家抓了短处去了。她这样想着，走回了自己的屋子去。说也奇怪，只把房门一掩，心里头那股子委屈劲，怎么也忍耐不住，立刻两汪眼泪水，像抛线一般地，由脸腮上滚着。伏到床上，两手把枕头拖过来，撑住了自己的脸，这更觉得心里的酸楚，不发泄一下子不行，放开嗓子，呜呜咽咽大哭起来。

　　一哭之后，声音就收不住了。在这样夜静，尚太太的屋子又离着不远，自然听得很清楚，她悄悄地披了睡衣起来，走到雪芙的门口，轻轻地敲了两下门道："喂，孩子，你又在发哪种傻脾气了？"雪芙只管伏在枕头上，呜呜地哭，哪里去答话。尚太太道："你到底开门让我进来瞧瞧，老哭些什么？"雪芙还继续地呜咽着一阵，便道："姑妈，你去睡吧，我不哭就是了。"尚太太又继续地拍了几下门，里面没有答应，也没有哭。尚太太道："好好地睡吧，不要小孩子脾气了。等明天俊人回来，我替你做主就是了。"雪芙觉得自己和人家舌战打败回来，这是十分丢面子的事情，老哭着也是无益。于是擦擦眼睛坐了起来，也就打算开门到尚太太屋子里再谈天去。就在这个时候，呜哩呜哩一阵笛子声吹了起来。起初还以为是静怡得意起来，吹笛子庆祝胜利。后来随了这笛子，配着女子的歌声。这里除了方小姐，还有谁唱歌？这可见得不仅是方小姐一个人快乐，在方小姐以外，他们家里还有快乐的。咬着牙齿，不由得将手轻轻地在腿上捶了两下，那意思自然就是借了这个动作，发泄发泄自己胸中的苦闷。

可是不多大一会子，那笛声歌声，由远而近，简直地吹到窗户外边来了。闹了一会子，笛声同歌声都停止了。却听到静怡笑道："叔叔，你在庐山上住着，觉得快活吗？"方先生笑道："姑娘，你是说小孩子话。现在山底下，过着火炉一般的日子，我在山上，夜晚还要盖夹被睡，还有什么不快活的？"

静怡道："这是上庐山来，人人可得的快活，这算不了什么。我所说的，就是别人没有的快活，只有我一个人能得着的快活。"方先生笑道："这种快活吗？我也许有一点。就算是我在朋友家里打过几场牌，赢了几个钱吧？"静怡笑道："这倒算得是快活。但这种快活，也平凡得很。"方先生道："要怎样的快活，才算得是超特的呢？"静怡道："譬如我吧，在山上交了两位很好的新朋友，说得非常的投机。假如我不到山上来，这两位好朋友，我是交不着的。"

方先生道："交朋友那也能算得什么大快活的事吗？"静怡道："你老先生说的什么话？古人高山流水，得一知音，可以死而无憾。那不是交朋友吗？"方先生道："这样说，你是在高山流水之间，得着一个相逢之后，死而无憾的朋友了。"在这里，只听到静怡一种嘻嘻的笑声，并没有答复。他们这些话，不见得就是告诉窗子里面人的。但是雪芙听到之后，仿佛一句一针，针针都扎在自己心尖上。虽然心酸到了二十分，那眼泪水已经是泉水一般地涌将出来。可是她自己在暗地里将手捂住了嘴，把那哭声紧紧地按捺下去。直等窗子外面两个说话的人，已经是走得远了，自己身向床上歪倒下去，这就放声大哭起来。

这一次哭，还非比等闲，声音呜呜的，连家里的女仆们也都已惊动了。两个女仆，早已抢到了房门口，将手乱敲着门叫道："朱小姐，朱小姐，你是怎么了，手压了胸了吧？"尚太太跶了拖鞋，二次

218

又跟着来了，也在门外问道："雪芙，你这是怎么了？是的，也许是手压了胸了。"雪芙听到门外有许多人的声音，这才把哭声停止。但是那后院里悠扬的笛韵，却又送入耳鼓来了。

第二十一章

欲擒故纵之间

旧小说上，有八个字的套语是：有话即长，无话即短。可是朱雪芙小姐，今天陷在无话即短的环境里，却感到夜长如岁，怎样安排自己？总觉得是不舒服，偏偏那隔院子的方静怡，就相处在一个反面。先是吹笛子，后来又是念旧书，除非不向她那卧室的窗户看去。假如要看的话，一定看到那窗户里灯火通明。雪芙自言自语地道："哪个要和这狐狸精一般见识？"在她最后一次看过静怡窗户之后，就很生气地回房去，扑通一声，将房门掩上。

对过屋子里的尚老太太就大着声音问道："雪芙，我的小姐，多大一夜了，你还没有睡。"雪芙也没作声，横了身体，在床上躺下，床面前有只方竹凳子，将两只脚搭在上面，牵了床上的毛毯，盖住自己下半截身体。往日盖着这毛毯子，觉得是很柔软舒适的。可是今天盖在两条腿上，便觉得有许多烧热了的针尖，在遍体刺戳一样。掀开了毯子，便坐在床沿上，伸手抚着鬓发，对小桌上放的一盏煤油灯，望了只管出神。这似乎全屋子里的人一齐都睡着了，不听到丝毫的响声，只觉得门窗缝里有一丝丝凉气透了进来。

随了这凉气，是吱吱喳喳的各种虫声。虽然这虫声四处并起，偶然听到，也好像热闹。可是在一个人对了孤灯独坐着的时候，回头看着，只有墙上一个人影子。而煤油灯芯燃烧着煤油的响声，嘶嘶嘶的也听得很清楚。这就没有一点更重的声浪传入耳朵，便觉得

220

这环境分外凄凉。她很无聊地站起来，走到桌子边，想斟杯茶喝。一摸桌上放的茶壶，却凉得有些冰手。这小桌上有几本杂志，是在轮船上小贩子手里买的，因为都已过期，丢在这里没有翻过。于是拖了竹凳子，靠近桌边坐下。

先看了看书里的插图，再挑两篇短的文字看看。及至要看第三篇时，心里头又感到有些不耐烦，就推开了书，将手拐撑住桌子，托了右边脸腮，向窗户上望着，心里却前前后后把上庐山以后的行为想了个透。先是恨着俊人太负心，怎么短时期里爱上了姓方的，就把未婚妻丢了。后来又后悔着逼得俊人过分了，要不然，他至多也只能偷偷摸摸同姓方的调情，我若有本领把他的身体缠住，他也就无法和姓方的偷摸了。说起来是姓方的可恶，假如她不勾引人，俊人怎敢去和她接近？

你明知我是他的未婚妻，你就住在我家里，把他夺去，其情实在可恼。不过话又说回来了，若是我稍微有点手段，把陈俊人拘束着，她又怎能胜利？姑母说我总是在俊人面前耍脾气，这是我的大错。姓方的就是水一样的性子，丝毫刚劲没有。纵然是和人生气，也不过是脸皮一红。自己可不然，分明一点事故没有，也要生生气好玩。其实在那时，俊人并没有什么可气之处。只是要抬高自己的身份，向他撒撒娇罢了。自然，这也不是自己发明的，曾看到许多女子用这种态度去对付她的丈夫和爱人，都是成功的，所以也就跟着人家学学。照着自己眼所见的说来，对待陈俊人的态度，实在还不过是个初步。何以会把一个正热恋着的未婚夫，轻轻巧巧地就送走了？

这里面有一大部分是方静怡的勾引力量在内，一小半才是自己刺激使然，说到归根结底，还是方静怡的罪恶。于是极力将桌子拍了一下，自言自语地喝了一声道："这一个狗贱人，无论如何我要和她比一比手腕。今天晚上她和我所说的那些话，实在像刀剑一样的快，又像那橡皮一样地有弹性，怎样也不能抓她一个痕迹。"这时，房门噗噗噗地响了一阵。接着尚太太问道："雪芙，你一个人在屋子里吗？"

雪芙开了门，让她进来，红着脸笑道："你看还有谁在这里？"尚太太道："我听到你啰啰唆唆说了一大串，还以为是和谁诉冤枉呢。"雪芙淡笑道："有谁给我伸冤呢？庐山是世界有名的胜地，在这里得一块土埋了，比什么地方都强，我就冤死了也好。"尚太太听说，也有些不高兴，猛可地向藤椅子上坐下，坐得吱吱咯咯作响。脸腮上两块肥肉泡向下一沉，对雪芙瞟了一眼道："你说这话什么意思？埋怨我不同你做主吗？孩子，你的脾气……"

雪芙立刻向她笑道："姑妈，你还生我的气吗？我现在是个可怜的孩子，你要多多疼我一点才好呢。我怎么样子没心肝，也不能向你生气。现在我掉在苦海里，就望着你这只救生船把我挽救起来，我凭什么不怕死，要和救生船过不去呢？譬方……"尚太太忍不住笑道："不用譬方了，平常嘴头子硬得了不得。仿佛普天之下，就只有你这样一位年轻姑娘，陈俊人除了追求你，没有第二个女人可寻，你是落得搭一点架子，现在人家要把你摔了，你就成了昏头鸡，辨不开东西南北，高低上下，一味乱啄人。从前我和你说的话，你记着了没有？你以为我那是和你开玩笑，现在知道不是的了吧！有道是，骄兵必败。你呀，你就坏在……"

她说话时，雪芙手扶了她所坐的椅子靠，呆呆地站着，低了头听话，将一个食指，拨弄藤靠上的藤辫。不知不觉地，就有几滴眼泪落下，滴在尚太太的手背上。尚老太太初觉得手背热水点滴了一下，立刻抬起头来，见雪芙的眼泪像涌泉一般，由脸腮向下流着。用两手握住了她一只手，连连摇撼了几下道："傻孩子，天大的事倒下来，还有屋脊顶着呢，你伤心什么？俊人的铺盖行李，和一切应用的东西，都还放在这里，他绝走不了多远。就是他下山去了，他这一半，不为的是那个姓方的女孩子吗？姓方的还在我们这里住着，他下山去了，至多是一个人自找烦恼，就让他去自找烦恼吧。"

雪芙道："他只管走，走了活该。"尚太太将一个萝卜粗的食指，向她点指着道："你这孩子，到现在还不说实话。既是他走了活该，你还这样伤心做什么？比如我有一肚子的主意，打算替你帮忙，听到你说，他走了活该，我可也就不必多事了。现在你实说吧，还是要姑妈和你做主呢，还是不必姑妈多事。"雪芙道："当然要姑妈做主，你不就是和我母亲一样的吗？"

尚太太笑道："这就还是那句话，还要把俊人抓在你手心里。"雪芙本是抽出了手绢，站在尚太太面前擦着眼泪，听了这话，不由得扑哧一笑。接着鼓起了嘴，将身子一扭道："姑妈总是这样。"说时，坐到床沿上去。尚太太笑道："女孩子总是这样又要吃鱼，又要怕腥的。这个我也不来怪你，明天等俊人回来了，你一点不要动声色，只当没有发生什么问题。回头我就向他提出个要求要他陪我到芦林刘老伯家里去走一趟。"

雪芙道："那是什么意思？闹到人家那里去，怪不好意思的。"尚太太道："你到处都用小心眼儿，这又不知道了。他陪了我去，当然你也和我同去。到刘老伯家里，有的是房子，让他腾出两间来，安顿你两个。第一，离开这斗争的地方。第二，把你二人再拢到一处，你就可以和他言和了。只是有一层，你千万不能用那剿抚兼施的法子，对于他，只可用那怀柔的政策。只要你伴住他三天，不让

223

他突围和姓方的会面，这就有几成把握，若是你能伴住他七天，那就孟获被擒，大告成功了。"

雪芙笑道："你看，姑妈和我谈着一套剿匪的理论。"尚太太道："剿匪？剿匪比拿住男人还容易得多呢。"雪芙又嘻嘻地笑着。尚太太低声道："隔墙防有耳，窗外岂无人？我这条妙计，千万不可泄露，一泄露了，俊人和我躲个将军不见面，那是叫我无法可施。夜深了，天气凉，睡觉吧。"尚太太说着站起身来，摸摸雪芙的肩膀，又向她耳朵边叽咕了几句话，又拍拍她的肩膀笑道："好好地睡吧，不要夜长梦多了。"说毕，她才回房去睡。

雪芙先是坐立不安，为着没有法子挽转这个危局。现在据尚太太说，她有条妙计，把俊人包围起来。这话虽不能尽信，可是真依了她指示的那条路线走去，倒是一个制伏方家丫头的法子。根本不放这条鱼到水池里去，她就是钓鱼的神手，也没法子把俊人钓去。好了，就是照着老内行的法子做吧。这样一想，她心里自然是坦然了。展开被褥，就放头大睡一场。

次日天色刚亮，就起床，推开窗户来看后，却是满山大雾，仅仅只隔了个院子，张望对过的房子时，也是白气弥漫的，看不清楚，偶然在白气稀疏的所在，透露出一些墙头屋角来。这倒给自己服了一剂清凉散。因为方静怡纵然不避艰险去追求俊人，在云雾满山的时候，她的母亲和叔叔也绝不能放她出门。今天预备施用的这条妙计，也许不致被她破坏。要不然，她老早地出门，找到俊人，又到满山满谷去游玩，等她回来，天色已晚，这一天又算白过了。她高兴之后，分别地把男女佣工叫了起来，自己就在单衫上，罩了件短的红毛绳褂子，在院子里徘徊。一来是起床太早，无事可做，在院子里运动运动。二来万一方静怡溜了出去，自己也可以碰到她。今天是不客气了，一定要和她同去出游，看她有什么法子推诿？

这样想着，却也很是得意，虽然院子里天气很凉，可是自己存了这个监视敌人的心事，兴奋极了，只有周身发热的份儿，并不要到屋子里去。但庐山上的云雾，来也容易，去也容易，当她在院子里来回走过了二三十趟的时候，满山头上的云雾都已消灭掉了，斜过山峰上，一轮太阳，向这院子里草地石块上照着，但见草头上树叶上，都挂着明晃晃的露水珠子。低头看看自己衣服的下襟摆，沾了一片的泥迹，正是拖着草头上的露水弄成这副样子的。低着头牵牵衣襟，轻轻地唉了一声。这就有人插嘴问道："密斯朱，这么早起来运动，把一件新衣服拖湿了，怪可惜的。"

雪芙回头看的，正是念念不忘的方静怡。她站在屋子门口，笑嘻嘻地向这里望着。雪芙看她头发梳得清清楚楚的，脸上又扑了一层薄薄的粉，面颊上涂着两个红印子。身上穿着一件黄绸对襟翻领短褂子，下系霄长裙子，裙腰上束着一根紫色皮带。在黄褂子上，也套了一件桃红色的毛绳小背心。

雪芙笑道："你都修饰得这样齐齐整整的了。"静怡的手轻轻地抚摸着自己的头发，微笑道："你忘了吗？我这几天游兴大发，今天还要继续着出去游历呢。密斯朱，你不要整天躲在屋里，也该出去玩了。"雪芙看她那谈笑自若的样子，暗地里咬着牙齿，心想，我恨不得一口就把你咬死，你还在我面前毫不介意，便勉强忍下了一口气，点点头道："好哇，我也正有此意呢。你今天是约好同伴的了，可不可以带我一个？"

静怡笑道："怎么说起这样客气的话来？庐山也不是哪个人私有的，什么地方，大家都可以随便地去，怎么你还要我带？好像我不带你，你就不能去游玩了。"雪芙笑道："不是那样说，我没有游伴，一个人爬山越岭，太是寂寞，况且我们究竟和男子不同，个人在僻静的地方走，也不大方便。"静怡向她斜望着，摇摇头道："这不像是朱小姐说的话。"雪芙虽然看到她的颜色还是很和蔼的，只是她这句话说得有些突然，这就向她瞪了眼道："怎么不像是我说的话呢？我说错了吗？"

静怡道："你是个有志气有魄力的人，绝不能在任何人面前示弱，怎么说是一个人不敢游山？我倒是不敢隐瞒，很想邀你和我做伴，正怕你笑我胆小呢。"雪芙随着脸上一红，两眉一扬道："这也不过是慎重一点的说法罢了，若是真让我一个人游山，试试我的胆量，那就让我一个人把庐山看游览遍了，我也不害怕。"静怡笑道："可不要冒那个险，不要说是遇到什么歹人，会让我没有办法。就是在路上遇到一条蛇，我也会吓得跳起来，你难道就会不在乎吗？"

雪芙听到她这一套激将之词，心里已十分明白，可是大话已说出了口，立刻不能转回来，便淡淡地一笑道："我怎能和你打比呢？你是千金小姐呀。不过你今天出去玩的话，不问你的同伴是谁，我一定要奉陪着你走上一趟。"静怡向她微笑着，问道："你不充好汉了吗？"雪芙对于这句话，还没有加以答复，自己家里女用人就迎出了院子来，向她叫道："小姐，洗脸水热了，茶也泡好了，你还在外面站着，不怕着凉吗？"雪芙不便当着静怡说脸也不洗，跟着老妈子走到屋子里，立刻向她低声道："你不用伺候我，你赶快到院子里去站着，看那姓方的丫头，是不是出门去。她要出门去的话，你只管叫住，就说我有话和她说。"

老妈子自也知道她们两人在闹些什么。朱小姐这样说着，不能不去。雪芙匆匆地洗过脸，本来就想走出院子去的，可是看到静怡已经梳了头，抹了粉，从从容容地走出来，自己绝不能在她面前露出毫无办法的样子，只是先跑到门边，向院子里张望了一下，见老妈子还是静静地站在那里，似乎静怡还没有走开。这才放了心，复又走回屋子里，取出梳子来，左手按了头心，右手拿了梳子连连地梳着。仿佛是连坐下也来不及，就弯了腰对着镜子梳拢，接着丢下手上的梳子，眼望了镜子，就伸手去拖桌上的粉缸子，摸索着揭开了盖，捏了小粉扑向脸上扑去。

等着扑子挨到了脸腮上时，觉察出来拿的不是粉扑子。在镜子里看得清楚，在脸腮上已印下了一个很浓的红印子。再低头看看自己手上，却捏着一个胭脂小扑子。不觉自言自语地道："我这是怎么回事，有些神魂颠倒吧？"于是把冷的湿手巾将那块胭脂印擦掉。本来打算不擦粉就向外面走去的，可是心里头替自己犯着别扭，这样想着："失掉了这个机会也罢。绝不能在姓方的面前，弄成叫花婆似的。"便索性在手心里调和了一撮香粉膏，将两掌磨得匀了，在脸腮上浓浓地涂抹了一阵。对镜子看见脸子雪白，更细细地来用胭脂膏涂着嘴唇，用胭脂扑来扑脸腮，还是怕脂粉界痕显然，再将粉扑子在脸上外扑一层干粉。最后，将一个食指顶着湿手巾，洗眉毛，画眼睛圈，很费一番工夫。

心里又想着，姓方的那丫头，头发乌黑细软，是胜过我的，我一定要把头发多加工夫。于是拿了一瓶擦发香水在手，手按了塞子，连连摇撼了几下。正举了起来，要向头发上洒下去，可是事出意外地，门口一阵笑声，回头看时，正是怕她先溜走了的方静怡。她点着头笑道："密斯朱，有什么宴会？打扮得这样的美啊。"

雪芙道："并没有什么宴会，打算陪你去游山玩水。"静怡一伸舌头，学着南京腔道："乖乖隆底咚，这样美，招引着山精木怪前来兴风作浪，可要连累着我。"雪芙听到她夸奖自己美，不问她是真话假话，随了这话，两道眉毛就同时地扇动着，笑道："纵然美，到了方小姐面前，也就要打一个折头了。"静怡笑道："果然地，密斯朱，你打算到哪里去？我是想到牯岭街上去买点东西，我们一块儿走，好吗？"

雪芙真没想到她会说出这样的话来，望着她怔了一怔，倒不知道要怎么答复她才好。手上拿了那瓶香发水，只管摇撼着。将一只皮鞋尖，也在地面上颠着。静怡道："怎么着，不肯赏脸吗？"

雪芙笑道："你这话是倒来说吧？就怕你不携带我呢。"静怡道："既是那么说，我就坐在这里等你。等你巧梳妆完了，我们一块儿走。"说着，真在她床沿上坐下来。这一点不含糊，实在是在这里等候着了。雪芙心里，又拴了一个疙瘩。这就想着，这丫头又是一种什么手法？她不但不拒绝我去，而且还在这里等着，要我一路出去，那显然是她并没有和俊人约定同游。不过，这丫头脸上和平，心里比刀剑还厉害。也许她明知我要和她走，故意老我一宝。便笑道："好的，我们一路到街上去，我请你吃顿小馆子。"

于是手拿了瓶子，在头发上慢慢地洒香水。静怡坐在那里，一点也不着忙，笑道："密斯朱，你这件衣服很好看，可惜下襟摆沾了那些泥点，不便穿着出去。依了我的意思，你要换一件衣裳才好。"雪芙道："我是名士派，不在乎。"

静怡笑道："假如你是个名士……"雪芙回转头来向她瞅了一眼笑道："假如我是个男人，你肯和我谈恋爱吗？"静怡脸一红，向她微笑着，接着把头低了下去。雪芙道："你看，这有什么不好意思的，我又不真的是男人。要像你这种态度，怎么去找对象呢？"一言未了，门外有人接嘴道："倒要你和人家担心，方小姐的本领，未必不如你。假如你要和她谈三角恋爱，你就非失败不可。"

尚太太说着话，左手拿了漱口盂，右手拿了牙刷子，把一双肉泡眼，笑得变成了一条线，站在门外望她们。雪芙听到她前段两句话，心里十分痛快。后来她索性把三角恋爱的话也说出来，这未免太露骨。跟着红起脸来，向尚太太瞪了一眼。偏是静怡听了这种话，倒不怎样介意，向尚太太笑道："伯母，你只管和我们小孩子们开玩笑。你看，一个不谨慎，把睡衣前面，淋了许多牙膏了。"

雪芙也笑道："姑妈总是这样，漱口的时候，一定把牙膏滴在身上的。"尚太太也是不理会她们的话，只管向她两人的脸色上打量着。心里自是在这里想："这可怪了，雪芙这孩子，在昨晚上，就恨不得一刀把姓方的砍个八段，怎么到了今天，一大早地两人坐在一处有说有笑？"这句话虽然放在肚子里，不曾说出来，可是总不免将两只眼向两人望着。雪芙对于她这注意所在，很是明了，就向她瞟了一眼，笑道："姑妈，我今天起来得特别早，无意中，我遇到了方小姐，见她收拾得清清楚楚，竟是比我还早。我觉得我赌赛输了，我要请方小姐到牯岭街上去吃馆子。"

说到赌赛两个字，随着眉飞色舞地一笑。尚太太听到输了两个字，便知道这里面另含有意思。可是她说到这里，又很高兴地笑了起来，这证明了她是有了成绩，便拿着手上的牙刷子向她招了两招，因道："回头到我屋子里去一下，我有一样东西给你。"说毕，又向雪芙丢了一个眼色。雪芙当然知道她是什么意思，便答道："我知道了，是那笔款子，我也还不等着钱用呢。"

静怡坐在那里，只当不知道，只是微微一笑。雪芙倒没有理会着她是什么态度。收拾了一会子，向静怡道："大概还没有用早点吧？在我们家里吃点心，好吗？"静怡笑道："不，我在家里等你吧。"她说着起身走了。出门的时候，还向她点点头笑道："不可失信啊！"她走了，雪芙坐在屋子里，倒是很发了一阵呆，心里头是不住说着奇怪。

到了尚太太屋子里，尚太太正弯着腰在洗脸架上洗脸，涂着满脸的香皂沫子，等不及把脸擦干净，仰着雪白的面孔，向她问道："怎么回事，你不找她算账了吗？"雪芙先把眉毛皱了两皱，就站在屋子中间，把刚才的事，详细地说了一遍。接着摇上两下头道："这家伙太厉害，我真有些斗她不过。"尚太太听说，静怡满口答应和雪芙一路出去，她也猜不出所以然来。雪芙是以尚太太为指南针的，现在连尚太太也没有了主意，她也就更没有主意了。

第二十二章

等着了一封绝交信

她姑侄二人在饭厅里用过了早点，又不免谈到方小姐身上去。尚太太手上端了一杯茶，慢慢地喝着，向雪芙脸上望了道："你这孩子太性急。我说了等俊人回来，再作道理，你就什么事不必问，静等俊人回来就是了。你又到院子里去招惹她，约着出去玩。现在她静候着你，你不去，你失了信；你去呢，假如俊人回来了，我们昨晚上所定的计划，那就成为画饼。"

雪芙道："对了，也许她知道俊人要回家来，故意邀我出去。那么，我决不能去。"尚太太道："你愿意在她面前失信吗？"雪芙道："兵不厌诈，只要能制服这丫头，用什么手段，我都在所不辞的。"说着，伸手在桌上重重拍了一下。

尚太太道："那就打发老妈子去告诉她，说是你不去了。"雪芙也是没有了主意，端了茶杯，向尚太太相对着，慢慢地品茶。尚太太沉了脸色，望了茶杯，很细心地静想着，因道："这孩子果然有点手腕，我倒要和她较量较量。"雪芙点点头道："姑妈也知道这丫头外君子而内小人吧？"尚太太也没理会她，喝完了手上那杯茶，又斟了一杯茶，缓缓地喝下去。最后，她把茶杯猛力地向桌上一放，似乎得着了什么主意似的，一昂头就把老妈子叫来，叫去对方小姐说，请她先上街吧。朱小姐暂时有点事，不能离开。

老妈子去了，两个人还在说话呢，方静怡手里拿了一柄花绸伞，笑嘻嘻地站在窗子外，手扶了一支小竹竿子，向里面点着头道："密斯朱不出门了，我有偏了。"也不等雪芙说第二句话，便扭身走开去。雪芙瞪了眼望着她，把脸皮气得发紫。尚太太也把两块肥脸腮气得沉落了下来，这就向雪芙道："这东西实在是斯文厉害。你走就走吧，为什么还要到这里说一句再走？"

雪芙是只坐着对窗户外面望着，很久很久才道："她这一去，若是和俊人混到一处，岂不是我们开笼放鸟让她去的？想了一天的法子，临了还是让她跑掉，这未免让她心里暗笑。"尚太太道："她这种做法，连我也猜不透。除非是她知道了我们昨晚定的计划，故意这样子在我们面前做出来。"雪芙道："可不就是这样不好捉摸，我怕她把我骗了出去玩，暗地里让俊人回来搬行李。"

尚太太道："那倒也不至于，有我在家里干什么的？不过看静怡刚才来告别的话，分明是知道你要和她出去，又不敢出去的用意。好在静怡有个家在我们这里，不怕她不回来。只要静怡在这里，俊人他一个人何必跑掉？"

雪芙又斟了一杯茶喝，因道："那也只有这样等候着吧。"她端了茶杯，放到嘴唇边上，慢慢地向下抿了下去，眼睛望了窗外的天色，不住地出神。尚太太道："不用出神了，我们还是等俊人回来再说。万一俊人不回来，静怡总是要回来的，那时我再在她身上找线索。"雪芙虽然摇了两摇头，可是她也没有说出什么来驳回。姑侄两人默坐了一会儿，各有一种说不出口的情绪。后来还是尚太太笑道："我长了这么大年纪，什么事也经历过了，这一点小问题，何必苦放在心上。你只当没事一样，自去看看书，散散步，等俊人回来了，我派人去找你来。"

雪芙倒仿佛丢魂失魄似的，缓缓地站了起来，将手扶了桌沿，对窗外望着，做个沉吟的样子。尚太太笑道："这时候，俊人不会回来的。你起来得太早，先去睡上一觉吧。"

雪芙道："我也不是朝外面去看他。不过……不说了，我去睡觉了。"说着，一扭身子，就向屋子里跑。看到床上被褥全没有折叠好，想到今天早上，自己慌乱到什么程度，怪不得静怡这孩子走进屋来，就带了一份轻薄相，向四周看着。其实无论慌乱不慌乱，我也不会太太平平地让你逃下了庐山。心里这样想着，仿佛这床沿上还有静怡剩留下来的一股香气，于是牵牵床单子，微微咬着牙，在上面拍了两下，随着身子歪倒，也就在床上躺着。心里头烦恼到极点，就拖了枕头放到床中心，横了身体睡着。

究竟是睡眠不够，一会子工夫就睡着了。蒙眬中，听到一个操国语的男子，和尚太太说话。他道："好的好的，我就跑一趟吧，马上去吗？"雪芙一个翻身爬了起来，赶快就向姑母屋子里跑了去。走到了门口，倒是站着停了一停，将手理了几理鬓发，又摸了一摸衣领，再摸摸脸腮上。身后有扇玻璃窗子，外面垂下了窗户帘子的，就走近一步，向玻璃里照了一照，觉得脸上并没有什么痕迹，这才推着门，向屋子里走。但是只有尚太太一个人坐在藤椅上结毛绳裤子，十个萝卜似的指头和几根竹针，忙成了一处。低着头，眼皮也不抬一下。

雪芙原预备了一番言语，到屋子里来说的。不料尚太太没事似的在这里坐着。站着呆了一呆，向她望着，然后问道："姑妈刚才和哪个说话？是……"尚太太道："是刘老伯家里听差送些东西来了，我叫他到街上去发一封信。"雪芙看看墙上的挂钟，长短针已经快到十二点上，因道："快吃午饭了吧？"说着，眉毛皱了两皱，很无聊地，手扶了椅靠，缓缓在藤椅子上坐下。尚太太道："我不是说了

233

吗？俊人要到下午才能回来的。"

雪芙见桌上放了一叠报纸，顺手捞起一张来，两手捧了看。口里随便答道："我管他什么时候回来？我自有我的打算。"尚太太停了手上的工作，向她望了问道："你睡了一上午，想出了什么好主意来了呢？"

雪芙道："我有什么好主意？随他去，睁了眼睛望后看，他要不翻一个大筋斗，叫我不姓朱。"尚太太又低着头结毛绳了，因道："只要你能想得这样开，那就没有话说了，我也省了一番心，不必去和你出气。"雪芙眼光虽然看在报纸上，可是报上任何一个字，都没有印到脑筋里去，倒是把尚太太的话，每个字都嵌在心上。约隔了十分钟，长叹了一口气，算是答复着尚太太的话，又看了一二十分钟的报，还是站了起来，慢慢地走到窗户边，手扶了窗户板，向前张望着。很久很久，又微微叹了一口气。尚太太对她后影望了些时，也就随了微微一笑。雪芙哪里知道这些。望了一番，复又坐下去看报。尚太太道："雪芙，你到门外去散散步吧。"

雪芙道："快吃午饭了，姑妈还打算等他回来吃饭吗？这个人没有了希望，不用睬他了。"尚太太笑道："我只是叫你出去散步，并没有打算等谁回来吃饭，饭好了，我自然会去叫你回来。"雪芙缓缓地站起来，手扶了桌沿，只是出神。尚太太在结毛绳，自然也没有理会到她，可是她站了约有三四分钟，复又坐下了，有意无意地摸起桌上的报，又捧着看。

尚太太向她望着道："怎么又不出去了？"雪芙道："我一点精神没有，什么事也不愿意干。"尚太太笑道："我长了这么大年纪，什么事都经过了，就是没有尝到失恋的滋味。我看你这种情形，坐立不安，进退不是，比那抽鸦片烟没有过足瘾还要难受。"雪芙道：

"姑妈啊，你不应该还向我说俏皮话。"说着，把腮帮子鼓着。尚太太笑道："我并不是开玩笑，看到你这种样子，越发地让我心里头不安，倒是急于要替你想点法子呢。你现在觉得心里怎么样？孩子，你说实话。"她说话时，把毛绳编织的衣服，向怀里拢着，对雪芙做了深切的注意。

雪芙两手捧住报纸看着，倒没有知道姑妈在注意，也就无话答复。尚太太不知她存着什么心意，自然也不去说什么了。由午饭前坐到吃午饭以后，姑侄两人，突然转于沉寂。尚太太继续结毛绳，雪芙却捧了书，看到下午两点钟的时候，见方先生手上拿了手杖，摇摆着灰哗叽长衫，由院子进来，经过窗户外面。雪芙看到，连连将桌子推摇了几下，又将嘴巴向外面一努。

尚太太看到，便笑向外面道："方先生一个人出去游览回来吗？"方先生道："随便在外面走走，尚太太总不大出去。"尚太太道："庐山上哪一个山缝，我都游历过，不想再去了，我到山上来，第一个目的是躲热，第十个、第一百个目的还是躲热，只要不热就行了，别的我不想。"

方先生站着靠近了窗户，向雪芙笑道："朱小姐为什么不出去走走呢？我家静怡，这几天是大动游兴，天天向外跑。"雪芙已是放下了报，向他笑道："我没有伴，我一个人到哪里去玩呢？"方先生道："怎么说是没有伴的话？陈先生不是专有的伴侣吗？"

雪芙向他死命地盯了一眼，恨不得喊了出来："你装什么傻？陈俊人让你侄女勾引去了，你还不知道吗？"但她看到方先生的态度，十分的自然，并不曾有什么内愧于心的样子，这就向他笑着点了两点头道："难为方先生倒替我挂念着，可是他嫌我跟着出去玩，是个累赘，闲云野鹤地，满山满谷去玩，现在已经有两天没有回来了。"

尚太太坐在斜对面，不住地把眼光向她射着，可是雪芙只管向方先生说下去，并不管尚太太在拦阻着。方先生有忽然省悟的样子，点了两点头道："是呀，我倒有两天没看见他，他大概游到很远的地方去了。"雪芙道："我以为方先生会知道他的地方的。"说时，勉强笑了一笑，而且她的脸上还带着一层红晕。这不但方先生听了这话，有些莫名其妙，就是尚太太也觉得这句话有些逾分，因向窗子外面点了几点头道："方先生，请到屋子里来坐坐。我们这里有好的云雾茶，尝一杯去，好吗？"

方先生听说，很高兴，就绕道走了进来。尚太太当他还未进屋之前，就轻轻地叮嘱了雪芙几句，叫她千万不要乱开口。方先生进来了，三人围着桌子坐着，尚太太立刻叫老妈子泡茶。一会子工夫，老妈子手捧了一套紫泥茶具进来，放在桌上，每人面前斟上一杯。方先生举起杯子来，见杯子外面是浅紫色，堆着竹叶梅花的浮雕。杯子里面是深绿色，茶在里面，仿佛是开水，一点不着痕迹。可是茶面上浮起来的热气，送到鼻子里倒有一股清香。送在嘴里，茶味还是很浓。方先生手捏了杯子柄，举起来看看，笑道："这真是云雾茶，味很好，听说有几处庙里有这个，我还没有找到。"

尚太太道："这没有什么难买，黄龙寺的和尚就有，他说，都是真正的云雾茶。但真正两字，谁能下断语？不过就在庙旁边，有个农事试验场，出卖茶叶，随时可买。虽然未见得是真正的，倒也用不着到庙里去，看和尚那副脸子。我这个茶，就是在那里买的，方先生尝尝这滋味怎样？"

方先生将茶杯送到嘴唇边，又呷了两口茶，点点头道："很好很好，味道很纯。前天静怡到黄龙寺去回来，说是那里有云雾茶出售，我没有理会，原来倒真是出在那里。这可见得山是要游的。天天游，

236

可以游出好处来。"雪芙听他说到这里，连连向尚太太丢了两个眼色。那意思是说他已经提到了静怡，赶快就接着说吧。尚太太倒是微笑了一笑，向方先生望着道："方先生提到这里，我倒要问一句不相干的话。方小姐向来是一位很温静的姑娘，怎么这一程子情形大变了？整日整夜地在外面游历。"

方先生笑道："据她说，是交接了几位新朋友。"尚太太笑道："交朋友和游山玩水，这并不是一件事呀。怎么有了新朋友，就不分日夜地玩呢？我们上了几岁年纪，思想未免退化一点，可是当劝劝年轻人的话，也就忍不住不说。庐山上说是游玩的林泉之地，可是现在这里太热闹了，什么样子的人都有，杂乱得和上海租界上差不多，一个年轻小姐，这样子在外面跑，是应当加以考虑的。方先生，你知道你侄小姐是和哪一种新朋友来往吗？"

尚太太说这一套话，把面孔端得正正的，哪是看得出来，她所说的这些话完全出于义愤，方先生点点头道："尚太太这话，我也顾虑到的。不过我一向看她还不是个怎样放纵的孩子，所以我也没有十分注意到这件事。今天她一早又出去了，到现在还没有回来呢。"

尚太太拿过他的茶杯，给他再斟了一杯。因为是隔了桌面的，雪芙就代接着，送到方先生的面前，笑道："云雾茶要闷过了一会子才好喝。方先生，你再尝这杯。"方先生欠一欠身子，说是不敢当，接着道："朱小姐就比静怡开展得多。"

雪芙摇了两摇头，笑道："方先生谬奖了，我是最没有出息的一个人。男女社交，那更谈不上。我认得俊人，完全是家庭的关系。静怡有了对象没有？"说着，脸也微微一红，向方先生笑着，接着又摇了两摇头道："这话我是多余问的。她有了对象，方先生也不会知道。"

237

方先生沉吟着道："要说她有对象呢，这个我们做上人的倒也没有显明证据。孩子这样大了，我们也不能绝对说没有。"尚太太道："这样说她还是在寻找对象的时候里了。也许她不分昼夜地出去游玩，就是寻找对象。"方先生道："若是出于寻找对象，这倒也无足奇怪。"尚太太道："恐怕她所找的人，不是那恰好相称的对手吧？"方先生点点头道："自然，她要是这样去找对象，我当然要替她考量考量。"

雪芙听说，就微笑了一笑，同时鼻子里呼一下子，透出一口气来。方先生立刻向她望着，见她脸上还是红红的，这倒有些奇怪："静怡追求爱人，和她有什么关系？"他心里这样地想着，眼珠在大框眼镜里向雪芙一溜，接着道："哦，倒是我这样糊涂，一点没有注意。今天她回来，我倒要向她问问。"尚太太觉得话说到这里，不能再向下说，再向下说，就要露出马脚了，因笑道："方先生，你可不要把这话放在心上，也许是我们看得不对。我们谈谈别的吧。喝着这云雾茶，应当吃些好的下茶。我这里有松子仁儿、山条糕，方先生尝一点去吧。"

方先生听过了这些话，心里有很大的感触。将挂在桌档上的斯的克拿了起来，将棍子头连连在土地上顿了几顿，做个沉思的样子，接着道："多谢尚太太的好茶，回头见吧。"他又将棍子在地面上点了几点，就起身走了。雪芙低声笑道："姑妈，这一下子，算是把疮子给他们揭破了。"

尚太太笑道："若是依着你的性子，恨不得就一口说出来，她是和俊人一块儿出去了。要是那么着，方先生一个不好意思，他否认起来，我们是硬说有这个事呢，还是承认说错了呢？硬说有这个事，没有真凭实据，那是说不下去的。若是承认错了，自讨没趣，还算一段小事。把消息泄露了，他两个人有所防备，我们就什么也干不成。"雪芙低头想着，将一个食指蘸了茶杯里的水，在桌面上画着圈圈，很是犹豫了一会子，然后抬起头来笑道："我说话是欠于考虑一点，不过静怡给我的刺激太深了。一引起了我的牢骚，我就忍不住说出来了。今天晚上，我们有戏看了。当她叔叔问她的时候，看她用什么言语来对付？"说时，两眉一扬，对尚太太很得意地笑着。

尚太太道："你这孩子，就是这样性急，一点没有涵养，把很好的事，预先泄露了，真做起来，倒还是减了成色。"雪芙道："你老人家，倒把做事比着了金子。"尚太太道："可不是？我不是自吹，我做的事，都是真金不怕火。这样一来，不但俊人不能不回来，就是方家也会搬着离开我们这里的。"雪芙见尚太太这样高兴，自己也就很得意，把上午那番焦急的情形，就丢到一边去了。自己似乎感到坐得久了，也就走出大门去，在门外路上散步。

自己还没有走到三个来回，远远地看到一群姑娘们，花枝招展地过来了。空中摇撼着红的绿的花的几把小绸伞，伞下面就是花花绿绿的衣服，却看不出来是什么人。但是其中一条黑裙子在地面上飘荡，老远地就可以看出来那是静怡在人前领导着，毫无疑问地。这倒奇怪，她怎么会带着这些人向家里跑？

待要扭转身向家里走时，静怡已是收起了伞，抬起一只手，在空中挥着花绸长手绢，笑着叫道："密斯朱，密斯朱，来来来，我和你介绍两个朋友。"雪芙被她喊住了，就不便向大门里跑，只好站住了脚，笑着微微地向她点头。静怡把那几位小姐引到了面前。静怡介绍着是张王刘李四位。那位张小姐穿着白的翻领褂子，领外系了一根桃红色领带，胸前打了一个极大的蝴蝶结儿，下面穿一条短平膝盖的草绿色裙子，光着大腿，赤着脚穿了草织的凉鞋。圆脸，大眼睛，肩上背了一顶大草帽。看她的手臂，总有茶碗粗细，加之梳着圆形的童发，活像个美丽的男孩子，也就不免多看上她两眼。

静怡望着，便笑道："密斯朱，你看我这位弟弟也是怪有趣的吧，我就爱她。"说着，挽了张小姐的肩膀，在她肩上连连拍了几下。那张小姐露出两排白牙，向雪芙笑着。同时，两腮上，印出两个小酒窝儿，雪芙也觉她很可爱的，便笑道："张小姐住在什么地方？以前没有见过。"张小姐道："我就住在河南路，密斯方天天到我那里去邀我出去玩。"雪芙听她这样说着，倒抽了口凉气，偷看她的脸色，又觉得她态度极其自然，并不像是临时捏造出来的话，因点点头道："好的，明天我也加入你们这一群。"静怡道："我请她们到我家去玩呢，你也来吧。"说着，大家一窝蜂似的，笑着跳着，到方家去了。

雪芙站在路头上，倒是怔怔地站了好久，心里想着：这倒怪了，难道她天天是和这些人在一处吗？至少，今天她是和这些人在一处的了。那么，不用方先生怎样盘问她，她这几天是和谁在一处，已有事实给她证明。因之走到一棵树下，手扯着垂下来的树枝，望了对面山峰上几团白云，只管出神，约莫有半小时之久。

女仆走到了身边，悄悄地道："朱小姐，尚太太请你去有话说。"雪芙正没有了主意，听到姑妈叫唤，以为有点消息，立刻跑了回来。见尚太太坐在堂屋藤椅上，懒洋洋地半躺着，因问道："姑妈叫我吗？"

尚太太道："你老在门口等着他什么？没有了他，你还不能过日子吗？"雪芙手扶椅靠正想坐下，听到这话，竟是站得呆了。尚太太道："俊人这孩子，自负得了不得，仿佛普天下就是他这么一个美男子。也是你们这种年轻姑娘太捧他了，捧得他不知身在三十三天以上，什么人也看不起。"

雪芙越是莫名其妙，望了她道："哪个要捧他？我就是恨着姓方的，岂有此理，把俊人勾引坏了。我必得争口气，把俊人夺了回来。"尚太太道："啰，这就是你们捧他了。假如你们看着他不值什么，无论他和谁要好，你也不必理会他，那他就骄傲不起来了。"

雪芙道："姑妈说的自然是至理，不过今天这样做法，也是姑妈替我出的主意。"尚太太沉落着两块肥脸腮，将十个粗指头交叉着放在胸面前，垂下眼皮，好久不作声。最后，将身子一起，在屁股后面抽出一封信来，扔在桌面上，指着道："你瞧瞧。"雪芙向桌上看时，一封洋式信封，上写着尚太太台启的字样。看那笔迹灵秀，一望而知是俊人写的。于是也不再征求尚太太的同意，就抽出信笺来看，信上写着是：

伯母大人台鉴：

自首都追随左右以来，倍承照拂，铭感无似。侄晚原意本欲借匡庐一席清凉之地摒除烦嚣，整理所学功课。游览名胜，尚为余事。不期登山以后，失欢于朱小姐。侄虽曲为趋奉，无如动辄得咎，啼笑皆非。近则情感愈劣，几致亦步亦趋，均逢彼怒。反躬自问，未解获罪之由。转思伯母携雪芙登山，旨在拓展心境，稍求安慰。似此参商难合，鸡犬不宁，非徒纷扰居停，且令山灵见笑，只有远避雌威……

雪芙本是斜靠了桌沿，两手捧了信笺向下看的。看到几行之后，颜色惨变，手里捧的信笺，抖颤得瑟瑟有声，及至看到雌威两个字，

241

怎样也忍不住，两行眼泪，在长睫毛里成串地滚在脸上。但她还把信继续地向下看。

　　另觅出路。侄已于日昨来浔，即当转道北上，不辞而别，情非得已，谅之谅之。来日方长，容图报称。所有侄存留行李衣物，请嘱女仆，代为包扎，当告知通信地点，请交邮掷下。

　　更有进者：侄游历所经，每感如此江山，徒供嬉戏。像有齿以焚其身，益增惶惧，昔太史公走万里路，胸襟广阔，遂成《史记》不朽之作。侄虽未敢高攀昔哲，然大好身手，亦不应陶醉于桃色幻梦之下，自堕意志。异日相见，或有所成，未可知也。

　　专此奉达，即叩福安！

　　　　　　　　　　　　　　　　　侄晚　陈俊人再拜

　　雪芙看到末了几句，鼻子里呼哧声，冷笑出来，哼道："好大话儿！"可是她虽这样批评着，但她脸上的眼泪，还没有干呢。

第二十三章

她也很消极

当雪芙在那里看信的时候，尚太太坐在那里不作声，只是把眼睛望着她。等她一直把信看完了，尚太太气得嘴唇皮连连抖了一阵，问道："你看，俊人这孩子，狂得还有一点样子吗？他不愿在庐山上住着，那没有什么关系，他走开就是了。为什么骂我们在山上避暑的人呢？避暑的人多得很，他尽管说，碍不着我什么事。可是他夸了海口，异日见面，或有所成，我倒要看看他有什么成就？至多不过是娶这位方小姐做老婆罢了。"

雪芙已不知道自己站在什么地方，手扶了椅子靠背，将身子缓缓地向下蹲着，然后把手撑住桌沿，托了自己的头，轻轻地叹了口气。脸上的泪痕，本来就没有干。这时，那声轻叹忍了下去，两只眼睛里的泪珠点，随了旧有的痕迹向下滚着。也许是泪珠来的势子太勇猛，把泪珠点子直滚到怀里衣襟上来。不多大一会子工夫，把衣襟滴湿了一大片。

尚太太看到，摆了两摆头，淡淡地道："这也值不得掉眼泪。他可以在你面前摆架子，你也可以在他面前摆架子。他觉得有他那一表人才，很容易找女人，不是我做姑妈的偏袒你的话，像你这样漂亮的姑娘，还怕找不到男人吗？"雪芙不赞成她的话，也没什么表示，依然将手撑住了头掉眼泪。尚太太道："你不用伤心，这事情并不难对付。姓方的还住在这里没有走开呢，只要你监视着姓方的，俊人飞上天去，你还可以把他找到。"

雪芙听了这话，约莫沉思了五分钟之久，忽然扑哧一笑。接着，也就知道自己脸上还有眼泪，立刻在衣袋里抽出手绢来，将泪痕擦着，向尚太太道："据你老人家这样说，还是我们去捧他了。你刚才和我撑腰的那套话，不是白说了吗？"尚太太低头想了一想，也笑起来了，因道："你和姓方的斗法，还不为的是抢俊人这个宝贝吗？你真的把他牺牲了，我还出个什么主意？随便他江里海里乱飞就是了。"

雪芙将信笺收到信封里面，把信向桌面上一扔，因道："你信他胡扯呢？这是他放的烟幕弹，不知他藏在什么地方？写了这样一封信来。"尚太太道："这个我还要你说吗？老早地我就把信封上的邮局戳记检查过了，上面明明白白印着九江两个大字。"

雪芙脸上本来带着一番得意的样子，听了这话，脸上又是红里透青。再捡起信来看上一看，可不是在邮票上盖着一颗九江的戳记吗？好像邮局里人是有意思做的，那戳记盖得特别清楚，随便就可以看出来。信拿在手上，不免呆望了很久。最后，还是向桌上一扔，淡淡一笑道："走了也好……"

说到这个好字，她嗓子眼已经僵硬了，哪里还说得出第二个字来。扭转身子，赶快就向自己屋子里跑了去。尚太太淡笑着，自言自语地道："女孩子有什么本领，急了就是哭。"说着，也就把桌上的信捡到手上，从头到尾，再仔细看了一遍，点点头道："全是负气的话，也许是真走了。"自己只管犹疑着。

雪芙红了两个眼睛框子，又走了来，进门就道："姑妈，这件事我还有些疑心。他要是本人到了九江，不会用旅馆的信纸信封吗？我以为这是在山上写好了的信，派人到九江去发的。我从今天起，不问好歹，我就盯住了姓方的。只要俊人在山上，她必然会偷着去会他的。"

尚太太看她脸上的胭脂粉一点也没有存在，一条条的泪痕挂在腮上，笑道："你哭了半天，就想的是这么一个笨主意，好吧，你就试试吧。我看姓方的孩子那样高兴，一定是事情成功了，所以态度上十分自然。她又何必把俊人留在庐山上，放他先回北平去，她随时不是一样地追到北平去吗？"

雪芙本来是寻到了一线光明，经尚太太这样一说，她又失望了。手扶了门框，一只脚在内，一只脚在外，向尚太太呆望了很久。最后把脚一顿，咬了牙道："我还是盯住这一个，她到天边去，我也追到天边去。"心里如此想定了，立刻就跑出屋子去，向隔院子去张望。不想静怡那边屋子里，既是吹笛子，又是唱歌，热闹极了，分明是同她来凑趣的姑娘还没有散。自己这个时候去，是得不了什么消息的，遥遥地听了一会儿，也就算了。到了晚上，把几位女仆都叮嘱了一番。告诉她们，只要看到方小姐出门，无论什么时候，都来报告。虽是这样说了，还是不放心，次日又是一早起来，老妈子仿佛也知道她的用意，悄悄地来报告说："方小姐昨晚上不大舒适，老早地就睡了。"雪芙道："不是病吧？"老妈子笑道："这个可不晓得。"雪芙见她这一笑，越是疑心。在早上打听了三四次，方小姐都是没有起床。到了十点多钟，实在是忍不住了。自己拿着镜子照了一照，眼眶子不红了，脸上也没有泪痕，这还不放心，又拿粉扑子重新在脸上扑了两回，这才缓缓地向方家院子里走来。

当她走到静怡房外的时候，见房门掩着。隔了门缝，可以看到她床上面垂下来的那副垂钟式的白纱帐子，张开着罩了很大一片地方。显然有人在里面没有起床，于是轻轻地推着门向里面望着。见床面前茶几上，插了绿叶白瓣的一束鲜花，在篮花瓶子里。瓶子边上，放着一壶茶、两个桃色玻璃杯子。静怡手上拿了一本线装书，半躺半坐地靠在床栏杆上，将一条被褥盖了下半截身子。书并没有看，手拿着，放在被褥头上。眼望了花瓶子上的花朵，只管出神。看她脸皮黄黄的，头发虽不是怎样的蓬乱，可是发边两绺头发，却披到脸腮上面来，因笑道："呀哟，我那多愁多病的林黛玉，身体又欠着康健了。"

说着这话，风摆柳似的走到床面前来，静怡点着头微笑道："多谢你来看我，你怎么知道我病了呢？"雪芙道："我哪里知道你病了，我是一团高兴，想陪你一路出去玩呢。真是对不起，昨天我在你面前失信了。"静怡伸过来一只手，将她的手握着，笑道："那算我对不起了。我自从昨晚上病倒以后，睡在床上是很后悔的，为什么这一程子我发了疯似的只管出去玩呢？忽然病倒，这完全是身体太疲劳了的缘故。"

雪芙一挨身在床沿上坐着，侧过脸来，向她脸上望着，笑道："要像我这样游方道人似的人，这样游兴大发，倒也无所谓。你是个斯斯文文的小姐，整个礼拜翻山爬岭，当然要累倒，你休息休息两天也好。"说着，边向她点了两点头，表示自己所说是很诚恳的样子，静怡依然握住了她的手，而且握得很紧，微笑道："感谢你的盛意，从今以后，我不出去了。"

雪芙道："天气已经立秋了，山上不过再住一个月罢了。"静怡道："我倒想在山上多住一些时候。"雪芙道："一交秋，北平就很凉快了，你不回北方去吗？"静怡道："我打算秋后到上海去一趟，也好看看江南风景。虽说是江南人，并没有看到过江南，这实在是一种遗憾。"雪芙道："你不回北方去吗？"静怡道："虽然去，那也很早。不过到了冬天，北方的寒冷气节，实在尝惯了这滋味了。也许挨到明年春后，才能够回到北平去。"雪芙将手依然握了她的手，接着摇撼了两下道："方先生和方伯母他们不能离开北平这样久吧？"

静怡道："他们打算把家搬到南方来了。北平这地方，尽管好到极点，现在已不是留恋之所了。"雪芙偷看她的脸色，却很是自然，因笑道："这让我大失所望了。我以为有你在北平，我可以得着一个向导。现在你不回北平，我哪里去找这样熟的朋友呢？"她说这话时，两眼注视了静怡的面孔，候着她的答复。心里想着，底下这句话，看她是不是装麻糊。静怡并不感到什么为难，笑着答道："这个问题难不住人，我写信给你介绍几个朋友，就可以做你的引导了。你是我的好朋友，也就是我朋友的好朋友，我托她们引导你，绝不会负我所托的。"

雪芙道："这样说，你是一定不回北平的了，以前没有听到你这样说过。"静怡道："我倒没有理会。可是一个人的行踪，无非随了环境而定。昨日我没有想到不回北平，犹之乎明天或者要到广东去，而今天还没有这样打算。"雪芙道："这样说，在今天以前，你是没有打算不回北平的。为什么你突然有了这么一个感想呢？"静怡被她这样一问倒不由得把脸红了，因道："我不过是这样譬喻着说，根本我们这次到南方来，就有回老家久住之意的。你想出去玩吗？好的，我可以陪你在附近地方走走。"说着，伸手去扯床栏杆挂的睡衣。

雪芙按住她的手，笑道："这就不必了。我们哪天也可以出去玩，何必今天。你身体不大好，休息休息吧，下午我来看你。"说着，又按住静怡的肩头，轻轻拍了两下，这才点着头出门而去。尚太太已经知道雪芙到方家去了。她进了房，尚太太也跟着进来了，先对她周身上下看了一遍，然后问道："什么？静怡好好的会病了？"

雪芙笑道："我真恨她，可是看到她那病美人似的，我又心软了。我想，俊人一样地也给了她一封信。她那封信，也许比刺激我还厉害些。"

尚太太道："你怎么知道呢？"雪芙道："我看到她枕头旁边就压着一封信。信封大小，和纸张的材料，同我收到的这封信，毫无分别。只是那封面子是朝下的，看不到笔迹。我几次想借故去拿着信看，但想到总是冒昧的事，没敢做出来。"说着，横倒在床上，仰了脸微微一笑道："这样也好，大家失败。"

尚太太站着望了她笑道："现在你也承认是二美夺夫了。你还有什么凭证没有，关于那封信？"雪芙道："信封背面，贴的是五分邮票。邮票旁边盖着的邮局戳记，也是九江的。她向来不像今天那样消极，准是俊人向她也告别了。"尚太太见雪芙悬了两只脚在床沿下，只管摇晃着高跟鞋，便点点头道："你总是俊人的未婚妻，俊人的性格，你是知道比别人清楚些，也许他真是走了，再过两天瞧瞧吧。"

尚太太交代着走了，雪芙觉得心里空洞了许多。今天又是起来得很早，依然睡了。醒过来已是午饭时候，自己心里也就警戒着自己，连姑妈也在笑了，这是二美夺夫，自己要镇定一点，不要又让姑妈发笑。于是在吃饭的时候，有说有笑的，并没有提到俊人一个字。饭后在屋子里看了两页书，还是忍耐不住，依然走向方家院子里来。当她将屋门一推的时候，方家的女仆迎上前来，笑道："方小姐留下话了。她说朱小姐来了，请到松林路去会她。"

雪芙道："她知道我会来？"女仆道："朱小姐不是说了下午来看她的吗？"雪芙也没有和女仆研究这问题，转过屋子的后墙，顺了一道登山的坡子，慢慢地向上走。这正是到松林路去的捷径，路是非常近，也就非常陡，走一步路，就要上一层坡子，走到山半，要爬过一尊突出来的石头，脚踏不上，须要两只手当了脚，像一头兽似的蹿了过去。雪芙站在石头下，对石头估量了一阵子，然后手攀住石头旁边一棵斜松的老枝，像扶着楼梯栏杆似的，半歪了身子向上扶攀着走。这就听到山顶上有了嘻嘻的笑声，抬头看时，见静怡坐在山崖一块危石上，两手抱了一条右腿，向崖底下望着。

雪芙手扯了树枝，喘着气，红了脸，向崖上对着傻笑。静怡抬着手笑道："来呀，运动运动。"雪芙笑道："你也是由这条路上去的吗？"静怡道："当然啦。你把我们上山时候跑好汉坡的本领拿出一点来，就会不知不觉地上山来了。"雪芙被她提起了这句话，回想到一向没有在她面前示弱，便将头连摆了两下，把脸腮上的头发，甩到脑后去，笑道："我装着好玩呢，你以为我真个上不去吗？"说毕，两手拉住松枝，极力地向石头上一跳。身子虽然随了松枝连连摆荡了几下，所幸她两手将树枝抓得很紧，挣扎了几下，到底是在石头上站稳了。

她红着脸，站着定了一定神，先把头发理了两理，然后又扯扯衣襟。静怡笑着点点头道："你到底是好汉，一跳就上来了。可是这一截路是浮土和小石子，你要小心走。"雪芙道："你能够上来，我总也可以上来。"静怡且不答复她这个问题，在身后摸出一根藤手杖，在空中举起晃了几晃，笑道："我是它帮忙把我扶上来的。"雪芙将手牵起长衣襟下摆，弯了腰，点着浮沙路一步一步向前移着，因为走得很小心，并没有歪倒。眼见得跨上崖去，只有一步路了，觉得是毫无问题的了，向静怡笑道："我居然上来了。"说时表示着高兴，还将两手一拍。可是她这样一高兴，忘了下面注意，右脚踏住浮土上一块小石头，石头滚着，人也就向下一溜，手要去抓身旁的矮松树，已是来不及，眼见这就要向前伏着栽下去。可是自己的右手，立刻被静怡拉住。

她已是事先跳下崖来预备着，所以雪芙的身子一晃，她就挽住了。雪芙站住了脚，将手拍了几下胸脯，笑道："这一下子摔下去，绝不止头破血出而已，你怎么有先见之明，老早地下来挽着我？"静怡道："我何尝有先见之明，我先上崖来，也就为了只差着最后一步，就很大意地踏上崖去。不想脚下一大意，像你一样，几乎栽倒，我还是得着我那根手杖帮忙。我倒不管你会不会大意，先下来挽你一把，总也不算多此一举。"

说着，两个人手拉着手上了山。这里不远，有两棵松树扭在一处，成了个绿色亭子。在松树下放着两块石头，面子上还平正，仿佛是两方石凳。雪芙回头向四周看了一看，笑道："这个地方，倒是很幽静，怪不得你在这里独坐得很有趣。"静怡道："不光是有趣，我在这里坐着，发生许多感慨。"说着，坐在石头上，两手环抱在胸前，对面前看着，出了神道："我对于这些山林，常常发生着奇异的感想。这座庐山是古人认为神秘幽深的一个所在。所以唐人说，'直疑云雾里，犹有六朝僧。'你看现在这牯岭摩登到什么样子，电灯、自来水一切现代都市的东西都有了。听说，将来还要修筑上山的电车。漫说千百年前的人想不到，就是你我的父辈，又哪里会知道？时代是真不同了。像庐山这样云雾弥漫的地方，可以变成繁华都市。像号称天堂的苏杭二州，也未必在最近期间，不会变成沙漠。宇宙间的事，有盛就有衰，只是先生在这盛衰过渡期间的人，是最不堪的，只要不临到我们头上才好。可是话又说回来了，真要摊到我们头上，那是会奇门遁甲也躲不了的。"

雪芙侧身向她望了，只管微笑。静怡还是向对面山峰望着，没有理会到旁人的态度。雪芙随了她所望的方向看去，乃是牯岭东南角最高峰含鄱口。由这里过去，就是庐山最高的所在汉阳峰了。含鄱岭下，也是一片住宅区，树林阴森，只见重重叠叠的一些墨绿色的影子中间，露出红色的屋脊，灰色的墙角来。太阳已是偏西了，正好照着那里含鄱口这一片山阴，涂了些金黄色，将那些八角的亭子、四曲的楼房，被树枝石块掩着或露或隐，很有画意。在那山顶上，微微地荡着两片白云，越显得那白云后面蔚蓝色的晴空很是遥远。雪芙倒不知道她是什么用意，就把手擎住她的肩膀，轻轻地拍了几下，笑问道："我的方小姐，你到底想什么，想得这样出神？"

静怡这才回转头来向她道："你笑我什么？"雪芙道："我笑你病了一场，怎么悟起道来了？"静怡将手握住了雪芙的手道："你觉得我的话没有来由吗？"雪芙道："有来由，还不是和尚说的四大皆空吗？"静怡道："不，你知道我是个准基督教徒。和尚的话怎么会放在我的心上？我的话听来是很消极，但我的用意，都是积极的。"

雪芙一时没有留神，笑道："你也是看到这锦绣江山，不该是徒供赏玩。"静怡道："对了，你先就有了这意思吗？怎么加上一个也字？"雪芙道："我并没有……啊，是的，那不过是我这样傻想罢了。"说着，脸皮一红。静怡明看到她言外还有些尴尬情形，可是只当不知道，因笑道："我们是个女孩子，无论做什么事，都不免受到一种拘束。但是我们识字干什么的？以前女子不如男子，一是体育没有男子健全，束胸，缠脚，缺乏运动，一个个是废人。第二是智育也没有男子健全，百分之百地不识字。不说别的，现在我们在家庭，父母把我们当男孩子一样抚育。在学校，先生将我们当男子一样教育，我们和男子同样地享着权利，到了向社会国家尽义务的时候，我们就应当说是毫无办法吗？"

雪芙笑道："我还以为你要出家做尼姑，原来你是要入世做英雄。好妹妹，你告诉我，你受了什么刺激，突然变得这样的积极。"她说话时，两手握住静怡两只手，站起来向她望了，表示着很亲切的样子。静怡一点不动神色，微笑道："当然受了一点刺激。可是这刺激，也不是最近才有的。不过最近几天的浪游，却加深了我对大好江山的一种认识。"雪芙道："你这种认识，是完全受着山川伟大的印象呢，还是有人把话来提醒你呢？"

她这时已不握住静怡的手了，靠了石头站着，左手攀住了横出来的一枝松树，右手却把一丛松针，一根根地扯着，好像说话是很不留神的。静怡瞟了她一眼，鼻子里哼了一声，点着头道："当然也有人提醒过，但是这不是重要的原因。一个人的思想变迁，那并不是朋友们三言两语可以转移得过来的。我们下了庐山，也不至于见不着面，将来你向后看吧。"这最后一句话，她声音加重了一点，表示她这句话说出来，将来一定是可以兑现的。雪芙觉得给了她一刀，她也就回了一枪，再和她辩论，是徒加增彼此的悲感。所争夺的人已经走了，争说胜利了，又有什么用呢，因之静静地站着，手只管去扯松针。低头看时，两脚所站的地方，散了一大堆松针。

静怡回过头来向她望了笑道："你有什么事？这样地出了神。"雪芙道："你的话，颇让我增加着一种兴奋。我们果然要做点事情出来，不要让男子们小看了我们，不过……"说到这里，摇了两摇头。静怡笑道："女子们说到献身社会，就不免在一番兴奋之下，下一个转语。其实这转语是下不得的，一下转语，就算是把前话取消了。"

雪芙还是呆站在那里，缓缓地扯着松针，很无意地拈了一根松针放到嘴里，抿了嘴，将牙齿缓缓地嗑着。那由迎面山冲里吹来的东南风，正把头发衣襟一律吹得向后纷披着。静怡看到太阳照在对面山峰一片森林上，带着金黄的色彩，在金光里面，都含了一种幽媚的诗意。而日光没有照到所在的地方，就阴暗暗的。尤其是山冲里面，背了阳光的下层地面，那些大小树木，是一团团的黑影。房屋在树林中，烟雾沉沉的，仿佛是一幅投影画。

静怡道："长冲一带，真使人太留恋了，只可惜好些的地方，都让外国人占了。我们有钱，想找个泉石清幽的一块土，已不可能。雪，你这样出神，对这夕阳晚景，是欣赏呢，是伤感呢？"

雪芙淡淡地答道："当然是伤感。"静怡笑道："你也不是七十八十的老太婆，为什么对夕阳晚景要伤感呢？"雪芙被她这样问着，才醒悟过来，回转头来，向她望着笑道："你也许心里明白。"这七个字在静怡口里说出来，那是很平常。现在由雪芙口里说出来，就觉得带了很浓的讽刺意味。静怡便淡淡地一笑，脸一红，将头低了。

第二十四章

最后一计

雪芙说过的，她虽然是很恨静怡，可是每次看到静怡那可怜的样子，这恨意就不知道销蚀到哪里去了。现在向静怡说了两句俏皮话，看到她内惭于心的样子，这就明白了她转变到这样子，也是受了俊人的刺激。但是俊人不爱她了，就应当回到我身边来。现在俊人写来的信，却又是怒气冲天的，大有绝交的样子，分明还没有回过心来，怎么连方小姐也不要了呢？心里在那里前后思量着，说过了那句话之后，也就没有把别的话接着向下说。

两个人静静地在松树亭下站了很久。西边山峰上的太阳，慢慢地向下沉去，看到那山下冲里，烟雾缭绕地，把所有的楼台树木，全渐渐地模糊起来；那烟雾最深的所在，已是有两三星灯火透露了出来，而对过山峰顶上，却还有一抹红色的阳光，一明一暗，一高一低，颇觉相映成趣。

雪芙道："我的小妹妹，天色晚了，你又是个林黛玉的身体，这晚风吹在身多么凉，我们该回去了。"静怡站着没动，倒是叹了一口气。雪芙道："你也伤感着呢？"静怡道："我倒并不为的先前说的那番话还伤感着；刚才你又说了一声林黛玉，我想起来在学校的时候，有一部分同学，也是这样和我开着玩笑的，可想我是一点振作的精神没有的，简直是个害痨病的女孩子。我也好几回想着，要打起精神来干一场，无如是扶不起来的芦苇秆子，小小的风又把我吹

254

着倒下去了。从今以后，我要改头换面，做一个英雌。"

这个雌字，送到雪芙耳朵里，很让她心里一动，接着扑哧笑了一声。静怡道："你笑什么?"雪芙道："有个朋友写信给我，信里有个雌字，照字面说，这是说我柔弱了，可是他的意思，却正是恭维我有本领。我心里想着，这恭维有一点不好受，不想你倒自己要做起英雌来。"

静怡道："这朋友为什么把这种话恭维你?"雪芙在说话时，已是离开了松树亭子，顺了这条山腰的松林路，缓步向前走着。她仿佛没有听到这句话，呆呆向路那头出神。只见一个挑柴的，挑着两捆青松枝，顺了路迎面走来。到了近处，见他穿了蓝布裰裤，横腰扎了青布板带，头戴了宽边草帽，腰前恰有一部黑的长胡子。这里正是山梁子上，太阳照着他，横躺了一个影子在地面。

等他过去了，雪芙见静怡也走到了身边，因道："你看，这个樵夫，不可以上画吗?"静怡道："原来你对他出了神，那是他上了中国文艺家的骗。他们总把渔翁、樵夫形容得逍遥自在，像个陆地神仙，其实天下最可怜的、最可惨的，莫过于樵夫生活。终日爬山越岭，冒着豺狼虎豹的危险，砍了这样一大担柴下山，几乎压断了脊梁骨，而他所得的，不过是两三角钱而已。假如他家里还有个妻儿老小，那也总算是在死亡线上挣扎吧。那些旧文人糊涂透了顶，把他们当了隐士高人看待。"

雪芙点点头，笑道："你的思想和你的态度真是两个极端，这叫不动声色。这种人做起事来，那是最容易成功的。"静怡也笑道："你这话自然是过于谬奖，但无论事情成败，我倒是能坦然处之，你总算对我有点认识了。"雪芙笑道："你失败了，也坦然处之吗?"静怡笑道："我昨天生病，今天发感慨，你不要以为我有什么事失败了。"雪芙听她这句话更是露骨，心里想着:你敢说，我还有什么不敢说。正想跟了她再紧逼两句，却听到山崖下有人大声叫着，顺了风听时，正是方家女仆在喊叫，说是太太请两位小姐快回来呢。她叫着，还一直迎上崖来。笑道:"太阳偏西了，这山上多大的风。太太怕两位小姐着了凉，请快点回去。"

雪芙向静怡望着，笑道:"这连我也成了林黛玉了，六月炎天，老人家会怕我们伤风。"静怡道:"不过我们穿的都是单褂子，天越晚，也就越凉，回去也好。"她弯身摘了草丛里一朵黄色的小野花，随手插在鬓边上，笑了吟着诗道:"尘世难逢开口笑，菊花须插满头归。"一面说着一面随了女仆下山。雪芙为了她来，她已下山，当然也就一路跟着走下去。到了家里，因为山冲里云雾很大，已经点上了灯。尚太太端了一本大字的小说本子躺在椅上看。

雪芙笑道:"姑妈，好多天没看小说了。"尚太太道:"过去都是让你们搅乱得不安宁。现在你们不闹了，我也可以复工了。"雪芙笑道:"你老人家怎么知道我不闹了呢?"尚太太道:"俊人走了。刚才你同方小姐在松林路有说有笑地玩着，你还同谁闹? 同我闹? 同厨子老妈子闹? 好好儿的两个人相亲相爱的，多好，一定要吃那坛子飞醋，把俊人逼上梁山。现在没有事了，不闹了。"

尚太太数说了她一顿，头也不回过来，只把眼睛斜瞟了她一下，依然两手捧了书本子看。雪芙坐在屋子角里一把椅子上，倒是怔怔地望了她。很久，问道:"姑妈，你又得了什么消息吗? 听你老人家这口气，好像静怡还是得着胜利了。"

尚太太把戴的大框眼镜，由书本头上伸了出来，对她看了一眼，接着道:"俊人来信说走了，你以为他是真走了吗? 那一位生病，闷闷不乐，你以为也是真的吗? 因为你处处留神，他们不能不做得像

256

真的一样。你看吧，两个星期以内，他们在北平同出同归了，把你这傻丫头冤死。一个走了，一个和你要好，让你一点办法施展不出来。"

雪芙听了这话，把一颗空洞了的心复又烦闷紧张起来。当晚回想静怡的态度，实在也转变得可疑，在枕头上琢磨了一晚，到了次日起来，还是向静怡取着监视的态度。可巧自这日下午起，那位男性化的张小姐，就搬到静怡一块儿来住。随了她那一群女友，也时来时去，静怡竟没有一个单独在家的时候，想用什么言语去套她的话，碍了别人当面，无从开口，这又有一点可疑了。

这样有一星期之久，是正午十一点钟附近，很大的太阳照在院子里花草上，腾起一些清芬之气。雪芙坐在屋外凉台上，背靠了藤椅的靠背，两手捧了一本杂志，放在怀里，眼睛却是望到铁栏门外的人行大路。刚才不多久的时候，静怡又穿了短褂子短裙子，和她一班女友出门玩去了。要是跟着去，那一班是她的朋友，自己势孤，而且静怡也不会那样傻，会在这个时候去找藏起来的俊人。现在放任她走了，假如她半路上借故离开女友去会俊人，是很方便的，也许这几个女朋友就是她的私党，正是引她去会俊人呢？

越想就越觉到心里烦躁，只是对那路上出了神。天上已没有了一点白云，树杪上，全是蔚蓝色的天空。微微的风从树林子外送了来。在草木瑟瑟声中，偶然又有淙淙的水流声，响一阵子，没一阵子。而且天气这样晴，温度也并不高，坐在这里久了，风吹到身上，还有些凉意。还想着青年男女今天携手同游，是最好不过的了。那么，静怡又换了出游的装束，准是上了这条路了。突然站起身来，恨不得跟踪追了上去。

可是就在这时，一个穿绿衣服的邮差走到凉台下来。他手上高

257

举了一封信道："盖图章，姓朱的航空快信。"雪芙接过来看，正是寄给自己的。那信的下款写着："陈俊人寄自上海奋斗中学校，这不由心里连连跳了几下。立刻亲自跑到屋子里去，在信封上拆下快信回执，盖了图章，一面走着，一面拆信。到了凉台上时，那送信的邮差却不见了。老妈子在这里扫地，她便道："朱小姐，那邮差说了，他到方家送信去，马上就来收回条的。"雪芙急于要看信，也没有答这句话，将信封同快递回执放在茶几上，便坐着看信。信上写的是：

雪芙：

你接到这封信，你以为出于意外吧？在九江的时候，我写了一封信给尚姑妈，大概你也见着，当时逞一时之气，糊里糊涂就付邮了。事后，我非常之懊悔，急于要向你道歉。但是，由九江到上海，在轮船上没有时间写信。到了上海以后，我有许多事要料理，也腾不出写长信的时间。直到今日，我忍耐不住，打了半个夜工，才把这信写出来的，累你多焦急几天了。

现在第一件事要报告你的，就是为什么我突然到上海了。是我离开牯岭的前一日，在舍身崖的悬阁上，遇到两位旧日的同学，一姓张，一姓李，引起了我另找光明的路径。张李二君，都是有钱的大少爷，往日身体文弱得很，这次见面，相隔不过三年，变得又黑又胖，强壮极了。我问他们由哪里来？他说，告诉我，我会不相信，他们是由俄国到新疆，由新疆经甘肃、宁夏、绥远、平绥路南下的。当时，我除了佩服他能作壮游而外，还没有说到别的。不瞒你，那时我是和静怡同去的。张李二君看到我和一个女性同游，只微笑着没有说什么。晚上，我到旅馆里去拜会他们，痛痛快快谈了两三小时，我非常地感动。

次日，我也没有告诉静怡，单独约张李二君去登汉阳峰。这正是一个晴朗的天气，我们在含鄱岭上，看到鄱阳湖烟波万顷，天水相接，几点青山，远在东边水平线上沉浮着，眼界一空。看看崖下面，是鄱阳湖的西岸、湖心的鞋山和姑塘一带的岛屿，一堆堆的青翠浮在水里，真觉得我们身在天上。我把这话说出来之后，张李二君，都笑我眼孔太小。他说他们驾着飞机到万尺高空时，便是这整个庐山，也不过一个小土馒头罢了。我这里要追补着告诉你一句，他二位是学航空的。于是在游山的时候，我们一面看风景，一面谈些航空常识。

他说到现在科学进步，时间十分宝贵，而空间却一天一天地缩小了。幸而我国地方大，暂时还没有感到空间的挤窄。若在欧洲那些小国，邻国的飞机一展翅膀，就把国境穿过了。但航空事业，世界上正天天进步着；我国既不能与世界隔绝，迟早总有感到空间挤窄的一天。不要看到今日的庐山，士女如云，成了闹市，等到空间拥挤起来了，必然另是一番现象。青年的思想是敏锐的，应该有这种感觉了。某种行政机关，移到庐山来办公，自然有他的用意所在，整个政治中心移到这里，这就不对。要说天热不好办公，热带的国家就没有政治了。再说到一部分青年，也到庐山来避暑，那简直可耻！

青年人在这种大时代里，要饿得冷得也要不怕热，把身体锻炼成钢筋铁骨。中国是温带国家，根本就不算怎样地热。若是很短的一个暑季都不能经受，这还能经得起别的折磨吗？听了他们的话，我非常惭愧。他们又知道我正在做着桃色的幻梦，他们就正色告诉我，那是意志太衰颓了。又说，你在北平念书，觉得不太舒适了，要到南方来读书。可是，在南方读书，就能永久舒适下去吗？中国的青年都存着这个念头，将来非搬到喜马拉雅山上学不可。有一天国家必定需要我们每个青年都来献身努力，现在虽还没有向我们表示这个意思，我们却要事先准备起来，等到国家需要我们的时候，我们立刻把所有的力量与学识贡献出来。爱情自然是每个青年所需要的，但我们还有比爱情更重要的东西，就是自身与子孙的生存。

假使我们没法生存在这宇宙里，你看，现在眼睛所看到的东西，哪样会是你的？那时，你的爱人，你也绝不能保护。今日桃色的陶醉，便是他日的幻灭的悲哀了。我们在北方念书，早看到了此着，所以找个路线，赶快去寻新大陆。新大陆，我们是寻到了，但不愿我们独享，而独享也就对我们前途毫无发展。因之，我们又不辞万里地跑了回来，多多找些同志向新大陆去吸取新鲜空气。更学就一种国内所学不到的技能，预备将来回国开荒。这些话，使我太感动了，我热血沸腾着，情不自禁地喊了出来："可以让我加入吗？"他们并没有说什么，很热烈地带了笑容，握住我的手。雪芙，你觉得我这举过于猛浪吗？记得我们由南京坐船来九江时，凭栏远眺，我就感到我们这样好的锦绣江山，实在不应该赏鉴赏鉴就完了。每一个山头上，都在等着我们去培植森林，每一个山底，都等着我们去开采矿产，还有……你一定明白，不容我啰唆了。

　　不谈还罢，就说你久居的南京，龙盘虎踞，祖先遗留下给我们的是太好了。我们对着如此江山，唯一的任务，难道就是游览？经过这样一反问，也许你不怪我不告而别了。发这长信的第二天，我们一共有十几位同志，坐船到海参崴，换坐西伯利亚火车西行。终点何在，暂时还不能相告，可是你也能想象得到了。自然，有机会我一定写信告诉你，关于我的一切。

　　在庐山上这一个短短期间的事情，我们把它忘了吧。那自然是我爱情不专一，但也由于你对我有激使然，你不否认这句话吧？静怡还不失为一个好女子，态度沉静，思想却很活跃。她也未必爱我，不过经你一刺激，就故意和我要好罢了。我已远行，你和她就无所争，愿意你们做一对很好的朋友。假如暂时不下山，彼此也正可以解除山居的寂寞的。你不要疑心我，我总是属于你的，至多三年，我也就回来了，你等着吧。当你接到我这封信的时候，我已经在太平洋的航程中了。回首南望，还是觉得祖国和你是依依不能去怀的。敬祝江山无恙，美人无恙，再见吧！姑母大人台前问好！

　　　　　　　　　　　　　　　愚兄俊人　谨启

　　雪芙一口气把这封信看过了，头也不曾抬得。将信看过了，手里捏住，昂着头对天空注视了一下，接着自言自语地说了一声"怪事"，这才把站在一边的老妈子惊动了，因道："朱小姐，你说的是那快信回执吗?"邮差由方家出来之后,我就在茶几上拿起来交给他了。因为朱小姐正在看信,我没有敢惊动。"雪芙道:"拿去就是了,这个送快信的,给方家也是送的快信吗?"

老妈子笑道:"朱小姐说怪事,不是说的这个吗?"雪芙道:"有什么怪事?"老妈子道:"这两封信是一个地点。信差说,由一个信封寄来,省费多了。"雪芙道:"哦,方小姐也接到一封信。"说时,不免回转头向后院子里看了去。老妈子道:"方小姐可不像你,拿着那封信到崖上松林路看去了。"雪芙道:"这样郑重其事!"老妈子笑道:"是陈先生写来的吧?好快啊,就到了上海了。男人都是这样,见了面争争吵吵,一离开了,又该惦念着了。"

雪芙笑道:"去吧,你知道什么?"老妈子笑着走了,远远地道:"我们不过穷罢了,这些事还不是一样吗?"雪芙也不理会她,拿起信来,又缓缓地看了一遍。这次不是那样看了上文,急于要看下文,每遇到紧要的句子,便重复地看上两遍。这样地看着,把那封信足看有一小时之久。偶然一抬头,却见尚太太坐在对面椅子上,手里拿了毛绳裤子,向她微微地笑着。

雪芙道:"姑妈,你看,他来了信。"尚太太笑道:"我早知道了,我怎样地说着,男子们都是银样镴枪头,见着女人,要搭架子,没有了女人,又该对着女人念念不舍了。"雪芙含着笑微微地摆了两下头,笑道:"不对,他越走越远了,而且走得是很远,你看这封信。"说着,把信递了过去。尚太太接着信从头至尾看了一遍,闭眼想了一想,将手拍着信纸道:"这倒是我所不及料的事,果然他一怒而去,就从此做出一番事业,倒是你造就了他。男人是骡马,女人是脚夫,没有脚夫赶着,骡马是不会跑的。"

雪芙笑道:"这样说,我的举动没有错。"尚太太道:"错是没

262

有错，不过你这位赶脚的，举动粗暴了一点，不知道牲口的性格。"雪芙笑道："照你老人家说，方小姐是知道牲口性格的了，可是俊人要由她那样引诱，一定是落在温柔乡里，哪会有这样的壮举呢？"尚太太转着眼珠很想了一阵子，摆摆头道："哼，静怡这孩子，平常不说话，可是很有心眼的，焉知俊人这一走，不是她主使的？欧洲也好，美洲也好，西伯利亚也好，俊人能去，她也就能去，她不是也接到俊人一封信吗？"

雪芙在信纸上所得到的高兴，被尚太太三言两语一说，又化为乌有了。怔怔地半天，没有作声。尚太太回着头，四周看了一看，招招手，将雪芙叫到身边，低声道："孩子，我看你可怜，替你出着最后一条主意，明天一早，带了俊人的行李，悄悄下山，回南京去。"雪芙道："那为什么？"尚太太道："不要高声，还有啊，到了下关，你不必进城，立刻坐火车到上海去。"

雪芙道："你以为他还在上海吗？"尚太太道："早两天，我无意在报上看到一条广告，俄国邮船，在两个礼拜后开海参崴，他信上告诉你已经上了船，你以为是真的吗？你赶到上海，至少离船期还有四五天呢。孩子，听我的话吧，最后的胜利是你的。"说着，掏过雪芙的一双手来握着，摇了几摇。

雪芙想了一想，没有作声，立刻跑进屋子里去。不到十几分钟，她手上拿了一份上海报，跳着跑出来，满脸得色，笑道："对的，姑妈，报上登着，本月十五号，俄国邮船开海参崴。"尚太太向她摆摆手，又向屋后面努了两努嘴。于是姑侄两人进了屋子去，悄悄地商量一切了。依着尚太太的意思，本来叫她一早下山，但是雪芙还怕早上起来容易惊动人。吃过晚饭，就带着俊人的行李下山了。临走的时候，写了一张字条。说：

静怡姐

　　我走了。如此江山，非徒供我们游戏之所，再会吧。

　　　　　　　　　　　　雪芙留字

　　写好了，将一个小封套筒着，吩咐老妈子，明天晚上送给方小姐去。自然这里没说什么，可是言外之意，已经表示最后胜利必属于我了。当晚到了九江，住在旅馆里，恰是大雨之后，天气凉快，着实地安睡了一觉。

　　次日早上，八点多钟起床，梳洗之后，又吃过点心，约莫十点钟附近，到中国旅行社去买船票。这天恰好有招商下水，雪芙就买一张大餐间的联运票，由南京到上海的头等火车票，也包括在内了。票拿到手，向职员问："大餐间是两人一房吗？最好我这房间不要再搭客。"

　　职员答："不好办。小姐是六号房，已经有一位女客在先一小时来，订了一张铺了，她也是到上海的，也许可以彼此照应。"雪芙知道两人一房，是规矩如此，也没有怎样介意。下午三点钟，下水船到了，雪芙高高兴兴带了行李上船。走到大餐间外面船栏杆边，回头看着九江后面的庐山，高插云天，心里暗暗叫了一声："方静怡呀方静怡，这回你总算失败了。你还在云里雾里，对不起，我上船找我的爱人去了。"

　　心里想着，随了搬运夫走进六号房，见同房的女客已先到，正背了脸在捡行李，她瘦小的身体，头发梳得溜光，穿一件绿点子白绸长衫，后影已是很熟。她因有人进门，回过脸看来。四只眼睛对照一下，各咦了一声，那正是方小姐啊。彼此站住，怔怔地望着，接上微微一笑，这一笑，里面酸甜苦辣都有。

图书在版编目（CIP）数据

如此江山／张恨水著. — 北京：中国文史出版
社，2018.3

（民国通俗小说典藏文库·张恨水卷）

ISBN 978-7-5205-0031-9

Ⅰ．①如… Ⅱ．①张… Ⅲ．①长篇小说-中国-现代

Ⅳ．①I246.5

中国版本图书馆 CIP 数据核字（2018）第 010538 号

责任编辑：卢祥秋

整　　理：澎　湃

出版发行：中国文史出版社

网　　址：http://www.chinawenshi.net

社　　址：北京市西城区太平桥大街 23 号　邮编：100811

电　　话：010-66173572　66168268　66192736（发行部）

传　　真：010-66192703

印　　装：廊坊市海涛印刷有限公司

经　　销：全国新华书店

开　　本：720×1020　1/16

印　　张：17.75　　字数：203 千字

版　　次：2018 年 3 月第 1 版

印　　次：2018 年 3 月第 1 次印刷

定　　价：51.00 元